KB253765

為祝隨筆集工作坊刊行

遊於藝

己丑夏日德巖

도라지 꽃

심심산골 양바위 틈에 핀
도라지 꽃

곱지도 않고 향기도 없는
여름엔 피고
가을엔 지고

그러나 언젠가는
나물캐는 가시내
보아도 주리
캐어도 주리

— 李 影

그 사람

그 사람

이용미 수필집

수필과비평사

살아오는 동안 그리 큰 어려움이나 아주 힘든 고통은 없었던 것
같다. 애써 찾은 밍밍한 글들에 대한 변명이다. 내 가까이 원을 그려
그 안에서만 뱅뱅 돌며 밖을 넘겨다보지 못함이 부끄럽고 창피하다.

처음 내는 책이기에 쓴 지 한참 된 글들을 위주로 이것저것 욕심
을 냈다. 지금 싣지 않으면 먼 훗날 그냥 잊혀질 것 같은 조바심과
다음 기회가 된다면 그때는 순수한 수필집을 꾸미기 위한 정리이기
도 하다. 계획보다 1년 앞당긴 출간은 주어진 운에 대한 순응이라고
해야겠다.

옛사람들은 윤달 생이 세 번의 생일을 맞으면 잘산다고 했다
는데 지난달 세 번째의 생일을 맞았다.

복을 구하기보다 덕을 베풀라던 친정아버지의 가르침을 머리로는 기억하면서 마음은 항상 그 반대로 행하였는데도 분에 넘치는 복을 받고 있다는 생각이 든다. 갚으면서 살리라는 다짐이 흐트러지지 않도록 조심스럽게 자신을 추스른다.

고마운 여러 사람들 중 '그 사람'에게 제일 많은 감사와 고마움을 전한다면 여러 사람들이 서운해 할까?

행복할 때는 행복한 줄 모른다는데, 난 지금 진정 행복하다.

2009. 여름에

이 용 미

차례

제1부

그 이름 따라서

찻상을 가운데 놓고 두 사람이 얼굴을 마주하면 딱 맞는 공간이다. 이런 방이지만 오는 손님을 마다하지 않는다. 며칠 전에도 한 후배를 시내에서 만나 주저 없이 내 집으로 향했다. 햇볕은 골목까지 길게 내려 있었지만 마당 앞 작은 화단에는 나뭇잎들이 떨어져 쌓인 채, 담 밑엔 희끗희끗 잔설이 보이고, 거실에 놓여 있는 몇 개의 화분들마저 긴 겨울에 지쳐있어 생기라고는 없는 때였다. 어쩌자고 앞뒤 생각 없이 동행을 했단 말인가. 가끔씩 대책 없이 저지르는 내 행동에 잠깐 후회를 했지만 언제 그랬나싶게 한참 동안 수다를 떨다 헤어졌다.

그런 얼마 뒤 '햇살카페'에서 마신 차가 그만이었다는 그녀의 글을 읽으며 난 마냥 행복했다. 누추하고 옹색한 공간에서 흔해빠진 커피 한잔 마시고 그토록 근사한 이름을 붙여주다니! 예쁜 이름 하나로도 금방 행복할 수 있는 내가 왜 그토록 깊은 허망에 빠져 허우적대고 있었던가.

집착은 오래가지 못하고, 주위 환경에 잘 적응하는 내 성격이기에 행복지수 높이는 일이 그리 어려운 것도 아니건만, 이렇게 오랫동안 암울 속에 빠져 있는 것은 순전히 게으름 탓이라는 핑계를 대며 부지런을 떨어보기로 했다. 까짓것, 이름에 대해서는 나도 할 얘기가 많지 않은가.

"여러분, 지금 어느 산에 오셨지요?"

"마이산요."

"그렇습니다. 바로 나(my), 여러분 모두의 산에 잘 오셨습니다."

한참 후에야 고개를 끄덕이며 기분 좋은 웃음들을 날린다. 잠깐이지만 문서에도 없는 내 산을 둘러본다는 것은 신나는 일 아닌가. 됐다. 시작이 좋으면 마무리도 대부분 수월하다. 올 들어 가장 많은 인파가 몰린 마이산의 오늘. 정식 해설 의뢰만도 3건이었다. 저녁이면 녹초가 될지라도 나를 필요로 하는 사람들이 많다는 것은 그만큼 행복한 일이다. 집중된 시선을 향해 내 소개를 곁들였다.

"이곳 마이(mai, 馬耳)산에서 얼굴이 가장 아름다운 사람, 여러분을 안내할 얼굴 용 아름다울 미, 이용미입니다."

박수가 우레 같다는 느낌이 설령 착각이라고 할지언정, 그 이름 때문에 잠깐의 위안이라도 얻을 수 있었으니 내 얼굴도 얼마쯤은 두꺼워진 건가?

빨치산을 피해 피난을 갔던 셋째언니가 엄마의 해산소식을 듣고

마주한 핏덩이는 노老산모의 영양실조 탓인지 눈 뜨고 볼 수가 없었다고 했다. 그런데다 겪지 말아야 될 여러 일들을 겪고 난 산모의 애기에 대한 무관심으로 언니가 키우다시피 하면서 아무리 씻기고 다듬어줘도 예쁜 구석이라고는 없더란다. 그래서 이름이라도 예쁘게 지어주자는 생각으로 돌림자인 얼굴 용에 아름다울 미를 붙였다고 했다.

얼굴과는 도무지 어울리지 않는 이름 때문에 신학기가 되면 으레, 얼마나 아름다운 얼굴인지 한번 보자는 선생님의 농담 아닌 농담으로 시간 내내 고개를 들지 못하고 난감해 하던 때가 한두 번은 꼭 있었다. 그럴 때면 상祥자 래來자를 쓰시던 아버지 함자를 두고 너희 아버지도 밥 다 먹으면 '이 상 내 가라.' 하느냐고 놀려 대던, 짓궂은 남자애들로 속이 상하던 때와 겹치면서, 흔하면서 편하게 불리는 이름을 가진 친구들이 얼마나 부럽던지.

그런데 뜻밖에도 나이 들어 남 앞에 서는 일이 잦아진 요즘, 아전인수我田引水로 내 이름을 아주 자랑스럽게 소개한다. '이름 따로 얼굴 따로'는 재밌어하며 웃을 수도 있고, 기억하기도 쉬우리라는 생각에서다. 그런데 정작 더 재미있는 건 적당한 웃음을 곁들이면서 반복하다보니 스스로 아름다워지는 듯, 여유 있게 자신감이 생기는 것이었다.

그래서 사소한 듯하지만 의미있는 이름 붙이기는 내 이름 얘기로 끝내지 않고, 버려진 듯 보잘것없는 것들에도 시험해 보기로 했다.

유난히 건조해서 우울하던 날, 그날은 마침 쉬는 날이었다. 오고

가는 길에 눈여겨보아 두었던, 시내버스 정류소에서 열 정거장쯤에 있는 온실식물원을 찾았다. 시내화원에서 사는 것의 반값으로 양손에 버거울 만큼의 갖가지 꽃모를 사다가 주발만 한 화분에 심어 거실 양옆으로 나란히 놓았다. 대여섯 걸음의 꽃길이 되었다. 대충 키워도 잘 자라는 베고니아와 페추니아, 바이올렛, 데이지 등 작은 꽃들로 맥없던 거실에 활기찬 꽃길이 만들어졌다.

떡 본 김에 제사 지낸다고, 기왕 붙여보는 이름, 한 군데 더 붙인다 한들 어떠랴 싶어, 탈나는 일은 없으리라. 좁고 컴컴한 데다 화장실과 붙어 있어서 허드레 살림을 아무렇게나 놓아 둔 채 쓰지 않는 뒷방을 '별 헤는 방'으로 명명했다. 이름에 걸맞게 천장에 아이들 방에나 붙이는 반짝이별을 붙이고 물건들을 가지런히 정리했다.

아닌게 아니라 깜깜한 밤, 불 밝히지 않고 누워서 천장의 별을 보며, 아름답고 가슴 아렸던 추억 속으로 들어가 보는 것도, 결코 올 수 없을 찬란하고 가슴 벅찬 미래를 꿈꾸어 보는 것도 허용될 만한 방으로 변했다.

유치하면 어떤가. 순수한 감정이란 어차피 조금은 촌스러운 것 아닌가. 낮에는 '햇살카페'에서 차를 마시며 꽃길을 거닐고, 밤이면 '별 헤는 방'에서 추억과 미래를 건지고 띄우다보면, 재미없고 막연해서 살아 있다는 실감이 나지 않는 날들도 그 이름 따라 멋진 날들로 둔갑하지 않을까?

채송화

마음에 맞는 사람들끼리 기차여행을 한 적이 있다. 후덕한 큰며느리 같은 부용화가 분홍과 하양, 이따금 진분홍 색깔로 스쳐서 꼭 한여름에 코스모스를 보는 것 같다는 얘기를 했다. 꽃 얘기가 주류를 이루다가 우리도 각자 꽃 이름을 하나씩 갖자는 의견이 모아졌다. 각각의 분위기와 생김새로 이름을 붙여주었는데 내 꽃 이름이 채송화였다. 꽃 이름이라면 채송화 말고도 그 옛날 중학교 시절에 붙여져 지금껏 내 ID로도 쓰고 있는 것이 있다. 특별하고 싶다는 열망이 강하던 시기에 스스로 지은 이름이었다. 그 후 우아한 국모國母로 추앙받던 분이 좋아하는 꽃으로 소문이 났다. 이미지와도 꼭 맞는 듯해서 아예 그 분 꽃이 되다시피 하니 나와는 먼 거리의 꽃이 되고 말았다. 이번엔 남이 지어준 꽃 이름 채송화를 생각하며 오래도록 내 이미지를 그에 맞추고 싶다.

채송화에 대해서는 그럴싸한 전설 하나 전해들은 게 없다. 원산지도 멀고 먼 남미 아르헨티나다. 고작해야 한 뼘 남짓한 키에 손가락 한 마디 정도의 여린 꽃잎 한두 송이가 줄기 끝에서 피어날 뿐이다. 그것도 맑은 날에만 피었다가 점심때가 조금 지나면 시들어 버린다. 관심 밖에 있는 작은 못난이 꽃. 그래도 난 채송화를 좋아한다. 아니 그래서 좋아한다. 나는 채송화다.

"아이고, 우리 막둥이가 늦게 생겨나서 종그래기(종지)같이 간종(요긴)하게도 써 먹네."

칭찬이라고는 인색한 어머니도 이따금 내게 그런 소리를 했고, 언니들은 더 자주 같은 말을 지금도 쓰고 있다.

사람은 태어날 때 제 밥그릇을 타고난다는 말이 있듯, 그릇의 크기까지 정해져 있는 것은 아닐까. 커다란 함지박이나 큰 물 항아리로 태어나는 사람이 있는가 하면, 김치보시기나 간장, 고추장종지로 태어나는 사람도 있을 것이다.

난 작은 종지로 태어났다는 생각을 자주 한다. 작은 일에 연연해하고, 물건을 살 때도 작은 것을 위주로 고르다보니 쓰고 있는 가전제품이나 생활용품도 다 고만고만한 것들이 도토리 키재기하듯 놓여 있다. 어디 물건들뿐인가. 보통에도 훨씬 못 미치는 체격, 그 중에서도 유난히 작은 발은 맘에 드는 신발 한 켤레 고르기도 어렵다. 내가 즐기는 것 또한 서랍정리다. 마음이 심란하거나 무력감이 밀릴 때 옷장서랍을 비롯해서 화장대와 찬장서랍 등을 다 빼놓고 차곡차곡 정리하다 보면 편안한 마음이 되곤 한다. 그럴 때면 여자로 태어난 것을 감사하며 안도감을 느끼기도 한다. 남자로 태어나 가장이 되었다면 처, 자식 책임지는 것이 얼마나 벅찼으랴 싶어서 피식 웃어도 본다. 그런 나를 잘 아는 사람들은 내 됨됨이를 작은 것들에 비유하고 그렇게 인정한다. 그것을 언짢아하지 않는다. 작은 종지가 큰 항아리 쓰임새를 못 따라가겠지만, 밥상에 간장이나 고추장 항아리를 통째로 올려놓을 수도 없는 일 아닌가. 그런 내게 작은 못난이 채송화는 딱 어울리는 꽃이 아닐 수 없다.

채송화는 여름철 내내 땅바닥을 화려하게 수놓으면서도 지치지 않는 꽃이다. 그렇다고 남의 영역을 침범하거나, 남의 몸을 친친 감고 올라가면서 피해를 주지도 않는다. 기다란 줄기 끝에 달랑 한 송이 매달려서 불안하고 가련하게 피지도 않고, 한 줄기에 송이송이 두루뭉술하게 피지도 않는다. 줄기 끝 적당한 부분에 반듯한 모습으로 피어나는 꽃이다. 생명력이 강하지만 아무 곳에서 아무렇게나 자라지도 않는다. 반드시 사람들이 관심 갖는 공간에서만 자란다. 지는 모습 또한 때 되면 도르르 말려 없는 듯 스러져 귀엽기까지 하다. 필 때는 눈부시게 아름답지만 질 때는 전혀 다른 모양새에 실망하는 꽃과는 다르다. 그 옆자리엔 금방 또 다른 봉우리가 맺혀 빈자리를 메우며 외롭지 않게 살다가 지는 꽃이다.

채송화는 작아서 환대를 받지는 못하지만 그렇다고 홀대받지도 않는 꽃이다. 어디서든 분명한 자기 자리를 지키며 장마나 가뭄, 폭풍에도 끈질기게 버티는 인고의 꽃이다. 좁은 보도 블럭 사이에서도 군말 없이 긴 여름을 보내고, 가는 여름 끝까지 배웅해 주는 의리의 꽃이다. 오늘따라 파란 하늘 아래 빨갛고, 노랗고, 하얀 채송화가 더욱 선명한 색깔로 시선을 끈다.

청실리青實梨

황당하면서도 그럴듯한 것이 전설이다. 꿈같은 바람도 순간에 이루어지고, 이루어진 꿈인가 싶으면 허망하게 스러지기도 한다. 내 꿈과 바람도 그런 것은 아닐까, 전설이 깃든 나무와 열매 이름을 내 이름에 덧붙여 하나의 의미를 새겨두고 싶음은.

청실리青實梨. 마이산 수마이봉 아래 은수사 경내에는 높이 20여m에 6백 살이 넘는 큰 배나무 한 그루가 있다. 조선태조 이성계가 왕이 되기 전에 올리던 여러 기도처 중 하나로 알려진 그곳에서, 기도 후 먹고 뱉은 씨앗이 자랐다는 전설을 가진 돌배나무다. 언뜻 보면 보통 배나무와 다르지 않지만 자세히 살펴보면 그 나무만의 위엄과 신비스러움이 보이기도 한다. 두 가지로 뻗다가 네 가지가 되는 것은 성장과정의 한 현상이지만 두 가지가 하나 되었다가 다시 나뉘는 것은 보통 이상의 호기심을 갖기에 충분하다.

"이목이란 용이 보양이라는 스님이 계시는 절 옆의 작은 연못에 살면서 절에서 일어나는 어려운 일들을 남몰래 돕고 있었다. 어느 해던가 가뭄이 심해지자 보양은 이목에게 부탁해서 비를 내리게 했는데 옥황상제께서는 화를 내며 월권을 한 이목을 죽이라고 했다. 보양스님은 안타깝고 급한 마음에 이목을 불상 아래 감추었다. 이때 천사가 내려와 이목을 내놓으라 청하자 스님은 뜰에 있는 오래된 이목梨木을 가리켰다. 거기에 벼락을 치고 천사가 올라간 후 스러진 배나무를 용이 만지자 다시 생기를 얻고 되살아나 그때부터 배나무는 용의 보호를 받았다." 는 ≪삼국유사≫의 한 대목을 읽으며 이 나무를 떠올렸었다.

나무 옆에는 넘치지도 모자라지도 않는 샘물이 고여 있고, 샘 위쪽으로는 영험한 수마이봉 아래 신라시대 때부터 내려오는 산신제터가 자리하고 있다. 그 시절, 이 정도 나무라면 용의 보호를 받았을 것만 같고, 현재 천연기념물로 지정된 것은 극히 당연하다는 생각이다. 보통 배나무가 다 자라면 13m, 수명은 50~75년으로 다른 과수에 비해 오래 사는 나무라고 하는데 무려 열 배 이상을 살아 있는데다, 키 또한 그 정도면 자랑할 만하지 않은가. 그러나 내가 이 나무에 애착과 관심을 가지는 것이 그런 이유 때문만은 아니다.

나를 보는 듯한 못난이 열매 때문이다. 가을이면 길바닥에 흔하게 내놓고도 파는 개량종 우리 배는 누렇고 커다란 것이 맛 또한 좋아서 과일의 천국이라는 동남아 어느 과일에 비할 바가 아니라는 말을 들었다. 그런데 이 돌배는 그것과는 거리가 멀다. 보통 어린애 주먹만 하다. 성인의 어느 그룹에서도 중간에도 못 드는 내 키와 비슷해서 만만하다. 색 또한 녹색에 가까운 누리끼리한 빛이다. 거무튀튀한 내 피부와 어쩌면 그리도 닮았는지. 맛은 어떤가. 조금 달착지근하고 텁텁하며 약간 새콤해서 맛없는 사과를 먹는 기분이다.

얼짱이니 몸짱이니 하는 신조어가 난무하고 동안童顔으로 보이기 위해서 나이에 상관없이 기를 쓰는 요즘세상, 어느 것에도 기웃댈 여지없는 내 모습이 청실리의 모양과 닮은 것이 많아서 좋다. 못난 이 돌배지만 하찮은 대우를 받지 않아 더욱 좋다. 이도령이 춘향이를 찾아가 첫날밤을 치르기 전 월매가 차려준 주안상의 여러 과일 중 청술레라는 것이 바로 청실리라고 한다. 개량종 배가 없던 그 시절 산에서만 따먹던 돌배를 집안에 한두 그루씩 심어 아껴왔다고 하니 귀한 것이기도 하거니와 맛도 괜찮았지 싶다. 그토록 오래전부터 대접받아온 과일이니 뼈대 있음이 분명한 것도 좋다.

꽃은 어떤가. 봄이 무르익는 4월 중하순경, 희다 못해 푸른 옥양목 색깔로 나무줄기를 가리고 가지를 덮으며 커다란 구름덩이가 내려앉은 듯 피어난다. 보통 배나무 열 그루쯤 모아 꽃을 피우면 그 모습일까. 저무는 가을녘, 나무 밑에 서면 돌멩이 널려있는 바닥 위로 톡, 툭 부서지고 깨지며 떨어지는 열매에서 나는 향을 맡을 새도 없다. 기관지 천식에 유용하다는, 입에서 입으로 전해진 소문에 한 입 베어 물었다가 퉤퉤하고 뱉은 조각마저 주워담으니 나무 밑은 항상 말끔하다. 볼품없는 모양새에 맛 또한 모자라지만 독특한 향과 약효로 사랑받고, 열매의 모체인 나무는 나라에서 보호하고 보존해주는 귀한 신분이 아닌가.

어떤 이가 쓴 사과와 배라는 글에서, 떨어지는 사과를 보고 뉴턴이 만유인력을 발견했듯 사과는 합리적 생각이며, "까마귀 날자 배 떨어진다."는 우리 속담과 같이 배는 비합리적 생각이라는 비교를 해놓은 것을 보았다.

매사에 이성보다는 감정이 앞서는 난 역시 배에 가깝다는 것을 그것에서도 공감한다. 숲을 공부하는 모임에서 각자의 나무를 정한 후 깊이 알아보라는 주제에 흔하지 않은 배梨 청실리를 내 것으로 정하고 보니, 전생에 식물일 수도 있었다면 혹시 내가 배?

꽃과 함께 이름표를

연예인에 환호하는 무리들을 한심하게 생각한 것은 내 동경의 대상이 아니었기 때문인가 보다. 이름만 접하던 원로문인들의 강연을 들으며 새삼 내 눈과 귀에 감사했고, 손뼉 칠 수 있는 건강한 손이 고마웠다. 수필이란 붓 가는 대로 쓰는 글이 아니라 '수시로 적어놓은 글'이라는 풀이는 명쾌한 감동이었다. ≪수필과 비평≫의 신인상 시상식을 겸한 문학 강연에 참석하여 주인공들을 빛나게 하는 들러리 역할이었지만 소득은 의외로 컸다. 똑같은 크기의 이름표에 한 송이 꽃이 덧붙여진 것이 작가와 작가지망생의 차이였다. '언젠가 내 가슴에도 저런 꽃을 꽂을 날이 올까?' 생각하는 가슴 한편에선 만감이 교차했다.

'수필 쓰기는 요리이며 소재는 장보기'라는 말을 누누이 들으면서도 요리를 위한 장보기는 허술했음을 반성하는 계기가 되었다. 계획

없이 하는 장보기는 불필요한 것이 더 많게 마련이다. 그것들은 냉장고 구석에서 마르기도 하고 썩기도 하면서 결국은 버려지는 것이 대부분이었다. 나의 지나온 날들이 그랬다. 아버지 등에 업혀서 바람에 흔들리는 나뭇잎을 보고 '춤을 춘다.'고 했다는 한마디에, 아버지는 내가 크면 글 잘 쓰는 사람이 될 거라고 했단다. 그 말을 막연히 믿으며 주술처럼 '난 글을 잘 쓸 거다.'를 외우곤 했다.

그렇게 흐른 세월 50년. 이제야 메모지를 들고 장보기를 하려 한다. 장바구니 들고 시장에 나와 보니 요리 재료는 곳곳에 널려 있다. 시장 모퉁이에 쪼그려 앉은 할머니 앞의 푸성귀에서부터 백화점의 곱게 포장된 고급 식료품까지. 다양하고 다채로운 그것들에 홀려 또 메모지도 잊은 채 이것저것 주워담는다. 바구니에 가득 담아 주방에 내려놓고 보니 요리할 것이 막막하다. 너무 많아 어떤 것부터 해야 할지 모르겠고, 그렇다고 지금껏 멋대로 해오던 요리습관으로 손님상 차리기는 역부족이다. 다양한 요리를 하고 싶고, 할 수 있을 것 같은 것은 생각일 뿐, 차려진 것은 항상 해왔던 무침과 찌개, 볶음이 고작이다. 이게 아닌데, 정말 근사한 상차림으로 다양한 손님들을 초대하고 싶은데…….

결혼하기 훨씬 전의 일이다. 작은올케의 언니가 새집을 지어 이사를 하는데 고사지낼 떡이 필요하다고 했다. 이상하게도 여러 사정으로 인해, 한번도 해보지 않은 그 일이 내게 맡겨졌다. 많이 걱정스러웠지만 정성 들여 떡을 안쳤고 결과는 의외였다. 제대로 쪄 진 찰떡은 고사떡으로 손색이 없었다. '소 뒷걸음치다 쥐 잡은 격'이었는데도 그 뒤부터 난 요리를 참 쉽게 생각했다. 결혼 후 수없는 시행착오를 거치며 내 어리석음을 알았지만 요즘은 그것마저 남의 손을 빌릴 수 있어 걱정도 어리석음도 필요 없이 요리와 멀어진 것이다.

목수는 아침에 기도하는 마음으로 대패와 끌을 갈고, 수필가는 문장을 갈고 닦는 수없는 퇴고를 하지만 열 중 아홉은 실패한다 했다. 작품의 완성도는 작가 자신에 있고, 될 때까지 죽어라 노력할 뿐이라고도 했다. 완전무결한 완성은 없다는 것 아닌가? 죽도록 노력할 뿐.

글쓰기는 정말 어렵다는 생각을 거듭한다. 풍부한 경험과 충분한 노력 없이 하루아침 눈썰미로 한 번쯤 할 수 있는 건 떡이지 글이 아님을 절실히 느낀다. 이것저것 나열해 놓고 꿰어맞추기가 쉬운 일이 아니다. 결과 맛과 향기에 따라 배열하고 조합하라는 말은 기억하지만 추상적인 말로 인식될 뿐이다. 식초 넣을 곳에 참기름을, 소금 넣을 곳에 설탕을 넣었다면 금방 알 수 있는 요리의 맛이지만 글이란 어디 그런가? 무엇인가 부족하고 넘치는 것 같은데 도무지 알 수 없을 때는 답답하고 스스로 인정하기 싫은 바보짓에 머리를 툭툭 쳐보고, 흔들어도 보고, 때로는 머리칼을 잡아당겨도 보지만 끝내 얻어지지 않는 문장에 잡았던 펜을, 두들기던 자판을 확 던져버리고 싶은 적이 어디 한두 번 이었던가. 무엇을 위해 이토록 고민해야 되는가, 이런 것 안 쓰면 세상이 어떻게 되는가, 내가 죽기라도 하는가?

밥도 찌개도 다 된 것들을 사다가 데우기만 하면 되는 세상에, 메모해서 장보며 상인들과 입씨름하고, 무겁게 들고 와서 어떻게 할까 고민할 필요가 있을까? 수없이 쏟아져 나오는 책들, 구미에 맞는 거 골라 읽고 감동하면 그만이지, 되지도 않는 능력으로 왜 그 어려운 글쓰기 대열에 끼려고 안간힘인가? 혼자 중얼대다 보면 눈물이 난다. 그런데도 다시 배시시 고개 드는 욕심, 꿈을 꿈으로만 간직하기엔 아쉬움이 너무 많아 소리 나지 않게 현실로 옮겨보고 싶다.

지나친 욕심으로 너무 많은 음식 차리지 않기, 초조한 마음에 설익은 음식 내놓지 않기. 그럼 평생 나 혼자 차린 음식 혼자만 먹게 될까? 예쁘고 정갈한 손님상 차려 내고 나도 한 송이 꽃 달고 환하게 웃고 싶은 데…….

2002.

당신한테

　　많이 걸어왔구려. 세월이란 그 길을 걸어오는
동안 죽을 만큼 힘들지 않았다고 식은 죽 먹듯 쉽기만 했겠소? 천둥
과 번개가 없었다고 주야장창 맑은 날만 있었겠소? 오늘은 바로 쉰
다섯 고개를 넘는 날 아니오? 그 핑계로 지난 세월 한번 뒤돌아보구
려. 이 고개 넘어버리면 저 뒤 고개는 보이지 않을지도 모르니 말이
오. 항상 온 길보다는 갈 길이 멀다는 생각에 언제 제대로 뒤돌아볼
여유나 있었소? 마침 오늘은 비까지 내려 생각의 줄기가 제대로 뽑
혀 나올 것 같은 생각까지 드는구려.

　쉰다섯 해 전, 그날은 날이 맑았었나 보오. 동산미 밭에서 감자를
캐다가 해산기미가 있어 큰방에 들어갈 새도 없이, 찬방에서 당신을
낳았다고 어머니가 말씀하셨으니 말이오. 6·25가 난 지 이 년 후
빨치산이 기승을 부리던 때, 언니 오빠들을 피난 보낸 운장산 아래의

제일 만만한 곳은 구석의 찬방이었을 게요. 크나큰 집에 많은 방들을 놓아둔 채 두 사람 누우면 맞는 작은방에서 태어날 수밖에 없었던 것은 그런 시대 탓이오만 그 또한 운명 아니겠소. 위대한 학자 퇴계나 뛰어난 왕비 명성황후가 태어났다는 방도 당신이 태어난 방과 별 차이는 없습디다. 태어난 방의 크기가 살아가는 데 무슨 영향이 있겠소. 쌀만 귀하다 뿐 그 외에 먹을 것은 넉넉했고, 많은 형제자매들이 화목한 퇴직교장의 막내딸 자리는 그 시절 남의 부러움을 사기에 충분했소. 앞뒤 꽉 막힌 산골에서 시오리 밖 초등학생이 되어서도 남이 부러워하는 위치는 별 변함이 없었소만 자라는 키보다 웃자라는 생각은 매사를 불만스럽게 생각하기 시작했던 모양이오. 사춘기가 일찍 오지 않았었나 싶소만 가정통신란에 "신경질이 많다."라는 글귀 때문에 집에서 면박받은 것 생각나오?

"집에서 부리는 소가지가 어디 가겠느냐. 공부 잘하는 것보다 성질이 좋아야 하는데……."

귀여운 손자들 속에 끼인 귀엽거나 의젓하지도 않은 당신의 막내, 조카들 앞에서 뭉개지는 고모의 위상에 속상한 당신의 갈등은 정도 이상이었지만 어쩌겠소. 큰손자와의 나이차가 겨우 다섯 살이었으니.

그런 이유였을 게요. 막내의 응석부스러기를 일찌감치 털어낸 당신은 어중간한 애어른이 되었소. 애도 아니고 어른도 아닌 애매한 위치는 아직까지도 크게 변하지 않은 것을 보면 어릴 때의 성장배경은 역시 중요한 것인가 보오.

학과공부에 열을 내다가도 어느샌가 세상 고민에 빠져들면 매사가 시들해지고 그럴 때 발길은 학교도서관이었소. 장르를 가리지 않는 마구잡이식 다독은 때로 어수선한 머리 속이 되기도 했지만 그만큼의 정신성장을 가져왔던 것도 사실일 거요.

장르를 가리지 않았다 해도 그즈음 유행하는 대중소설에 빠진 친구들을 바라보던 당신의 눈을 기억한다오. 남 앞에 자랑할 만한 것이 아무것도 없는 현실에서도 남과는 차원이 다르다는 당신의 엉뚱함은 아마 그런 독서구분에서였을 거요.

큰오빠의 서재에서 수시로 꺼내 읽었던, 국내외 문학작품을 간단히 다루는 국어시간은 유일하게 인정받으며 위로받는 시간이었소. 그 외에는 어서 벗어나고픈 시간들로 이어지는 청년기였소. 큰오빠의 아들딸 여덟 남매 속에서 동생인 당신은 군식구일 수밖에 없기에 빨리 독립하고픈 생각뿐이었소만 세상살이가 어디 뜻대로만 되는 것이오? 다져 놓지 않은 실력, 탄탄할 것 없는 인맥으로 빠른 독립을 위한 직장 구하기는 매번 쓴맛을 볼 수밖에 없었소. 그렇다고 쓴맛 너머에 있는 단맛을 기어코 맛보고 말겠다는 의지도 약한 당신이 시골에서 택할 수 있는 직장이란 뻔한 것이었소.

우체국과 면사무소에서의 3년, 그리운 이에게 쓰고받는 편지가 아니었다면 너무도 단순해서 힘든 나날들이었소. 그런 그리움마저 조각난 꿈으로 흩어진 후엔 숨을 쉰다는 것도 무의미할 정도였지만, 대가족 속에서 일찍 철든 당신은 책임지지 않아도 될 일까지 무던히도 오지랖을 넓히며 잘 참는가 싶었는데 어느새 애물단지 노처녀가 되어 있었소.

그 사람은 백마 탄 왕자가 아니었소. 당신이 돌봐주지 않으면 그대로 쓰러질 것 같은 지친 나그네였소. 그런 그를 감싸 안으려는 당신을 주위에선 말리기도 하고 걱정도 했지만 결정은 결국 당신 몫이었소. '잘살라'는 한마디로 많은 것을 함축하는 친정식구들을 뒤로 한 채 씩씩한 걸음으로 시집이란 대문을 들어섰소.

쉽게 들어선 문턱만큼 안에서의 삶은 쉽지 않았소. 지친 나그네를 쉴 수 있게 해주리란 생각은 할 겨를도 없이 지쳐가는 당신의 자리는 힘겹기만 했소. 어떤 상황도 현명하게 대처하리란 다짐은 한낱 치기였나 하는 회의에 빠져들게 했소. 예상한 문제들도 막상 앞에 펼쳐지면 허둥대는데 생각 밖의 문제들 앞에서는 그저 막막하기만 했소. 그래서였을 거요. 싹트던 첫 생명이 서서히 졸아들어 차가운 기계에 흔적도 없이 사라져 버렸소. 속 시원히 울기라도 하든지, 소리라도 질러보면 좀 나았을…. 느낌만의 생명이었지만 사라져버린 후의 허망감은 세상을 잃은 느낌이라 해도 과장이 아니었소.

그러나 '한 명도 많다, 한 집 건너 한 명씩' 하는 정도로 인구증가를 억제하던 때였기에 선한 눈망울의 두 아이가 있는데 또 하나를 보탠다는 건 과욕이었다는 억지를 부리며 스스로를 달랠 수밖에 없었소. 그렇게 순응하는 마음이 삼신할미 눈에 밉보이지 않았는지 오래지 않아 건강한 사내아이를 안겨줬소. 그 아이로 인한 기쁨은 자잘하게 많은 고통들을 너끈히 이길 수 있게 했지만 내놓고 기뻐할 수 없는 것이 당신의 특수상황이었소. 후처와 계모라는 말에 아무리 예민하게 보이는 반응이라 한들 뉘라서 탓할 수 있겠소? 지나고 보니 별것 아닐 수도 있소만, 그때 당신 나이 삼십대였소.

정보다 앞서는 의무의 속사정을 누가 알았다면 가증스럽다 했을 것이오. 용케도 크게 티내지 않으며 키워온 아이들이었지만 본능까지 감추지는 못했던 모양이오. 든든한 버팀목이면서 부담도 되었던 시부모의 부재로 홀가분해짐도 잠시, 비로소 위 어른이 된 책임감으로 살피게 된 아이들과의 큰 괴리감은 상상을 넘어 충격이었소. 소리 없는 아우성으로 입은 상처를 보이지 않게 감추고 있었을 뿐이오. 속내를 보이지 않은 것은 당신뿐이 아니었소. 다 같이 속울음을 울고 있었던 게요. 생각하면 가엾지 않은 중생이 없듯, 서로가 가엾은 인생들, 다음 세상에서는 반듯한 줄 그려지는 가족관계로 만나자고, 입 밖으로 내놓기엔 지나친 감정의 허울이 아닌가 싶어 입 속으로만 되뇌었소.

어려서부터 유난히 빨리 되고 싶던 뒤늦은 위 어른자리는, 그렇게 누리는 것보다 몇 배의 혼란스러움으로 차라리 반납해 버리고 싶었소. 그건 갑자기 주체할 수 없이 남아도는 시간 때문이기도 했소. 잔손길을 원하지 않는 아이들로, 어른도 아이도 없는 텅 빈 집에서 할 수 있는 일이란 생각의 꼬리를 끊임없이 이어가다 걱정과 절망으로 끝을 맺는 것, 하나의 사치였다 해도 할 말은 없소. 치료를 받을 만큼 심각했고 절실한 문제들이었소만 의사의 처방법은 의외로 간단했소. 집안에서 머리로만 하는 생각을 밖으로 돌려 눈으로 보고 손으로 만지며 결과물을 만들어 보기 위한 외출을 하라는 것이었소.

세상에, 집밖에서 재미나게 할 수 있는 일이 그렇게 많은데, 지금껏 반푼이로 살았던 것을 억울해하며 그때라도 접할 수 있음에 감사하며 사십 고개를 넘었소. 생전처음 수술대에 눕는 경험도 했지만 그런 것들의 놀람과 별 다를 게 없을 정도의 사건이었소.

웬 떡이오? 어른 말을 잘 들으면 자다가도 떡이 생긴다더니…….당신의 50대는 자다가 떡 얻어먹는 것과 같은 시작이었소. 없던 시절 말이지, 요즘 세상에 자다가 먹는 떡이 무에 그리 좋겠소만 점심, 저녁 제대로 못 먹고 자다가 일어나 먹는 떡이라면 그건 꿀떡 아니겠소? 거저 안겨진 떡은 아닐 것이오만 감사하고 감사한 마음이었다오.

남이 보면 시시한 이야기도 내게 일어나면 엄청난 사건이 되고, 세상사 별거 아니라지만 뒤집으면 큰 파문이 이는 속에서도 오롯이 간직했던 하나의 바람을 이룬 것 아니오? 덧붙여 잠재해 있던 또 다른 꿈까지 이루어질 수 있도록 '당신은 세상에서 제일 예쁘고, 당신은 무엇이든 잘할 수 있다.'고 자신과 당신에게 최면을 걸어 매사에 당당함을 주는 사람이 곁에 있어 가능했소.

지금은 당신이 그에게 최면을 걸어줘야 하는 때라는 것을 잊지 마시오. 남들이 읽어주기 바라며 글을 쓰고, 들어주기 바라며 역사와 문화를 이야기할 수 있게 되기까지, 큰 고난과 시련이 없었던 것은 주위에서 기꺼이 도와주는 사람들이 있었기 때문이오. 이제 당신보다는, 당신에게 도움을 주었던 그 사람들을 위해 무엇을 해줄 수 있을까를 생각해주었으면 좋겠소. 비바람 속에 피는 꽃이 더 아름답다고 잔바람에 피는 꽃이 덜 아름다운 것은 아닐 것이오. 화창한 봄볕 아래 피는 꽃은 더욱 화사하다오. 주위 환경은 가꾸는 대로 변할 수

있소. 오늘 아침 어머니를 생각하며 미역국을 끓인 것은 잘한 일이
오. 애증의 표현이 티가 나는 어머니를 좋아하지 않으면서도 고스란
히 닮은 당신, 그 어머니를 생각하며 매사를 여유 있게 꾸며 가시오.
그렇게 해야 되고, 할 수 있는 나이, 오늘로 쉰다섯이 아니오. 행복은
별게 아닐 것이오. 나이에 맞게 사는 것이 아닐까 싶소. 건강도 나이
에 맞는 것이어야 하오.

2007.

나의 여름은

　　버둥거림이래봤자 한 배미 둑길을 열 번쯤 오고 가는 것뿐이었다. 물속으로 침잠해버리고 싶은 것은 생각일 뿐, 물 가장자리에 발 하나도 내디디지 못했다. 양손 번갈아가며 쓰리도록 눈가를 훔치기만 했다. 편지를 받고 보내는 것은 특별한 것이 아니었다. 밥을 먹고 자는 것과 같이 그냥 이어지는 일상이었다. 잡히지 않는 아지랑이나 무지개를 잡는 꿈, 코끝에 스치고 마는 향기로운 아까시 향이 아니었다. 시간표에 맞춰 가방을 챙기고 단정한 단발을 거울에 비추며, 열두 줄 주름치마 한 줄이라도 구겨질새라, 하얀 운동화에 티 하나라도 묻을까봐 털고 다듬는, 소녀 때부터 이어지던 일상이었다.

　　내 마음속 그는 언제라도 쉴 수 있고 기댈 수 있는 든든한 소나무 기둥이었다. 아무렇게나 뒹굴어도 편안하고 보드라운 너른 잔디언덕이었다. 비가 와도 넘치지 않고 가물어도 마르지 않는 맑고 깊은 샘물이었다. 그 미덥던 소나무 기둥, 편하던 잔디언덕, 깊던 샘물이 한갓 꿈이었던 양 쓰러지고 뭉개지고 말라버렸다. 3백여 통의 편지만 현실로 남아 있었다. 신작로에 깔려 볕에 바랜 자갈들이, 바람불면 하얗게 흔들리는 포플러 나뭇잎과 어울려 눈이 부신 한여름이었다.

하늘이 어떻더냐고, 아침 일찍 진통에 놀라 달려간 산부인과에서, 의사는 나에게 엉뚱하게도 바깥 날씨를 물었다. 무척 덥겠다며 얼굴을 찡그리는 내게 아직 멀었다고 했다. 갔다가 하늘이 노랗게 뱅글뱅글 돌면 오라고 했다. 늦은 저녁이나 내일쯤 나올 수도 있다며 의사는 느긋했다. 그 말 때문이었을까. 진통은 사라지고 갑자기 자장면이 먹고 싶어졌다. 근방에 보이지 않는 자장면 집을 찾다가 진통이 오면 병원으로 달리기를, 코미디 방송물 찍듯 몇 번이나 되풀이하며 꼬박 한나절을 보냈다. 끝내 먹지 못해 눈에 어른거리던 자장면은 어느 샌가 온데간데없어지고 이젠 죽을 것 같은 아픔에서 헤어나기만 바랐다.

분만대기실 사면을 기면서 고통을 호소해도 아직 멀었다며 모르는 체하는 간호사들을 원망할 기운도 없어졌다. 어머니~. 진통의 순간에는 어머니 생각만 났다. 평소 놀랄 때도 엄마가 아닌 '아이고 아버지~.' 했던 나였다. 어머니~ 어머니~. 하늘이 몇 번이나 뱅글뱅글 돌았을까. 돌고 돌아 뻥 뚫려 쏟아져 내린다는 느낌이 들 때였을까. 분만대에서 가물가물 들리던 아기 울음소리! 출산예정일에 태어난 건강한 사내아이가 내 옆에 뉘어졌다. 눈도 입도 꽉 다문 채

주먹도 꼭 쥔 채 숨소리만 색색 들려주는 내 아기. 서른세 살에 드디어 진짜 엄마가 되었다. 많이 고민했던, 직선으로 그려지지 않는 가족관계에 애써 애닳아 할 필요는 없다는 생각이 들었다. 곡선이면 어떤가. 요철이 필요할 때도 있는 것을. 내게 주어진 축복과 환희에 무조건 감사하기로 했다. 그날도 역시 35도가 넘는 무더위 속에 매미 소리 유난히 크게 들리는 역시 한여름이었다.

꼬박 열 번의 차를 바꿔타며 보낸 하루였다. 직선거리로 잰다면 5백 미터나 될까. 빨리 걸어 5분이면 닿을 수 있는 내 집인데 아홉 번째로 바꿔탄 승합차에서 발을 내린 순간, 한 발자국도 떼놓을 수 없는 피로가 열 번을 채우게 한 것이다.

억수로 비가 내리던 날은 흠뻑 젖은 옷 대신 담요로 몸을 감고 읍내로 나와 옷을 빌려 입고 귀가한 날도 있다. 일용할 양식이 되는 것도, 살림이 늘어나는 것도 아닌 일이건만 그런 것과 반비례하는 긍지와 자부심 때문에 하고 있는 내 일이다. 오늘은, 노력한 만큼의 결과가 주어져 교육 중인 사람들이 답사를 왔다. 몰두하는 일에 익숙한 사람들의 진지하게 들어주는 모습은 내 능력 이상을 펼칠 수도 있게 한다. 오늘 그들이 그랬다. 장소이동 때마다 다른 차량들을 이용해야 하는 불편함해도 기꺼운 마음으로 설명과 안내를 할 수 있는 것은 너무도 당연했다. 서열이라는 분명한 조직체계를 피부로 느끼며 그런 것과 상관없이 자유스러울 수 있음에 감사한 날이기도 하다. 누구에게라도 내 소신껏 대할 수 있는 여유로움이 분에 넘친다는 생각까지 든 날이다. 이런 자유와 여유로움이 있는 문화관광해설사라는 직업 아닌 직업을 갖고 활동하는 현재의 보람을, 지금껏 살아온 어느 때에 비교할 것인가. 데워질 대로 데워진 땅에 불을 붙이면 펑 펑 소리 내며 땅까지 타 버릴 것만 같은 오늘도 여름이다.

금붕어가 되고 싶다

수족관 주인은 산소기와 고급 어항까지 권했다. 난 움직이는 금붕어를 보고 싶을 뿐이라며 빨강 금붕어 두 마리와 작은 어항 하나만 사왔다. 놓을 자리도 마땅치 않아서 책꽂이 위에 조심스레 올려놓았다.

커다란 지느러미를 시원스레 흔들며 헤엄치는 모습이 마치 나비의 가벼운 춤사위 같다. 쉼 없이 입과 꼬리를 움직이지만 경망스러워 보이지 않는 것은 원래 점잖은 성격을 갖고 있다고 알려진 때문일까. 수평으로 가만가만 움직이다 수면 위의 먹이를 살짝 입에 넣고 주위를 살피며 부지런히 몸을 놀린다. 똑같이 반복되는 그들의 일상을 넋 놓고 바라보았다. 지능지수가 가장 낮다고 알려진 금붕어의 망각지수는 3초라던가. 때문에 조그만 어항 속에서도 돌아서면 다른 세상, 또 다른 세상이 이어지니 '아, 행복한 세상. 오, 즐거운 생활'이 아니겠는가.

 끝없는 욕심으로 얼룩지는 마음, 접히지 않는 승부욕에 막히는 가슴, 내가 그리는 이상세계는 어느 만큼에서 만날 수 있을까. 생각하고 행하는 일들이 자꾸 어긋나며 삐걱거렸다. 화려한 넝쿨장미가 담을 타고 넘고, 공작선인장 봉오리가 날로 부풀어도 애써 외면했다. 그네들의 잔치일 뿐 나와는 상관없는 일로 마음을 닫아버렸다.

 인간의 능력에는 한계가 있는 것이건만 무한정의 능력을 가지려는 어리석음과, 교만에서 오는 불성실의 결과가 나를 자꾸 괴롭혔다. 건강에도 문제가 생겨 하루에도 두 군데 병원을 오가며 지쳐가고 있었다. 가는 곳마다 피로가 누적되고, 갱년기 증상이니 푹 쉬면서 안정하라고만 했다.

 그것이 식구들 탓이기라도 한 양 온갖 짜증과 심술을 다 부렸다. 남편도 위로는커녕 먹고사는 일도 아닌 것에 몸 축내고 있다며 성가셔 하는 것이 눈에 보였다. 그런 일이라면 이렇게 고민하지 않고 차라리 눈감아버리겠다며 버럭버럭 화를 냈다. 물불 가리지 않고 덤벼대는 나한테 질렸는지 잠잠했다. 이래서는 안 되는데….

 그것은 마음뿐 식구들이 모이는 식탁에서도 오만상을 찌푸리는 내게 막내가 금붕어 얘기를 했다. 모처럼 소리 내어 웃었다. 제자리서 돌기만 해도 항상 다른 세상이니 행복할 수밖에 없는 금붕어를 당장 보고 싶었다. 하룻밤을 기다리는 것도 지루했다. 물까지 넣은 어항의 무게는 상당했지만 들고 오며 힘든 줄도 몰랐다. 밖에서 들어오면 제일 먼저 금붕어를 본다. '잘들 놀았니?' 수면 위에 작은 거품이 고여 있다. 벌써 물을 갈아줄 때가 되었나 보다. 받아놓은 수돗물로 갈아주면 몸놀림에 신이 났다. 위로 솟구치고 옆으로 돌고 소리 나게 물을 튀기기까지 하며 고맙다는 무언의 인사를 수없이 건넨다.

좁쌀 같은 먹이를 엄지와 검지로 집어줘도 절대 허겁지겁 받아먹지 않는다. 시나브로 나눠서 둘이 사이좋게 먹고 있다. 욕심도 없이 시샘도 없이 앞서거니 뒤서거니 쉬지 않고 움직일 뿐이다. 욕심과 아집으로 가득 찬 내 모습을 옆 눈으로 쳐다보며 무언의 교훈을 준다. 훌훌 털어 버리고 살라는 듯, 버릴 것 다 털어 버린 홀가분한 모습을 쳐다보라는 듯 가벼운 몸놀림을 멈추지 않는다. 급랭시켰다가 따뜻한 물에 녹이면 다시 살아난다는 단순하고 겸손한 금붕어. 나도 갖은 잡념 떨쳐내고 뒤돌아서면 잊어버리는, 그래서 행복할 수 있는 한 마리 금붕어가 되고 싶다.

2003

혼자 살기

지난해 섣달 그믐께부터 이별 연습은 시작되었다. 데려온 날이 22일이어서 '두리'라고 이름 지었던 작은 강아지는 골목이 부산하고 큰길이 복잡하던 그믐날 나와 이별했다. 골목길에서 달려오는 차가 저를 비켜가리라 생각했을 우리 바보 두리. 파란 제 집과 기를 쓰고 수호하던 이불과 설빔으로 마름질해 놓은 빨간 옷 한 벌을 남기고 두리는 갔다. 설날 아침, 주방 한쪽에 떡국 한 그릇 떠놓고는 털이 날리지 않아 간장, 고추장을 담글 수 있어 좋다며, 때로는 사람보다 살갑고 든든하던 강아지의 자리를 애써 축소시켰다.

사람들은 살아가면서 길고 짧은 이별을 한다. 부모나 부부와의 사별, 이산가족의 생이별, 연인들의 실연 등 수없는 이별 속에 혼자 사는 연습을 하는지도 모른다. 어려서 내가 부러워한 것은 아버지와 둘이 사는 은자네의 작은 밥상, 반질반질 윤이 나던 길가 판잣집 엿장수네 마루, 엄마 아빠가 외가에 가서 혼자 집 보던 순복이. 그 아이들은 그런 것들과 상반되게 사는 나를 부러워했지만 내 속엔 항상 혼자이고 싶은 바람이 있었다. 혼자 생각하고 어지럽힌 뒤 치우고 싶은 나의 작은 소망은 오랜 기간 꿈속 같은 연인과의 헤어짐도 나중에는 홀가분함으로 자리할 만큼 컸다. 그런 내가 또 다른 대가족 속으로 밀려와 상처받고 아파하던 세월의 강을 건너 빈방을 세 개나 두고 내 방에서 달랑 혼자 산다. 나의 이웃 사람들은 가끔 이렇게 말한다.

"심심해서 어떡해? 남편한테로 가지. 여럿이 둘러앉아 먹어야 밥맛이 좋은 법이야." 그런 충고를 들을 때마다 나는 그냥 웃는다. 사랑이란 이럴 수도 있다고.

전공 경험 좀 쌓겠다고, 내년에 좋은 결과 보여드리겠다고, 눈 쌓인 날 딸기를 찾으면 백화점의 식품코너를 기웃거릴 줄 아는 아이들은 제각각 이유를 대며 집을 떠났다. 내가 별을 갖고 싶다면 짧은 다리로 하늘을 향해 폴짝폴짝 뛰는 흉내라도 낼 남편은 결혼 내내 주말부부로 살다가 지금은 격주부부로 바다 건너에서 생활하고 있다.

작은올케언니가 버선 속에 넣어왔던 강아지도 미미라는 이름과 빨간 집 한 채 얻어다 열흘 살고는 영영 이별이었다. 진정 원하면 이루어진다 했던가. 40여 년 후에 이루어진 바람이라고나 할까? 엿장수네보다 훨씬 큰 집, 은자네 밥상보다 몇 배 큰 식탁에서 혼자

밥을 먹고 혼자 집을 지키게 된 나. 막내가 기숙사로 들어가던 날 나는 첫째로 무섬증을 없애고, 둘째로 굶지도 않고 과식을 하지 않기로 굳게 마음먹었다. 그래서 그런지 무섬증은 없어졌다. 엄살이 심한 나이지만 기댈 데가 없으니 스스로 강해지지 않을 수 없다. 그러나 밥 먹는 건 지켜지지 않는다. 필요하면 시나 때를 가리지 않고, 먹고 싶으면 먹고 귀찮으면 생략한다. 혼자 살며 자유만복을 누리고 있는 셈이다. 그러다 보니 어쩌다 남편이나 아이들이 집에 오면 번거롭기도 하다. 자유가 구속되기 때문이다.

내 시간이라는 것, 날 위한다는 것을 절제하거나 무시하며 살아온 지난날들에 대한 보상이라도 받는 듯 그렇게 내 맘대로 해볼 수 있어 신나는 요즘이다. 내 삶을 내 뜻대로 요리하며 즐겁게 살 수 있어 마냥 좋다. 긴 휴가를 얻은 기분이다.

2002

제2부

그 사람

"가까우니까 너무 좋다. 그지?" 정말 기쁜 얼굴로 그 사람이 말했다. 뭉그적거리는 그 사람을 채근해서 동행하기를 잘했다. 세 시간 잡고 나선 길인데 한 시간의 단축도 기분이 좋다. 주섬주섬 챙겨온 먹을거리들을 다듬고 끓이고 담아둘 것 등으로 분류해서 냉장고에 넣었다. 빨아서 그냥 가져온 옷 중에 다림질할 것도 추려 놓았다. 할 일은 아직 많은데 그 사람은 벌써 코를 곯고 있다. 깨지 않게 옆에 가만히 누웠다. 편안하다. 이 편안함을 위해 힘든 결단을 내려준 사람이 참 고마우면서도 빚진 마음이다.

한 우물을 팠던 사람은 몇 년 전 회사로부터 20년 근속패를 받았다. 기쁨보다 안쓰러움이 컸다. 퇴직을 슬슬 생각해야 되는 나이였기에 학창시절에 보았던 같은 기간의 근속선생님들 모습이 겹쳐서였다. 사십대 후반이나 오십대 초반이었을 텐데 그때는 노쇠하게만 보다. 그 사람도 젊은이들 눈에 그렇게 보일 수 있다는 것이 안타까워서였다. 그래도 별일 없이 몇 년을 보내고 지난해 말이었다. 회사의 큰 물갈이 속에서 또 한번 퇴직을 심각하게 생각해야 했다. 오십대 중반으로 들어서는 사람이 내려야 되는 결단이란 것이 참 쉽지 않았다. 내게 답을 구했지만 섣불리 풀 수 있는 문제가 아니었다. 봉급의 유혹을 과감히 떨치지도, 다른 사업을 해보라며 선뜻 뭉칫돈을 내줄 형편도 못되었다. 답답하고 초조한 마음으로 그냥 지켜보기만 했다.

그런 어느 날, "놀던 물에서 조금 더 놀기로 했네. D광역시로 발령났어." 담담한 목소리로 말했지만 입술은 부르터 있었다. 떠나야 할 때 그러지 못함이 꼭 내 시원찮은 살림솜씨탓인! 것 같아 미안하고 속이 많이 상했다.

생애에서 가장 큰 스트레스 중 하나를 겪은 남자와 애물단지 노처녀가 만나 결혼을 했다. 넘치는 애정이라든가 들뜨는 희망이라든가 하는 것은 없었지만 서로에게 꼭 필요한 존재라는 인식의 공통점이 있었다. 여러 사정으로 그 사람은 근무지인 K시에서, 난 시부모와 그밖의 식구들이 있는 이곳 전주에서 두 달간만 주말부부로 지내자고 약속하고 떨어져 살았다. 그 약속이 20년 동안이나 보류되었다. 남과의 대화나 여행도 즐기지 않고, 호기심도 많지 않은 사람인데 집과는 항상 그렇게 먼 곳에서 근무를 하다가 이번에 한 시간여 거리로 이동됐다. 그것도 감사하며 좋아하고 있는 것이다.

그 사람은 시댁의 가족여행 버스 속에서 "한 많은 이 세상 야속한

님아"로 시작되는 가사의 노래를 무신경하게 열창하고, 수술실로 향하는 침대를 밀며 "고소하지? 서방님이 밀어주니까, 고소하지." 억지로 웃게 하며 대단한 유머나 되는 것으로 생각하는 사람이다. 큰 수완을 발휘하거나 달콤한 말도 할 줄 모른다. 잘못한 일애 대해 타박도 안하지만 잘한 일에도 그저 무심하다.

밖에 나가면 남의 편이라 해서 남편이라 한다던가. 같이 살아온 세월을 날수로만 친다면 삼분의 일도 안 되는 그 사람은 정녕 남의 편이다. 그러나 어렵고 힘들던 여러 고비를 많은 말 않고도 다독이며 무사히 넘게 해줬고, 큰 희망 보이지 않아도 절망하거나 포기하지 않은 채 묵묵히 정해진 길을 걷고 있는 그 사람은 내 남편. 나도 더불어 흔들리지 않는 믿음으로 기꺼이 동행하고 있다.

2003

연휴 마지막 날, 떨어지기 싫다며 이튿날 새벽에 나선다는 것을 달래서 같이 오기를 역시 잘했다. 앞으로 얼마나 근무를 더할지 모르지만 터 잡고 사는 집과는 다른 이곳은 때 지난 신혼기분을 느끼게 하는 곳이기도 하다. 나중에 더 지치고 힘들 때가 올지라도 지금 같은 이 맘으로 같이할 수 있는 날이 많았으면 좋겠다.

사랑초^草

흔하면서 귀한 사랑이란 풀이름을 누가 지었을까? 역삼각형의 꽃자주색 세 이파리가 어깨를 나란히, 굵은 실 두 올만 한 대궁 위에 사이좋게 서 있다. 끊어질 듯 가녀린 모습이지만 서로가 서로를 의지하며 보듬는 듯한 자세가 안정감을 준다. 생명이 있는 것은 어느 것이나 소중하다는 생각으로 마당에 나 있는 잡초도 그대로 둬 보는 요즘, 그 잡초 옆에 쪼그려 앉아 유심히 사랑초를 바라보며 어제를 떠올린다.

남편이 정말 화가 난 것 같다. 드문 일이다. 항시 그이는 채무자를 자청하고 나는 채권자를 자임하며 떨어져 사는 부부의 자연스런 생활이려니 했는데 아무래도 이번에는 내가 손을 높이 들든지, 꼬리를 땅에 묻든지 해야 될 것 같다. 그러나 마음뿐이다. 입으로 뱉고 얼굴로 그리는 표정은 그 반대다.

"유치해. 당신 말고 이 글 읽는 누가 그런 수준 미달이겠어?"

쏘아대고 그이를 흘끔 훔쳐본다. 눈썹이 조금 치켜지는가 싶지만 큰 변화는 없다. 이젠 정말 그만해야지.

"내 다리 짧은 것을 남 앞에? 기형아인 줄 알 것 아냐?"

몇 번째 계속되는 생트집이다.

"아유, 답답해. 이런 땐 정말 글 쓰는 남자 못 만난 것이 억울해."

아차! 이건 너무 심했다.

"드디어 본심이 드러나는군. 오랫동안 꿈속 같은 연인과의 헤어짐이라?"

일그러진 남편 얼굴이 크게 다가왔다가 작게 멀어진다. 작자와 평자로 진지하게 주고받던 대화가 미묘한 감정대립으로 변할 줄이야. 큰소리 몇 번 지르고 찔끔찔끔 울고 나면 그만인, 내가 시작한 시비가 아니다. 서로에게 상처가 된다는 것을 알면서도 이해하고 사과할 단계는 넘어버려 인연의 끝이라도 후회 같은 것은 안할 것 같다는 심정이 될 정도였다.

몇 년 전, 동네 꽃집 앞을 지나다가 초록일색 잎새 사이에서 눈에 띄던 자주색 작은 이파리 화분 하나. 사랑초라 했다. 집에 갖다 놓으면 우리 사랑이 더 도타워질까, 얼른 사서 들고 왔다. 이곳저곳 자리 옮겨주며 애지중지했다. 몇 대 안 되던 대공이 셀 수 없이 늘어났다. 갓난아이 손톱만 한 초롱 모양의 흰 꽃이 피는가 하면 지고, 다시 피고 지며 계절을 가리지 않았다. 그런데 이게 웬일인가. 가는 대공이 하나, 둘 쓰러지더니 빈 화분이 되어버렸다. 허망함은 접어두고 전에 행운목이란 것을 키우다 실패했을 때처럼 사랑초란 그 이름 때문에 찝찝함이 앞섰다. 그렇게 얼마가 지났을까? 화단 가에 던지듯 버려진 화분에서 새순이 돋는가 싶더니 예전 모습으로 환생하는 것이다. 식었던 사랑이 다시 시작되듯, 그 후로도 삶과 죽음을 되풀이하며 화분을 지키고 있다.

"자기와의 싸움에서 이기지 못하면 어떤 일도 할 수 없어. 당신이 좀 더 깊이 있고, 무게 있는 글을 썼으면 좋겠어. 끼보다는 실력을 쌓아야 가능한 일이잖아."

어제 일은 까맣게 잊은 듯한 남편이 오늘은 행사의 바쁘고 친절한 전용 운전기사가 되어 하는 말이다. 내 초등학교 남자동창들과 스스럼없이 악수도 나누고, 언니 회갑모임에서는 어느 때보다 여러 사람들과 잘 어울려준다. 평소 내 불만사항을 다 들어주는 셈이다.

다시 사랑초 앞에 앉았다. 꽃자주색 삼각형 속의 연분홍 Y자 모형이 두 팔을 모아 손바닥을 펼쳐 보이는 형태로 보인다. 겸손하게 간구하고, 감사함으로 감싸 안는다는 의미로 해석하고 싶은 마음이다. 또 언제 가느다란 대궁 시들어 한참 동안 흔적 없이 있다가 언제냐 싶게 제모습을 찾듯이, 인연의 끝을 생각하다가도 그냥 아무 일도 없는 듯 어울리며 그것을 사랑이라 하듯 참 어울리는 이름을 가진 풀이란 생각이 든다.

2002

자장면 먹은 뜻은

매일 하던 집안청소를 하루씩 건너뛰다가 사흘을 넘겼다. 찜찜했지만 별일이 일어나지 않았다. 일주일을 넘겨봐도 세상이 어떻게 되진 않았다. 이렇게 살아도 되는 것을 괜히 사서 고생한 세월은 아니었을까 생각하니 슬그머니 억울하기까지 했다. 꾀가 났다. 말 사면 종 부리고 싶다던가. 아침저녁 하던 밥을 한 번으로 줄여 보았다. 밥맛이야 떨어졌지만 그것도 괜찮은 시도였다. 기본영양소에 색상까지를 생각하며 조리해서 차려내던 반찬도 쉽고 간단히 할 수 있는 것들로 바꾸어 보았다. 그래도 아무것도 달라지지 않았다. 그런 생활이 벌써 몇 년이나 되었을까. 습관처럼 길들여진 집에서의 생활이다.

세상은 넓고 할일은 많다는 어느 재벌의 자서전 제목을, 그 의미와는 다르게 입버릇처럼 쓰는 요즘. 오늘도 그랬다. 밖에서 보아야 될 일과 해야 할 일을 마친 뒤 귀가를 미룬 채, 하고 싶고 보고 싶은 일로 더 많은 시간을 허비했다. 저녁 먹을 시간이 코앞이었다. 밥을 짓기엔 너무 늦고 식은 밥은 어중간했다. 방법은 하나다. 남편 눈치를 슬슬 보며 화장대 앞에 앉아 애교스런 표정과 슬픈 표정을 교차해 보다 고개를 젓고 불쌍해 보이는 표정을 지어보았다. 이것도 아니다. 아주 심각한 표정으로 "왜 이렇게 얼굴이 부었을까. 아침에 붓는 것은 이해되지만 저녁에 이러는 것은 아무래도 이상해." 하자 걱정스럽게 쳐다보는 남편을 향해 "자장면을 먹어야만 될 것 같아." 하고는 얼른 고개를 돌리며 혀를 쏙 내밀었다.

먹을 만큼 먹은 나이에 세상도 사회도 알 만큼은 아는 사람끼리 새순들 막 돋기 시작하는 초봄에 맞선을 보았다. 두 번째의 선이라는 그 사람은 그저 담담한 모습이었다. 흰 장갑이 회색이 되도록 손바닥에 땀을 낼 만큼 긴장했던 첫선을 시작으로 이젠 이골이 날 만도 한 나의 긴장만 여전했다.

중매쟁이한테 이미 들은 이야기부터 이어지는 여러 이야기를 듣는 동안 밥 먹을 때가 되었다. 그 사람은 우족탕과 갈비탕 중 어느 것을 먹겠느냐고 물었다. 맞선 본 사람과 탕湯이라니! 하도 어이가 없어 긴장감도 사라져 "전 자장면을 좋아합니다." 큰 소리로 말했다. 그러자 두리번두리번 앞서서 가까운 중국집으로 성큼 들어가는 사람. 그곳에 정장차림은 우리뿐이었다. 입가에 까맣게 묻히기까지 하면서 맛있게도 먹는 사람을 난 먹는 시늉만 하며 가만히 바라보았다. 그 모습이 들어올 때의 기분과 달리 기막히거나 웃기지 않고 짠한 가슴이 되었던 것은 인연 맺을 운명의 시작이었을까.

채식주의자에 가까운 그 사람은 아마 그런 탕들을 최고의 보양식으로 알았던지 영양보충할 것을 먹이고 싶었는데 자장면마저 조금밖에 못 먹는 사람이 걱정된다는 편지가 왔다. 유난히 작고 볼품없는 여자와 비슷한 감정이 그 사람에게도 있었나 보다. 맺어질 수밖에 없는 운명으로 여기며 눈이 부시다는 오월의 신부가 되었다.

기쁨과 보람, 고통과 실망의 날이 겹쳐도 항상 그때의 그 마음인 사람이 고마운 날들은 막내가 아빠의 키에 한 뼘쯤을 더하는 대학생이 되는 세월이 흘렀다. 이제는 뻔뻔해질 대로 뻔뻔해져 편한 자세로 자장면을 먹는 마누라를 가만히 쳐다보는 남편에게 민망해서 한마디했다.

"아유! 맛있다. 이렇게 자장면을 먹는 것은 그때 선본 날 못 먹은 것 지금 대신하는 거예요. 잘 먹어야 당신 마음이 기쁘지 않겠수? 내일은 우리 결혼기념일. 난 당신을 기쁘게 해주고 싶어."

2004. 5. 7

도는 것이 지구뿐이랴

　　　　　도는 것이 지구뿐이랴. 우리도 돌았다. 돌고 돌아 제자리에 멈추었다.

"수고했어요. 요즘 세상에 25년 근속이 어디 쉬운 일인가요?"

일부러 통통 튀는 소리로 말했다. 말소리와 달리 다리 힘은 쭉 빠지는 것을 애써 참았다. 1년의 마지막이 그렇게 마무리되고 있었다. 그이가 명예퇴직을 했다. 첫 번째 우리 집의 큰 얘깃거리다.

작년 이맘때가 떠오른다. 때늦게 신혼이 된 듯했다. 20여 년의 주말부부생활은 여전했지만, 부르면 금방 대답하고, 손을 흔들면 쉽게 달려 오갈 수 있는 거리로 좁혀졌기 때문이다. 주말을 집에서 같이 보내고 짐 챙겨 집을 나서면 두어 시간 후에는 신혼의 공간이었다. 꼭 필요한 집기만 단순하게 놓여있는 작은 아파트였지만 베란다 창을 열면 그곳의 젓줄이라는 갑천이 천천히 흐르는 것을 볼 수 있어 좋았다. 건너편 건물들이 높지 않은 것도 좋았다. 새벽녘 부옇게 흐려 보이는 가로등 사이로 부지런한 사람들의 오가는 모습을 내려다보는 것도 즐거움이었다. 출근길에 동행해서 시내버스와 고속버스를 번갈아 타고 내 집으로 돌아오는 것도 큰 재미였다. 그만 두려다 1년이라도 연장하기를 잘했다고 기뻐했던 두 번째가 되고 만 얘기다.

우리 둘째, 큰딸애같이 무슨 일이든 꾸미기를 좋아하지도, 막내같이 살갑지도 않은 그저 있는 듯 없는 듯한 우리 집 장남인 둘째가 대학을 졸업했다. 졸업 두 달 전 이미 취업이 되었다. 입학은 원하는 과가 아니라 뜨악한 듯했지만 학년이 올라가면서 재미를 붙이는 것 같더니 3학년을 마친 후, 갑자기 휴학하고 경험을 쌓겠다며 말릴 새도 없이 상경을 했을 때는 뒤통수를 맞은 듯했었다. 그러나 정확히 1년 뒤 복학해서는 장학금을 받을 정도가 되더니 쉽게 취업이 되어 얼마나 다행인지 모른다. 세 번째 얘기다.

막내는 우리의 은근한 자랑이었다. 고만고만한 식구들 중 유일한 거구이면서도 속이 깊어 여러 사람 맘을 헤아릴 줄 아는 아이였다. 만족할 만한 입시성적이 못 되었던 것은 우리의 기대가 너무 큰 탓일 뿐 뒤지는 것은 아니었다. 그 때문에 충족되는 기대치를 위해 재수를 권했고 저도 욕심이 있는지라 노력하는 듯 보였지만 권한 우리도, 응한 애도 1년 후의 결과에 항상 초조한 나날이었다. 예민해진 서로의 신경으로 부딪치는 마찰음이 끊겼다 이어지기를 반복했다. 네 번째 얘깃거리로 자리매김해야겠다.

재미로 하고 있는 내 일의 교육 중반쯤이었다. 점수로 당락이 정해지는 것은 아니지만 나름의 평가기준이 되는 중요한 때, 해 넣은 지 오래된 이빨이 주저앉아버렸다. 미루고 미루던 전체 치아공사가 시작되었다. 꼬박 넉 달을 시간과 돈을 투자하고 건강까지 담보로, 버티며 인내해야 되는 고통스런 날들이었다. 가고 또 가도 친해질 수 없을 것 같던 치과의 기구들과 소리에도 익숙해질 정도였다. 그 곳 말고도 이곳저곳 또 다른 병원 순례로 의료비를 연말정산해 보니 우리 집의 두 달 생활비 정도가 되었다. 밥이나 약이나 입으로 들어 간 것은 같은 거라며 웃어넘기는 사람에게 많이 미안했던 다섯 번째 얘기다.

머리 속의 생각을 연습장에 옮긴 후 글 노트에 정리하고 다시 원고지에 옮긴 후 맨 마지막으로 컴퓨터에 저장하는 것이 내 글 쓰는 버릇이다. 퇴고를 그 중간 중간에 하는 셈이다. 잠깐씩만 컴퓨터 앞에 앉았지만 애들이 차지하고 있을 때는 그나마 기다려야 하는 불편을 불평하는 내게 남편이 결혼기념선물로 해결해 주었다. 노트북을 사 준 것이다. 알량한 글 쓴답시고 수선떠는 아내를 그래도 밉지 않게 생각해 주는 사람의 마음씀에 감사하면서 남한테 부끄럼도 모르고 자랑하던 생각이 새롭다. 여섯 번째 얘기가 되었다.

일곱 번째는 나의 TV 출연얘기다. 외모와는 어울리지 않게 화면과 인연이 있는지 이런저런 일로 몇 번의 출연을 하게 되었다. 현장에서 일하는 모습이 화면처리 된 것이 대부분이지만 올해는 생방송과 겸해서였다. 작년에 등단한 인연으로 동인지 홍보를 겸해 나가서는 책의 뒤표지만 소개하는 실수를 해서 얼마나 민망했는지 모른다.

이번 기회에 만회해야지, 하는 마음이었는데 생각만큼은 아니라도 여러 사람들의 관심과 격려가 있어 앞으로도 계속될 내 일에 많은 도움이 되리라 생각한다.

비가 오다 깜깜해지는가 싶더니 소리까지 가물가물해지는 내 방 TV 교체도 애깃거리 여덟 번째로 넣어야겠다. 특별히 어떤 프로를 선호하지도 않으면서 방에 들어오면 TV를 켜야만 하는 사람은 그때마다 TV를 새로 사자고 졸라댔다. 20년 가까이 그 화면에 익숙해진 나는 그깟 일주일에 한두 번 볼 뿐인 것, 더구나 필요하면 다른 방에 가서 보면 될 것 아니냐며 거절하기를 이삼 년 했었나 보다. 조르는 것도 거절하는 것도 포기해 버린 때, 그만 숨을 거두어버린 TV를 큰 맘 먹고 다시 샀다. 마침 일요일이라 배달이 안 되니까 손수 차에 싣고 온 남편이 꽤 긴 골목길을 땀을 뻘뻘 흘리며 들고 오던 생각에 지금도 쿡 웃음이 난다. 작은 쇼핑백 하나도 거추장스러워하는 사람이기에.

아홉 번째 얘기는 또 막내 차례다. 친구도 많고 챙길 것도 많은 애는, 그렇다고 넉넉한 용돈을 주지도 않았기에, 수능시험만 끝나면 아르바이트를 하겠다고 별렀다. 이곳저곳 기웃대다 지치고 포기하는가 싶더니 가까운 PC방에 자리가 났다며 신이 났다. 하루 7시간씩 두 달이면 디지털카메라를 살 수 있다는 희망에 부푼 애는 재털이와 컵을 수시로 씻느라 손가락에 습진이 생기기까지 했다. 당장 그만두라고 하고 싶지만 주인과의 약속이라든가, 아무리 사소한 일이라도 정당한 노동 후에야 지불되는 돈의 가치도 알겠다 싶어 모른 체하고

있다. 그래도 하루도 빠지지 않고 나가는 뒷모습을 보면 찡한 가슴
이 되곤 한다.

마지막 내 얘기로 열 번째 마무리를 지어야겠다. '단학월드'에 등
록을 했다. 명상과, 쓰지 않는 관절을 모두 움직이게 해서 심신을
건강하게 한다는 수련기관이다. 어느 날은 머리가 깨질 듯 아프고,
어느 때는 명치와 목을 누군가가 누르는 것 같아 수시로 병원을 드나
들 때마다 여러 병원 의사들은 한결같이 머리를 비우라는 처방을
내렸다. 신경을 쓰지 말라는 것인데 맘대로 생각대로 쉬운 일인가.
쓰지 않으려 애쓰는 그것이 바로 신경에 쓰이는 것을. 그래서 생각
한 것이다. 동사무소 같은 데서 무료로 할 수 있다고도 했지만 일부
러 경제적 부담이 따르는 6개월짜리를 등록했다. 부담이 있어야 빠
지지 않고, 그래야 효과를 볼 수 있을 것 같아서다. 처음 하루 이틀은
고문을 받는 것같이 고통스러웠다. 그만큼 몸이 굳어 있는 것이라고
했다. 3~4개월이면 조금씩 달라진다니 6개월 후엔 어떤 결과가 올지
자못 궁금하다.

살고 죽는 것은 한 번뿐이지만, 직장이야 갖기도 하고, 놓기도 하
며 옮기기도 하는 것을, 한곳에 오래 있다보니 영원한 것으로 착각
했었나 보다. 진즉부터 계획한 것이라는 사실마저 잊고 내가 너무
허둥댔다. 마치 절망을 마주한 것마냥 호들갑을 떨기도 했다. 내년
까지도 직장에 있는 남편이라면 요샛말로 도둑이 된다. 염치없는 도
둑이 되기보다는 또 다른 세상에 다른 일거리를 찾아보는 것도 괜찮
으리라. 돌아보니 내게는 더없이 좋은 한 해였다. 수필과 또 다른

일로 인해 여러 사람들과 교류를 하며 분에 넘치도록 사랑받고 있다. 맡겨진 일에 비록 터덕대고는 있지만 내 정성을 다하는 일은 보람으로 나타나기도 한다.

욕심이 지나치면 화를 부른다고 했다. 지나치지 않는 바람과 넘치지 않는 소망으로 다시 맞는 새해의 얘기를 만들어 가고 싶다. 연말에는 그래서 넘치는 감사를 전하고 싶다.

2004. 1

겨울과 봄 사이

방송앵커를 하다 선량이 된 여당 의장. 그가 서울 소재 모 여고에서 일일명예교사로 특강을 마친 후 질문을 받겠다고 하자 한 학생이 "그런데 무슨 일 하세요?" 해서 당황했다는 기사가 났다. 정말 몰라서 한 질문인지, 본인 소개는 없이 강의에만 열중한 것, 혹은 요즘 선량들에 대한 나름의 비아냥인지 알 수 없지만 순간의 머쓱함이 내 것인 양 다가왔다.

"아버지 직업란에 뭐라 쓰지요?"

학교에 제출할 몇 장의 서류를 들고 막내가 물었다. "알아서 써." 순간의 난감함을 짧게 말하며 고개를 돌려 버렸다. 나중에 보니 '기타'란에 표시되어 있었다. 많은 생각들이 들쭉날쭉 일렁였다. 지나간 것은 항상 그립다는 평범한 말이 떠올라 입술을 지그시 물었다. 복덩이란 말도 해당될 때만 소용된다는 것을 중얼대며 키가 천장에 거의 닿는 애를 올려다봤다. 전화기가 시부모님 방에만 있던 시절, 어머님이 건네주시던 전화는 내게 제일 먼저 알리는 남편의 승진소식이었다. 그때 어머님의 섭섭함과 노여움을 막 옹알이를 시작한 이 애가 풀어 드렸다. 막내가 태어나던 해를 시작으로 유치원과 초, 중, 고등학교 입학에 맞추기라도 하듯 남편은 승진을 했다. 때때로 기록하게 되는 아버지나 남편의 직업과 직위란을 고민 없이 메울 수 있는 행운인 것을 그때는 당연한 것으로 알았다. 애가 대입 재수를 하던 해에는 남편 또한 승진에서 탈락하는 닮은꼴을 보였다. 자연히 애의 대학입시에 또 다른 의미부여를 하는 계기가 되었다. 결과는 경제적 부담이 적은 국립대학이라는 것에 안도하는 합격이었고 남편은 퇴직을 했다. '명예' 자를 앞에 붙여본들 무슨 의미가 있을까. 다 못 펼친 꿈의 편린들이 아프게 흩어질 뿐.

남편의 직업과는 상관없는 날들이 하루하루 흘러갔다. 한편으로는 지금껏 그래왔듯 막내의 입학과 더불어 무언가 좋은 일이 일어나지 않을까 기대를 하는 날들이기도 했다. 기대가 거의 실현되는 듯싶은 날엔 '그럼 그렇지.' 하는 자만심에 잠시의 풀죽음을 만회라도 하듯 혼자 온갖 청사진에 밤 깊은 줄도 몰랐다. 다시 맞을 이별도 감미로울 거라는 생각까지 했다.

그러나 부리나케 달려온 행운은 내 것이 아니었다. 허망하고 뉘게 랄 게 없이 부끄럽고 야속한 마음을 가다듬는 것이 쉽지 않았다. 뒤도 돌아보며 겸손해지자는 다짐은 많은 인내를 요하기도 했다. 그 동안이 어려웠을 뿐 막상 마음을 정하고 나니 홀가분하고 평온해졌다. 욕심을 조금 줄이고 맘을 조금만 넓게 펼치면 이 생활이 지속된다 한들 어쩌랴 싶었다.

삶이란 마음먹기 달렸다고, 그때야 화단가에 솟아난 손가락 세 마디는 될 듯한 상사화 잎이 보였다. 평생을 꽃과 함께 못하기에 붙여진 이름 상사草와 花이면서도 행여 함께할 그 기대 때문일까. 꽁꽁 언 땅에서도 제일 먼저 봄을 알리는 부지런한 이파리는 당당하기만 하다. 꽃과는 끝내 만나지 못하고 스러질지라도 잎으로 사는 동안은 그렇게 씩씩하게 화단을 지켜주겠지. 때로는 겨울바람 못지않은 찬 바람이 봄에 불어도 초여름 곱게 피어날 고운 연분홍 꽃을 그리며. 꽃도 져버리는 여름이면 구근으로 남아 다시 내년 봄을 기다리겠지. 잎도 꽃도 피고 지는데 사람삶이 어찌 변화가 없을까. 좋았던 시절이 있었으면 그만 못한 시절과 더 못한 시절도 있으리라. 더 좋은 시절인들 없을까. 겨울과 봄 사이의 어설픈 이 계절 지나면 화사한 봄이 오듯이…….

2004.

길들여지기

　　　　　도라지, 도토리, 막걸리, 소쿠리, 소시지, 강아지, 갈매기, 메뚜기, 금잔디…….

'ㅣ'로 끝나는 낱말이 그렇게 많은 줄 몰랐다. 강사가 하는 것을 마지못해 따라하다 보니 재미가 붙어 자연스레 새 낱말로 이어졌다. 길들여진다는 것이 수동적인 것만은 아니라는 생각이 든다. 한 강사의 6시간 강의에 스멀스멀 지겨움이 밀려올 무렵이었다. 이미지 강사답게 단정한 머리와 옷차림으로 표정이 일관적이던 강사가 입 꼬리를 최대한 위로 당기며 위스키, 와이키키를 외워댔다. 따라하는 남자선생들은 머쓱해 한다. 여자인 나라고 다를 것은 없다. 나름으로 억지 미소를 지어보지만 천대받던 시절 광대들이나 할 짓이라는 생각이 든다. 작년 이맘때쯤 받던 이미지교육 시간에 끼적였던 것을 읽어보다가 신권화폐와 부부갈등으로 생각이 이어졌다.

지난 1월이었던가? 좋은 일련번호가 새겨져 소장가치가 있는 돈을 구하기 위해 한국은행 앞에서 사흘을 기다렸다는 등 새로 발행되는 신권에 쏠리는 관심은 대단했다. 새것에 대한 호기심이라면 한몫하는 나지만, 한참 후에야 귀하게 구했다는 사람한테 종류별로 한 장씩 얻을 수 있었다. 기쁨과 함께 구권과 다른 크기로 좀 하찮아 보이던 느낌은 어느새 익숙해진 신권에 구권의 크기가 둔해 보인다. 어딘가, 무엇엔가 길들여진다는 게 역시 그리 오랜 시간이 필요하거나 어렵지 않은데, 제대로 길들여질 새 없이 살아온 이유일까?

결혼 이후 지속되던 주말부부에서 그토록 되고 싶던 종일부부로 3년을 살다보니 느는 게 트집이고 쌓이는 게 짜증이다. 서로가 '나는 변하지 않았는데 당신은 왜 변해서 나를 불편하게 하느냐.'는 같은 말을 반복하고 있다. 삼십 년을 바라보는 부부생활이 갑자기 어렵고 혼란스럽다.

"어떤 일이 있어도 아흔아홉 번까지는 참을 테니 당신은 한 번만 참아 주면 된다."며 자기 말에 책임을 다하듯 지나치다싶은 내 투정과 짜증에도 허허 웃어넘기던 사람이었다. 실수나 허물도 그저 묻어주고 덮어주었기에 난 대우받아 마땅한 사람으로 알았다. 급하고, 매사에 즉흥적인 성격을 바꾸거나 고쳐야 된다는 생각을 할 필요가 없었다. 당연히 자타가 공인하는 잘 어울리는 부부인 줄만 알았다.

그러던 사람이 요즘엔 되레, 참을 줄도 모르고 자기가 하는 말에 부정부터 한다며 사소한 일에도 불같이 화를 낸다. 아흔아홉 번을 다 참았다고 생각하는 것일까. 큰 싸움으로 가지 않으려 입으로는 쉽게 사과도 하고 용서도 빌지만 마음의 응어리는 조금씩 단단해져

간다. 신혼부부 기 싸움도 아니고 환갑이 가까워지는 부부가 매일같이 '나는 맞고 너는 틀리다.'는 지겨운 주장을 멈추지 못하는 원인이 무엇일까. 계속 긁히고 할퀴면서도 아무 문제없다고 두덕두덕 덮고 사는 것이 최상은 아닐 텐데, 긁어 부스럼 만들지 말라고 한다. 방치해서 덧나는 부스럼도 있고, 호미로 막을 걸 가래로 막는다는 말 같은 건 아예 무시한 채, 화내던 게 언제냐 싶게 사람 좋은 웃음으로 얼버무린다. 그렇게 사는 거라는 듯 담담한 표정으로 마침표를 찍어 버린다. 아무리 까발리고 파헤치기 좋아하는 나도 더 이상은 머쓱한 달밤의 체조가 되고 만다. 언제 또 달라질지 알 수 없는 것은 차후 문제가 되어 버린 채.

최선이 아닌 줄 알면서도 차선의 선택 여지는 없어 내내 떨어져 산 부부생활이었다. 떨어짐이 아쉽고 만나면 반가움에 꼭 짚고 넘어야 할 일도 건너뛰고, 눈여겨보아야 할 것도 대충 지나치며 살아왔다는 생각이 든다. 꼼꼼히 밟으며 다져왔어야 할 길을 ○○○ 널 뛰듯 겅중대며 와버렸다는 느낌도 든다. 그렇게 허술하게 지나쳤던 것들을 뒤늦게 챙기다보니, 남보다 늦은 초등학생이 되어서야 했던 홍역처럼 더 힘이 드는 것은 아닐까. 그렇다면 세월 따라 변하는 게 강산만이 아니라 힘들면 수시로 찡그리고 편안하면 언제나 미소짓는 게 사람이라는 억지 결론이라도 내보자. 괜한 찡그림이나 억지 미소를 지으라는 요구는 하지 말자. 바라지도 말자. 어차피 흐르는 시간, 그 시간은 분명 우리를 편한 부부로 길들여 줄 수도 있을 테니까.

2007

그저 평범한 어느 봄날

물 준 일밖에 없는데, 빈 가지로 겨울을 난 매화나무와 라일락이 잔가지에 잎을 틔우고, 철쭉과 베고니아, 사랑초와 앵초가 힘껏 환한 꽃을 피내고 있다. 돈나무의 반짝이는 잎 가장자리에도 작디작은 꽃망울이 맺혀 있는 것이 보인다. 키워진 화초를 사다가 공들여 옮겨 심지 않아도 올봄 우리 집 작은 거실은 풍성한 정원이 되어 있다.

봄은 언제나 오는 듯 가는 듯 실없이 기웃대다가 여름에게 넘기듯, 빼앗기듯 그 자리 슬그머니 놓아버리는 듯싶어도 피는 꽃들을 보면 봄은 분명히 왔다가 분명히 간다. 꽃이 피고 지는 분명함같이 내가 읽는 책들도 그렇게 분명한 줄거리로 입력되어졌으면 좋겠다. 읽어야 될 책과 읽고 싶어 읽는 책 상관없이, 앞줄 읽고 다음 줄에서 그 내용 잊어버릴지라도 요즘은 재미없는 책이란 없다는 생각이 든다.

화분에 물 스며들듯 읽는 책들의 이야기가 내 안에도 그렇게 고스란히 스며들면 얼마나 좋을까. 스며들어 오래도록 머물면 얼마나 더 좋을까. 촉촉이 물 머금은 화분들 옆에서 오전 내내 책과 동무를 했다.

시장 갈 옷차림은 아니고 곧장 귀가하기도 뭣해서 바로 옆인 예술회관 2층으로 발길을 옮겼다. 어느 분의 고희기념 사진전 현수막이 크게 걸린 전시장에 먼저 들렀다. 모 신문사 발행 비매품 책을 몇 단계를 거쳐 손에 쥐고 귀가하려는 길이었다. 무언가에 빠지면 나이를 잊는 것일까. 아무래도 70으로는 보이지 않는 그냥 평범한 모습의 이웃집 아주머니 같은 분이었는데 동문회를 비롯해 몇 개의 화분에 ○○이 쓰여진 것을 보니, 역시 그 유명한 4회 우리 선배가 분명할 거라는 생각을 했다. 그렇다고 나서서 인사를 한다는 것도 멋 쩍어 지인인 듯한 사람들과 함께 사진의 배경 등 상황설명만 들었다.

몇 점 빼고는 모두 낯익은 깐뒤우리 고장의 풍경들이 선명하고 화려한 모습으로 걸려있어 대작이 주는 무게감과 친근함이 함께하는 작품들이었다. 건강이나 재능, 열정 말고도 경제적으로도 참 여유가 있나보다 싶었다. 간단한 팸플릿 대신 사진첩을 만들어 유료 판매를 하기에 아쉽지만 그냥 나와 옆에 꽃을 주제로 한 한국화가의 전시장으로 발길을 옮겼다.

역시 나이 지긋한 전직교사 출신의 단아하고 정교하면서 친숙한 갖가지 꽃그림에 눈이 환해지는 듯, 부신 듯 마음까지 맑아지는 것 같았다. 방명록에 사인을 해달라는 말에 당황해서 미소로 답하며 그냥 나왔다. 무엇을 안다고 무엇이라고 쓰며, 무엇을 하는 누구라고 쓸 것인가. 다시 그 옆의 추상화전에도 들렀으나 내겐 너무 먼 작품들이라 느낌도 궁금함도 없었지만 바로 나오기가 뭣해 삼면을 다 돌고 나왔다. 작가 자신도 전시에 의미가 있을 뿐 내왕객에는 별 관심도 없는 듯 썰렁한 분위기 속에 친구인 듯한 사람과 무심히 대화만 나누고 있었다.

얻은 책과 팸플릿의 무게만큼의 뿌듯함과 비례해서 나도 무언가 빨리 해야 된다는 강박감도 함께했다. 하루물림이 열흘물림 된다고, 한 발짝 늦어짐이 시간의 흐름 뒤에는 엄청난 차이를 일으킨다는 초조함일 것이다. 일관성 없는 내 생활을 돌이켜보다가 애매한 곳에 서운함을 쌓아보기도 하면서 느린 걸음으로 눈에 익은 거리와 골목을 걷다보니 긴 봄날의 해도 뉘엿해지고 있었다.

씻어놓은 쑥은 된장을 넣고 주물러 국으로 안치고, 돌나물은 채쳐놓은 무와 솔을 넣어 고추장으로 무침을 했다. 엊그제 느티선생이 기린봉 야생화 사진 촬영하는 데 따라가 지루해서 옆에 돋은 것들을 한 잎 한 잎 뜯었던 것이다. 돌아오는 길에 그녀가 술 생각이 난다는 것을 내 감기를 이유로 미루었는데, 오늘 밤은, 아예 하얘진 머리로 영감이라 불러도 이상할 것 없고, 이상하지도 않은 사람과 한잔해볼까.

쑥국과 돌나물무침에 어울리는 술은 무엇일까. 칠선낭자가 선물한 복분자가 좋을까. 몇 년 전 극히 쇠약해진 내게 오빠가 선물한 산삼주? 아니면 귀하신 나무 마이산의 청실배주? 바라만 보는 이병

저병의 술들, 조롱조롱 맺혀있는 봉긋한 앵두꽃 옆 평상으로 옮겨볼
까? 달빛이 환하면 좋으련만, 살랑 봄바람이 볼만 스치면 좋으련만.
달 없는 그믐 밤, 영감은 오지 않고 봄바람 아직은 차다.

2007.

여유

  하얀 강아지가 까만 고양이를 뒤쫓는다. 쫓기는 고양이가 담 위로 살짝 뛰어오르자 멍멍 짖어보던 강아지도 어디론가 사라진다. 조금 있다 바둑이와 다시 나타난 흰 강아지가 담 위를 훑어보는데 움직이지 않는 고양이, 졸고 있나 보다.

  봄볕은 차츰차츰 앞집 마루 깊이 찾아들고, 작은 마당가로는 가시가 다보록한 탱자나무 한 그루 높이 서 있다. 막 피어나는 보얀 목련과 노란 개나리도 그 옆에 나란히 줄을 섰다. 집 뒤 대숲은 바람에 일렁이고 앞 밭머리엔 가지런히 자리한 옥매화가 흐드러졌다. 밭이랑을 푸르스름하게 하는 것은 찬바람을 이겨내고 일찍 돋아난 구슬쟁이나 벼룩이자리리라. 아니 돌나물과 냉이일지도 모르겠고, 큰 개불알풀이나 꽃다지일지도 모르겠다. 버스의 열어놓은 앞뒤 문으로 들어오는 바람은 차갑지만 신선해서 참을 만하다.

염색을 하면 피부과로 직행해야 하는 일이 귀찮아서 미루었더니 머리칼 사이로 찔끔찔끔 진물이 비어져 나온다. 머릿속은 총알 맞은 듯 부풀고 부스스해서 손을 못 댈 정도다. 없이 살던 시골아이 기름때로 전 머릿속 부스럼도 아닌데 상태는 그와 다를 것이 없어 보였다. 이리 심한 후유증을 겪기에 세월의 흐름을 막거나 역행할 필요 없이 머리카락도 자연스레 세도록 내버려 둘까 하는 마음이 강하게 밀려오지만, 그것도 순간이다. 곱지 않은 희고 검고 희끄무레한 몇 가지 색으로 펼쳐지는 머리칼을 남 앞에 고스란히 드러낼 용기나 비위는 없으니까.

나도 모르게 머리로 다가가는 손을 내려 주먹을 꼭 쥔 채 버스정류장에 섰다. 빨리 병원에 가야 하는 급한 사정을 읽기라도 한 듯 앞에 멎은 버스는 행선지까지 맞는다. 물을 것도 없이 올라탔다. 그런데 웬걸, 잘못 탄 버스였다. 내 가야 할 반대방향으로 고개를 돌린 버스는 띄엄띄엄 떨어져 몇 가구씩 모여 있는 마을과 마을 사이를 쉬엄쉬엄 달린다. 행선지를 반대로 읽었던 모양이다. 이걸 어떡하나? 복작거리는 마음에 당장이라도 내리고 싶지만 내려봤자 막막한 시골길이다. 급한 병원 길도, 봐야 되는 은행일도, 시장보는 일도 접어서 한쪽으로 밀쳐 차라리 포기한 채, 그 속도에 마음을 맞추다 보니 종점이다.

출발한다던 시간보다 20여 분이 지났건만 긴 치마에 긴 앞치마를 입은 젊은 아줌마와 이야기에 바쁜 버스기사를 재촉할 엄두가 안 나 침만 꼴깍 삼킨다. 이제 와서 늦어진들 어쩌랴. 벗어나지 못할

바에야 즐기라는 말이 있지. 눈을 들어 앞뒤를 살핀다. 나뭇가지에 걸려 거슬리는 찢어진 비닐은 그 옆 목련나무로 가리고, 이지러진 깡통과 빈병들이 나둥그는 길섶은 노란 민들레 웃음으로 가려본다. 얼마나 지났을까. 몸 가누기 조차 힘들어 보이는 할아버지와 부스스한 머리에 크고 작은 두 개의 보따리를 든 아주머니가 역시 힘들게 오른 뒤에야 버스는 천천히 출발을 한다. 오던 길을 되돌아 지나는 마을을 되짚어 주는 버스 속 안내가 빨랫줄을 걸친 바지랑대만큼이나 정겹다. 크고 작은 옷가지들이 널려 펄렁이는 사이로 오랜만에 보이던 대나무 바지랑대 말이다. 관음마을 · 무릉마을 · 왜망실 · 덕적골……. 시내에서 조금 비껴서 있는 마을들은 그렇게 정겨운 이름과 편안한 모습으로 내 눈과 귀를 스친다. 줄서서 연두색 꽃을 피운 버드나무는 저수지 찬물에 좌욕을 하다 한기가 드는 걸까. 잔잔한 가지들 진저리치듯 흔든다. 올 땐 못 보았던 바로 옆 산 속엔 분홍 진달래가 드문드문 서서 고개를 갸웃거린다. 잎 하나 피지 않은 가지 아래는 아직도 작년에 쌓인 낙엽이 소복한 이른 봄이다. "십일조를 다시 낼 수 있게 해달라고 얼마나 열심히 기도했는데 당연히 내야지." 4년 만에 다시 건네받은 남편의 월급명세서를 쥐고 돌아올 뻔한 답을 생각하며 물은 내게 돌아왔던 답을 다시 떠올린다. 시간은 정오를 훌쩍 넘었는데 버스는 여전히 서두르지 않고 야트막한 고개를 서서히 넘는다. 고운 봄볕 아래 생각지 않게 즐긴 4년 만의 여유였나 보다.

2008

제3부

깐 뒤

보름 만에 똑같은 장소를 도는 여행이었다. 지난번에 미처 못 보고 못 느꼈던 것들을 이번엔 보충할 수 있으리라는 생각은, 기를 쓰며 무엇인가를 얻거나 찾으려 하면 더 멀리 달아나 숨어버리는 세상일같이 되어버렸다. 그랬다. 한번 보았다는 눈익음에 더 설레설레 지나치면서 선암사의 '깐뒤' 만 정면사진까지 찍어왔다. 사찰의 단순한 대변소가 맞배지붕으로 된 출입구 위의 '깐뒤'라는 현판으로 인해 참 재미난 장소라는 느낌을 주었기 때문이다. 가로읽기에 익숙해진 눈에 현판글씨는 오른쪽에서부터 쓰고 읽는 것이 보통이라는 사실이 쉽게 떠오르지 않고 거기에 옛 글자로 쓰여 있으니 뒤깐(뒷간) 아닌 깐뒤가 되는 것이다. 대웅전을 보수하며 벽화 한 폭까지 떼었다가 그대로 붙였을 만큼 원형을 보전하려 애쓰는 사찰이기에 딱 어울리는 이름일지도 모른다.

예나 지금이나 똑같은 일을 보는 장소건만 뒷간만큼 많은 이름과 변천을 가져오는 것도 드물 것 같다. 뒷간·측간·정랑·변소·해우소·화장실·임금님이 사용했다는 매화틀까지. 기능에 따라 적절히 붙여진 이름은 정겹고 요즘의 화장실이란 말은 화사하기까지 하다.

어린 시절 내가 접하던 뒷간은 대부분 아래채 한쪽 음침한 곳에 작게 자리했는데 문 옆엔 누렇게 바랜 부고訃告지가 새끼줄 사이사이 빼곡히 꽂혀 있었다. 그것이 참 무섭고 싫었다. 더구나 우리 집은 항아리 대신 큰 콘크리트 통을 묻이 놓이 대여섯 명은 함께 일을 볼 수 있을 만큼 긴 바닥이라 공포의 공간이었다. 그런 뒷간이 학교에 입학하면서 변소라는 말로 바뀌었다. 미운 친구 이름, 좋아하는 남학생 이름, 어제 배운 산수 셈하기 연습 등 끊임없이 끼적이던 낙서를 뒤로하고, 토끼 발 맞추는 동네 시골뜨기가 전주로 유학 온 중학생이 되었다.

내가 입학한 신설학교의 시설은 참 놀라웠다. 특히 교실 옆으로 몇 발자국이면 갈 수 있는 변소는 신발도 신지 않고 드나들게 되어 있었는데. 하얀 변기가 어찌나 깨끗한지 그날은 귀가해서 그 얘기만 했던 것 같다. 아마 그때부터 화장실이란 말을 쓰지 않았나 싶다. 그런 어느 날, 친척 결혼식장을 엄마랑 같이 갔다가 뒷간에 가고 싶다는 엄마를 화장실로 모시자 깜짝 놀라셨다.

"야야, 내가 뭔 화장한다더냐? 왜 화장실로 델고 와. 뒤보고 싶당게."

킥킥대는 주위 사람들이 창피해서 그냥 나와 버리자 뒤따라 나오는 엄마는 연방, "왜 소가지가 난겨? 뭣 땜시 그려?"

"그게 뒷간여! 뒷간이란 말여."

"참 별일도 다 있네. 뒤보는 데를 왜 화장하는 디 멩키로 써놔 그래."

많은 세월이 흘렀다. 가정집은 물론이고, 관공서나 작은 식당까지 수세식 좌변기에 청결은 기본이다. 십여 년 전에 잠깐 다녀온 일본 외곽에 있는 작은 공원 화장실의 정갈함에 놀라고 많이 부러워했는데, 지금은 우리나라 어느 공원 휴게소도 부러울 게 없다. 새로 짓거나 보수하는 건물은 거기에 뛰어난 인테리어까지 곁들여 화장실 기능을 넘어 오래 머물며 근심까지를 풀 수 있는 '해우소解憂所'란 공통어를 붙여놓은 것이 이상할 게 없다.

그러나 선암사의 '깐뒤'는 항상 그 자리에 그 이름으로 그렇게 오래도록 있어줬으면 좋겠다.

2002.

모녀母女와 술

어머니는 술이 달다고 했다. 오래 전 여든 셋에 돌아가신 어머니는 평생을 그렇게 술을 즐기다 가셨다. 끼니 전후로 소주 한 잔씩을 보약처럼 마시며 정말 맛이 있다고 입맛을 다셨다. 안주도 필요 없었다. 부엌 뒤뜰에는 항상 큰 소주병이 나무 상자에 몇 병씩 담겨 있었고, 그 옆으로는 빈 병이 나란히 놓여 있었다. 식당방 찬장 속에는 소주잔이 아닌 맥주잔을 얹은 소주병이 일상 쓰는 그릇들과, 반찬들과 함께 자리 잡고 있었다.

어머니가 술을 마시는 것은, 장날이면 사다가 벽장에 넣어두고 하나씩 꺼내주는 눈깔사탕이나 과자를 내가 맛있게 먹는 것과 같은 것으로 알았다. 다만 술을 마시고 "우리 막내 다 크는 것도 못 보고 눈감으면 불쌍해서 어쩔게나." 하면서 날 바라볼 때면 금방이라도 어디론가 떠나버릴 것 같은 어머니 목을 껴안고 엉엉 울어대며 엄마와 나를 슬프게 하는 것이 술이라는 생각으로 우리 집에 있는 술이 어디로든 다 가버렸으면 좋겠다는 생각을 했다.

초등학교 교장직을 퇴직한 고지식한 아버지는 제사 때 음복 외에는 술을 입에 대는 일이 없으셨건만 술 마시는 어머니를 탓하시는 것을 보지 못했다. 어머니는 과한 술 때문에 넘어져 팔이 골절되기까지 했다. 불편함에 온갖 짜증을 내는데도 다 들어주며 어린애 달래듯 달래는 모습은 자못 경건하기까지 했으니 허락된 음주를 마음껏 즐기신 셈이다.

어려서부터 병약했다는 어머니는 괜찮게 사는 외가의 1남 4녀 중 셋째 딸인데 병치레가 잦다보니 이곳저곳에서 점을 보기도 했나 보다. 그때마다 공부를 많이 시키든지, 나이 차가 많이 나는 사람과 결혼을 시키라고 했대나. 그래선지 네 자매 중 보통학교를 졸업한 사람은 어머니뿐이라고 했다. 그러나 혼기가 넘는 열아홉이 될 때까지 원인도 모르게 시름시름 앓고 있으니까 신풀이를 해주라는 등 말이 많았다고 했다. 그럴 무렵 딸을 셋이나 두고 상처한 아버지가 외삼촌이 다니는 학교에 부임해서 담임을 맡게 된 것을 계기로 두 분이 결혼을 하게 되었단다. 아버지하고는 열세 살, 큰언니하고는 불과 여덟 살 차이밖에 안 났지만, 바로 큰오빠를 낳고 건강이 많이 좋아진데다 할아버지의 며느리 사랑이 워낙 지극해서 그리 힘들지는 않았다고 했다.

아버지와 달리 약주를 좋아하시는 할아버지를 위해 밀주密酒를 조금씩 떨어지지 않게 담가 드렸다는데 그때마다 조금씩 맛을 본 것이

음주습관이 된 듯싶다. 아니 습관이기보다 병치레로 살림도 제대로 못 배웠을 어머니가 대식구 살림에다, 평이하지 않은 가족관계의 어려움을 그것으로 풀었는지도 모를 일이다.

이 생각은 지금에야 해보는 것일뿐, 평소 머리 한 올 흐트러지지 않고 작은 먼지 꼴도 못 볼 정도로 깔끔한 분이라는 것은 안중에도 없었다. 오직 술을 많이 마신다는 것만이 창피하고 부끄러워 아예 어머니를 무시하고 살 정도였다. 그런 내게 술 마실 기회가 주어지면 병적인 반응으로 사양과 지제를 히는 것은 너무도 당연했다.

그런데 언제부터였을까, 나도 모르는 새 한두 잔씩 하게 된 것이. 대부분 지인들과 식사자리에서 하는 반주 정도지만 술을 위한 술자리모임도 가끔 있다. 처음엔 한잔만, 딱 이번만, 하면서 자꾸 권하고 받는 것이 부담스러워, 요령껏 빈 그릇과 물컵 등에 비우는 속임수를 쓰기도 했지만 매번 그럴 수는 없어 맛도 모른 채 마시다 보니 꽤나 마셔도 얼굴색이 변하지 않고, 속이 불편하지 않았다. 아무래도 소질을 타고나지 않았나 싶었다.

그날도 그런 생각을 하며 마셨을까. 비틀걸음 정도까지 되어 조금 늦은 귀가를 했던 날이다. 골목으로 며느리 마중을 나오셨던 시아버님을 보는 순간 찔끔하는 마음과는 달리, 횡설수설하면서 실실 나오는 웃음을 참을 수가 없었다. 덕지덕지 눌어붙었던 오래된 푸념의 찌꺼기가 깨끗이 벗겨지는듯한 시원함에 자꾸자꾸 웃었다. 예전 우리 할아버지가 당신의 애주愛酒를 며느리가 맛보며 그 맛을 익힌 줄 모르셨듯이, 시아버님도 당신 며느리가 술에 취해서 실실거린다고는 꿈에도 생각을 못하셨으리라.

술은 그렇게 평소에 하기 힘든 말과 행동을 펼칠 수도 있고, 던질 수도 있는 고마운 것인지 모른다. 나도 그 매력에 익숙해져 길들여질지도 모른다는 생각을 해보다가 깜짝 놀란다.

난, 평소 감정의 굴곡이 심한 것이라든가, 실제의 가족관계 등 여러 면에서 어머니를 많이 닮았다. 남편 또한 우연히도 친정아버지와 비슷한 점이 많다. 취한 내게 나무람 없이 조금씩만 마시라고 타이르는 것 또한 마찬가지다. 함께해야 할 술자리를 쉽게 빠져 나올 비위나 용기도 없고, 권해오는 술을 단호하게 뿌리치는 의지도 약해서 주량까지 닮아갈까 걱정이다. 그러면서도 왜 그토록 마셔대느냐고 화를 내는 내게 아주 기분 좋은 얼굴로 "맛이 있어서."라며 행복해하시던 어머니를 떠올린다. 그 진정한 맛을 알면 지금보다 많이 행복해지지 않을까 생각하며.

어머니와 가락지

장마가 끝나는가 싶던 날. 건강과 날씨 핑계를 대며 한동안 쉬다가 모처럼 근무지로 가는 중이었다. 비슷한 키와 연세에 주름치마와 블라우스도 비슷한 쌍둥이 같은 할머니 두 분이 차에 오르셨다. 커트머리와 낭자를 한 것만 다를 뿐 작은 핀을 여러 개 꽂은 것도 비슷했다. 낭자를 한 분이 내 앞에 앉았다. 작은 키가 의자에 파묻혀 바로 뒤에서도 머리만 보이는데 모시올 같은 머리칼을 연방 쓸어 올리고 있었다. 굵은 마디의 주름진 손가락에 여러 개의 반지와 가락지가 보였다. 읍내 장을 보려고 한껏 성장을 한 시골노인네의 모습에서 나는 내 어머니를 보았다. 무명지에 낀 가락지를 보는 것만으로도 닳을까봐, 반드시 오른손바닥으로 절반쯤 가리고 보셨다. 회갑기념으로 작은오빠가 해 드린 석 돈짜리 금가락지였다. 아까워서 도저히 못 끼겠다며 빼 놓았던 가락지는 내

1기분 납입금이 되었다. 고맙다는 말도, 죄송하다는 말도 하지 못했
다. 괜한 짜증으로 대신했었다.

은가락지가 유행한 때가 있었다. 막내딸이 어머니한테 그것을 사
줘야만 그해에 액땜을 막고 저승길이 밝아진다고 했던 것 같다. 노
인들은 모이면 그 반지 얘기라며 시어머니도 막내시누이가 사드린
하얀 가락지를 끼고 계셨다. 나도 막내딸이고 그리 비싸지도 않은
것이건만 선뜻 사들고 나설 형편이 아니었다. 친정에 볼일이 있어
다녀오면서도 그런 일은 아예 모르는 체했다. 그 마음을 헤아리는
듯 어머니는 "너만 소리 없이 살아주면 아무 원 없이 눈감고 저승길
갈 수 있겠다."라고 하셨다. 아이의 돌반지 중 하나를 금은방에 들고
나가 은에다 칠보를 박은 보통 사이즈의 가락지와 바꾸었다. 금가락
지를 꼈던 그 손가락에 끼워드리려는 은가락지는 그러나 너무 컸다.
아니 이십여 년의 세월에 어머니의 손가락이 너무 가늘어져 있었다.

평생 험한 일이나 심한 고생도, 크게 호강하지도 않은 어머니는
여느 어머니들과 달리 자식을 전부로 여기지도 않는 듯했다. 나 역
시 그런 어머니를 결혼 전에는 심드렁하게 대했다. 그래서였는지 보
통 놀랄 때 대부분이 하는 '엄마!' 소리도 난 '아이고 아버지!' 했고
엄마라는 호칭도 내 아이가 내게 엄마라 부를 때부터 쓰기 시작했다.
어려서 그렇게 불렀다가 송아지새끼냐는 핀잔을 들으면서 내게 엄
마는 아예 없다고 생각했다. 머언 어머니가 있을 뿐이었다. 그런저
런 원인과 이유를 나이 들면서 짐작하고 추측하며 가슴 아파했다.

내가 그런 생각들을 하기까지 어머니는 혼자 그렇게 졸아들고 있

었던 것인가. 금가락지 때보다 더 소중하게 다루던 그 은가락지 또한 "죽으면 안 빠질까봐 미리 빼서 잘 놓아두었다. 나중에 네가 가지라."며 끼지 않으셨다. 임종 후 당신이 손수 지어 놓았던 수의를 펼치니 한지에 쌓인 그것이 떨어졌다. 여든 살에 해 드린 그것을 끼시기엔 당신의 저승길이 너무 가까이 있다고 생각하신 모양이다. 처음이자 마지막으로 해 드린 것을 관에라도 넣어드리고 싶었지만, 은가락지 하나 넣어 드리면 뭣하랴 싶어 큰올케가 눈물로 집어드는 그것을 가만히 지켜보았다. 그 후에도 올케한테 그것 어떻게 했느냐고 묻지 않았다.

내가 가진 예쁜 보석함 속에는 결혼패물을 도둑맞고 속상해 할 때 남편이 사준 자수정 반지와 그 이듬해 결혼기념일의 금가락지, 동서가 사준 사파이어와 루비반지, 시아버지가 여행에서 사다주신 옥가락지 등이 들어있다. 언제라도 주인의 손길을 기다리지만 난 그것들을 장시간 끼워 본 일이 없다. 그런 장신구 착용에 익숙지 않기도 하지만 어머니의 주름진 맨손가락이 떠오르기 때문이기도 하다. 나이가 더 들어갈수록 어머니가 그리운 것은 그만큼 철이 드는 것일까. 지금이라면 아까워 못 끼시던 그런 가락지를 열 손가락 모두에라도 끼워드릴 수 있으련만…….

앞에 앉은 할머니의 머리가 더 헝클어져 있다. 한번도 빗겨 드린 일 없는 어머니의 머리는 팔을 다쳐 아버지가 어설프게 빗겨 드릴 때도 다치게 된 원인만 속으로 중얼대며 외면했었다. 그때 못 빗겨

드린 어머니의 머리를 빗겨드리듯, 할머니의 모시 올 같은 머리를 정성들여 빗겨 드리고 싶다는 생각이 들었다. 오른손으로 가만히 머리를 만지자 주름진 손이 놀란 듯 내 손을 잡았다. 마디 굵은 손가락에 끼워진 여러 개의 반지가 다시 눈에 들어왔다.

아비의 정과 지아비의 정

낯선 아저씨가 동승했다. 하루 네 번 왕복하는 군내버스라서 같은 시각 버스를 타는 사람은 대개 정해져 있다. 식당으로 출퇴근하는 아줌마 서너 명과 관광객 몇 명 등 자연스레 낯이 익어 누군가 안 보이거나 못 보던 사람이 동승하면 몹시 궁금해진다. 관광객은 수시로 바뀌니 관심은 당연히 아저씨한테 쏠렸다. 운전기사와 아는 사이인 듯 끊임없이 얘기를 주고받는다.

"그래, 영식이 영철이는 자주 다녀가나요?"

"다녀가기는. 망할 것들 얘기 꺼내지도 마라. 저희 엄마 죽게 내버려 두라는 거야."

바짝 마른 얼굴에 힘줄이 돋으며 울상이 된다. 다시 이어진다.

"일곱 달 입원해 있는 동안 이천만 원 들어갔지만 십 원 한 장 안 보태줬고, 간병 하루도 안한 나쁜 것들이야."

그랬구나. 회색 바지에 갈색 체크무늬 점퍼를 단정히 입고 구두도 말끔하지만 어디가 빈 듯 무언가 놓친 듯 그랬구나.

어느새 슬금슬금 다가오는 여름. 단풍잎 져서 내리던 허망하던 늦가을에는 아득한 봄날이었는데 벌써 개나리, 진달래 꽃 지고 잎이 돋는다. 먼 산도, 가까운 고갯길도 온통 계절의 이삿짐을 나르기 바쁘다. 마흔일곱, 마흔여덟, 마흔아홉 다 왔다. 지루함 잊으려고 오가며 세어 본 모랫재 굽이는 아흔아홉이 아니라 마흔아홉이다. 신기한 것을 발견 후 재확인하듯 틀림없는 마흔아홉, 하고 보면 터널이 나온다. 모랫재 끝이다.

"남은 삼천만 원 다 쓰고도 못 일어나면 논이라도 팔겨. 같이 모은 재산 써 버려야제."

내가 숫자를 헤아리는 동안에도 그들 얘기는 지속되었었나 보다.

아버지 삼우제를 마친 후 유품정리를 하던 때가 생각났다. 안채 큰방을 큰오빠에게 물리고 잠실에 딸린 작은방을 쓰셨는데 책꽂이의 책 외에 너댓 개의 안경과 몇 개의 안약, 몽당연필을 비롯한 필기구가 전부였다. 그리고 주머니에 주민등록증과 겹쳐있는 천 원짜리 석 장과 동전 몇 개, 빈손으로 왔다가 빈손으로 가는 몸, 아버지는 도인道人 같으셨다. 큰 키에 흰 수염 길게 늘이신 채 쉼 없이 움직여 일하셨지만 누구를 채근한다거나 재물을 탐하지 않으셨다. 그 때문에 윤택한 생활은 아니어도 "복福 없음을 푸념하지 말고 덕德 없음을 부끄럽게 여기라."는 유언을 우리 형제는 자랑스레 간직하고 있다.

"우리 작은아버진디요, 작은엄니가 뇌출혈로 쓰러져 입원 중이거

만요. 사촌들이 나쁜 것 같지만 그렇지만도 않아요. 가망 없으니 집
에 모셔다 편히 가시게 하라는 거예요. 그에 드는 돈은 어려운 자식
좀 도와주고요."

아저씨가 내리자 바로 뒤에 앉은 내게 운전기사가 하는 말이다.
여러 형제 중 막내로 어려운 시절 거쳐 지금 부인과 만나서 부지런히
살아온 덕에 꽤 많은 재산을 모았단다. 자녀들도 다 장성해서 일가
를 이루었는데 그 중 어려운 자식도 있어 도움을 원하지만 거절을
한 모양이다. 그로 인해 부자관계가 멀어지고 부인은 입원 중이라니
부정父情과 부정夫情의 갈등이라. 원하는 부정父情에는 매섭게 거절하
고, 식물인간이 되어 부정夫情을 모르는 아내에게는 아낌없이 퍼 주
고 싶은 70이 되었다는 아저씨의 마음은 어떤 것일까?

어머니가 오른팔을 다치신 적이 있다. 깁스를 하고 지내는 동안
아버지는 양치질에서부터 머리손질까지 어머니의 팔이 되어주시건
만 성에 안 차는 어머니의 짜증은 늘어만 갔다. 그래도 말없이 다
들어주시던 아버지는 심지어 그 단단한 석고를 일반 칼로 밤새 절반
을 떼어주기까지 했다. 다시 깁스를 하고 온 엄마는 오히려 조를 때
안 된다고 하지 않았다고 아버지를 원망했다. 조금이라도 떼어주면
덜 불편하리란 생각만으로 밤새 석고와의 실랑이가 얼마나 힘드셨
을까. 무모하기가 두 분이 똑같다고 탓하면서도 엄마에 대한 아버지
의 애틋함으로 여기고 싶었다.

참 오래 전 일이다. 술과 담배를 전혀 못하시는 아버지는, 어머니
가 담뱃대에 잎담배만 고집하는데도 어머니를 위해 담뱃잎을 손수

썰어 통에 가득 채워주시고, 술 냄새를 풍기는 어머니와 그게 싫어
심한 말을 해대는 나를 가만히 바라만 보셨다. 그럴 때면 아무 생각
도 없는 사람 같아 그렇게도 싫었는데 그때 우리 아버지도 엄마를
향하는 내 맘의 부족이 그렇게 섭섭하셨을까?

오늘 아저씨와 다시 동승했다

"아주머니는 좀 어떠세요?" 인사 겸 물었다.

"눈을 초롱초롱 뜨고 나를 가만히 바라보네요. 그런디 어떻게 내
버려 둔다요. 내 재산 다 팔아도 좋네요. 다 없어지면 같이 죽지요
뭐."

멀지 않은 날, "다 나아서 퇴원하네요. 우리 아들들이요. 멀리서
바쁜데도 이렇게 다 왔네요." 그런 소리를 아저씨한테서 들었으면
좋겠다.

아버지의 일기

〈1916년 5월 21일 일요일(음4월 20일) 맑음.

　　　"오전 10시께 친구 5~6명과 함께 덕진지에
가서 전주구락부의 운동회를 보았다. 덕진은 북문 밖 10여 리 되는 곳으
로 경철도 정거장이 있으며 오늘은 임시열차가 운행되었다. 10정보 가
량의 연못에는 배가 떠 있으며 주변에는 송림이 울창하고 2~3개의 건물
이 있는 경치가 좋은 곳이다. 오늘 운동회에서는 자전거 경주대회가 열
려 수십 명의 선수들이 자기 기량을 발휘하여 열심히 달렸다."

　평소 아버지답게 학창시절에도 그저 담담 무상無想한 하루의 일기
가 전북의 모 단체에서 발행하는 기록사의 실록에 실렸다. 단 한 페
이지. 그것도 시대가 시대인지라 한자와 일어로 쓰인 것을 번역해서
실은 것이지만 너무도 소중해서 몇 번을 읽고 또 읽어보았다. '학습

일기'라는 제목을 붙여 갱지에 쓰인 것들을 가족들이 한정본으로 펴내기 위해 준비 중인데 필요부분이 넘겨져서 일부가 먼저 나온 것이다. 짧은 글 속에는 90여 년 전의 언어가 생경스럽게 다가오는 것도 있지만 펜으로 정성 들여 쓴 원본을 보면 바로 옆 앉은뱅이책상 앞에 단정히 앉아 계신 모습이 보이는 듯하다

두 아들의 어릴 때 아명을, 공자와 맹자를 따서 공식이와 맹식이로 지을 정도로 철저한 유교 신봉자이신 할아버지를 떠나 신식교육을 받았던 아버지의 노력이 얼마나 힘드셨을까. 그래도 진안의 오지 주천에서 전주까지 나와 학교를 다니면서 결석 한번 안하셨다고 했다. 차도 없던 그 시절, 귀가를 할 때면 큰 키로 전주에서 주천까지 160리 길을 경중경중 걸어서 다니셨으리라.

지금 내 막내와 똑같은 나이 때의 일기를 읽으며 젊은 아버지를 떠올려본다. 정구를 즐겨 하셨다고 들었는데 친구와 같이 자전거 대회 구경도 갔었다니 분명 꿈 많은 어린 학생이었으련만. 왜 지금껏 아버지에게도 꿈이 있었을 거라는 생각을 한번도 해보지 않았을까. 너른 세상에서 크게 생각하며 자유롭게 살고도 싶었을 텐데. 혼자만 자유로울 수 없던 가정사에 얽매여 시골학교 훈장으로 불평 한마디 없이 일생을 마치신 아버지. 여든넷 돌아가실 무렵까지 책을 멀리하지 않으셨던 아버지는 농담도, 큰소리로 웃는 법도 없으셨다. 내게도 크게 칭찬하거나 나무란 일도 없으셨고, 나 또한 애교를 부린다거나 버릇없이 굴었던 일도 없다. 그래도 '크면 글을 잘 쓸 것이다.'란 아버지의 말씀은 내 신앙이었고 '누구를 만나든 잘살 것이다.'란 말씀

은 나를 지탱해준 든든한 버팀목이었다. 그러기에 간섭이 심한 어머니께는 말대답도 하고 뚱하게 굴었지만 아버지께는 별 말씀 없이 작은 기침만 하셔도 다소곳했었다.

덩치가 큰 막내가 어리광을 부리며 달려들면, 징그럽다고 밀치며 다시 아버지를 떠올리곤 한다. 아버지의 쉰둥이인 나는 백발에 흰 수염 흰 바지저고리 차림의 아버지에 익숙하지만, 검은 두루마기에 학생 모자를 쓰고 계시던 사진 속의 아버지 모습을 떠올린다. 그 어린 나이에 홀아버시와 병중인 아내, 갓 태어난 딸과 신식문물을 접하고 놀라며 갈등하셨을 나의 아버지. 어려웠을 그 시절에도 소중한 글들을 남겨주셔서 글을 쓴다고 나부대는 내게까지 많은 생각을 하게 하는 것이 너무 고맙고 자랑스럽다. 울컥 눈물이 솟는다. 내 아이는 먼 훗날 내가 쓴 이런 글들을 읽고 무슨 생각을 할까.

2003.

다시 태어나도

횡단보도 저쪽에 그 사람이 보인다. 오른손을 약간 들고 환하게 웃는다. 그 웃음만큼의 풍요가 내 가슴을 채운다. 신호등의 빨간 불이 너무 오래 켜져 있다. 저 불이 영원히 바뀌지 않는다면? 횡단보도 이쪽저쪽을 가로질러 건널 수 없는 강물이 흐른다면? 잠깐 가상의 생각 속에서 가슴이 쿵 내려앉는다. 그 순간 신호가 바뀌고 난 정신없이 뛰어 그 사람 손가락에 내 손가락을 빠지지 않게 걸고, 미덥지 않아 몸까지 바짝 기댄다. 아침에 헤어졌다 저녁 때 만나는 쉰을 넘어 예순에 가까운 남편이 난 그냥 반갑다.

이제 여든둘이 된 둘째언니를 떠올린다. 엊그제 전화를 받았다. 언제나 마르지 않는 이야기샘물을 끊임없이 퍼올리는 우리 언니. 그 나이라고는 믿어지지 않을 만큼 카랑카랑한 목소리로 하는 이야기들은 이승과 저승이 따로 없이 무한 공간을 오간다. 다음 세상에서는 기자나 방송 리포터가 되고 싶다고 했다. 쉽게 벗을 수 없었던 여러 겹의 굴레를 벗고 싶음이리라.

젊어서는 뱅뱅 돌려야 되는 재봉틀 손잡이에 낮과 밤을 걸었고, 그 후에는 자식과 그 자식의 자식들에게 매였다가 이제야 움직이려고 보니 듣지 않는 육신, 마음만이라도 자유롭고 싶은 간절함 때문이겠지.

내가 해줄 수 있는 것이라고는 명창 겸 어수룩한 고수의 어설픈 추임새같이 그저 '그래, 그래?'를 반복할 것밖에 없었다. 생각하면 가슴 한구석 짠하게 남는 언니면서도 실지로는 내가 먼저 전화 한번 한 일이 없다. 마음만 열댓 번 구르면 뭐할 건가. 멀지도 않은 거리와 시간 타령만 하는 무심한 나인 것을.

세 살에 만난 새엄마, 그 엄마는 내 친엄마지만 결코 포근하거나 자애롭지는 분명 않았을 것이다. 병약한데다 예민한 스무 살 새색시가 서른셋의 홀아비에게 시집와서 줄줄이 세 딸을 거둔다는 것이 어디 쉬운 일이었겠는가. 세 살바기 응석을 어떻게 다 받아줄 수 있었을 것인가. 감내할 수밖에 없는 운명이라고 체념한다 해서 어려움이 반감되지는 않았을 것이다. 겉으로 내색 않는대서 아픔이 없었으랴. 보이지 않는 더 깊은 곳에 묻었다가 품어내는 새엄마의 아픈 소용돌이 속을 도는지 모르고 돌았을 세 살바기 언니를 떠올리다가 눈을 감는다. 심하게 부리던 고집을 어딘가에서 친엄마가 아니란 것을 알고 온 후부터 거짓말같이 버리고 싹싹하게 굴었다던 언니다. 그 언니가 다시 태어나도 우리 아버지 어머니 밑에서 우리 형제자매로 태어나고 싶단다. 진실로 그렇게 태어나고 싶단다. 안쓰럽게 맺힌 한은 아닐까?

다시 태어나도 지금 배우자를 만나겠느냐고 물으니 남자는 80%가 그러겠다, 고 했지만 여자는 20%였다고 했다. 그나마도 여자들에게 그 이유를 물으니 좋아서가 아니고 지금껏 맞춰 사느라 힘든 것도 지겨운데 다시 다른 사람 만나 그만큼의 수고하기가 싫어서란다. 조금은 어이없는 이야기에 찜찜하게 웃은 일이 있다. 나 역시 아침에 헤어졌다가 저녁에 만나면서도 애틋한 마음이 드는 남편이지만 그렇다고 다시 태어나도 부부가 되겠느냐고 묻는다면, 금방 "네" 라는 대답을 쉽게 하지는 않을 것이다. 아마 가짐으로써 느끼는 여유일 수도 있다. 이런 어이없는 물음과 답도 배우자가 있으므로 가능한 것을, 여든둘 우리 언니는 부모와 자식, 형제와 자매의 관계에 연결고리를 건다. 청상으로 혼자 덮고 누르며 살아온 세월, 다음 세상에서는 펼치고 걷어 한恨없는 세상을 살고 싶음을 뒤집어 말하는 것이겠지. 다시 태어난다면 내가 언니로 태어나 동생을 따뜻이 보듬어 주고 싶다는 생각이 절실한 날이다.

앞치마

　　　　　　내가 다섯 살 때 시집온 큰올케언니는 큰 키에 주근깨가 꽤 많았다. 그것을 감추려고 그랬는지 신행날 아랫목에 마련된 신부자리에서 살며시 뒷마루로 나가 작은 분첩을 열어 얼굴을 다독이는 모습이 신기하기만 했다. 그 이튿날부터 하얗고 긴 앞치마를 입은 언니는 내 우상이 되었다. 가만히 웃을 뿐 말수가 적은 언니한테 무슨 얘기든 하고 싶고, 중문을 지나야 있는 언니 방엔 무엇이 있을까 몹시 궁금했지만 평소 엄한 엄마는 항상 주의를 주곤 했다. 새언니는 무서운 사람이니 부엌에서 무엇을 먹든 무슨 말을 하든 내한테는 아무것도 말하지 말라는 것이었다. 엄마를 무서워하던 다섯 살 꼬마인 나는 1년이 지나 조카가 태어난 후에야 언니 방에 들어갈 수 있었다. 병약한 엄마는 늦게 둔 막내를 행여 새며느리한테 맡겨야 될지도 모르는데 미움이라도 받을까봐 단단히 교육을 시키셨던 것일까?

내가 앞치마를 처음 입어 본 것은 중학교에 입학해서였다. 가사시간에 흰 바탕에 파란 바이어스를 대고 작은 꽃수를 놓아 손수 만든 것이었다. 친구들은 책상 서랍에 넣어 두고 청소시간과 가사실습 때나 입었지만, 난 책가방에 넣고 다니며 집에서도 입어보곤 했다. 풀먹이고 다림질하는 그 정성으로 공부를 했다면 전체일등도 했으리라. 그토록 좋아하는 앞치마를 지루한 수학시간에 선생님께 입히고 두건을 씌우는 생각으로 혼자 키득대다가 짝꿍에게 그 내용을 쪽지로 보내면 온 주변이 술렁거렸다. 화가 나신 선생님은 모두 불러내 손드는 벌을 주셨다. 위로 치켜든 팔이 아픈 것보다 작은 키에 뚱뚱하고 검은 얼굴의 선생님 앞치마 입은 모습이 떠올라 참는 것이 더 힘들었다.

요즘의 앞치마는 하나의 옷이다. 흰 자투리 천에 모양내고 끈 달아서 뒤로 한 번 묶는 게 대부분이던 행주치마가 아니라 원피스 형태로 온몸을 감싸는 것에서부터 귀여운 동물이나 과일 모양 등 온갖 디자인과 재질이 겉옷과 같아서 값 또한 만만치 않다. 그래도 앞치마를 워낙 좋아하다 보니 하나, 둘 산 것이 열 개도 넘는다. 기분이 우울하고 무엇인가 풀리지 않을 땐 빨간 체크에 강아지가 웃고 있는 간편한 것, 좋은 사람들과 만남 뒤 들떠있는 기분일 땐 우윳빛 바탕에 초록색 풀꽃이 찍힌, 십자로 묶는 것을, 남편이 오는 날, 신이 나서 음식 준비를 할 때는 하늘색에 파랑 리본이 달린 귀여운 것을, 쌀쌀해진 날씨에 화분을 들여놓고 집안정리를 할 땐 밤색 체크무늬

원피스 형을 입는다. 이렇게 기분 따라, 하는 일 따라 바꿔입을 만큼 많으면서도 색다른 모양이나 색상이 눈에 뜨이면 또 갖고 싶다. 이런 나의 앞치마에 대한 욕심은 올케언니를 본받고 싶은 마음이 아닐까?

시골 겉 부잣집 큰며느리로 시집와 50년 가까운 세월. 궂은일은 감싸고 좋은 일에 날 내세우지 않는 한결같은 마음의 올케언니! 무슨 일을 할 때든 겉옷을 더럽히지 않게 감싸주고, 아무리 비싸고 좋은 것이라도 대문 밖 나설 때는 입지 않는 앞치마와 닮아서일까? 나도 그런 삶이고 싶어 지금껏 올케언니를 흉내내며 살고 있지만 어림도 없는 일이다. 오늘은 연갈색 모자가 수놓인 밤색 앞치마를 입어 볼까?

2001.

그만큼은 아녀

"이 세상 소풍 끝나는 날 참 행복했노라"고
말하겠다던 어느 시인의 시 한 단락을 떠올리며 친정에 갔다. 남녀
노소 가리지 않고 유난히도 사람 좋아하던 어머니의 흔적이 사라진
지 오래된 집이다. 그래도 혹, 유리문을 열면 어머니 모습이 보일지
도 모른다는 생각은 잠시, 새로 지은 집 현관을 열자 기름 냄새가
진동했다. 숙주나물과 도라지, 고사리나물 등은 이미 정갈하게 무치
고 볶아져 있고 가스레인지 위에선 탕과 수육이 끓고 삶아지고 있다.
허리 굽은 칠십의 올케언니는 주방과 다용도실을 오가며 무언가를
연방 들고 날고, 그 옆에선 역시 칠십 넘은 오빠가 아픈 다리를 쭉
뻗힌 채 밤을 치고 있다.

어머니가 가신 지 강산이 한 번 변하고, 다시 몇 년이 흘렀다. 그리
고 다시 돌아온 제삿날. 다른 해와 달리 막내라는 느긋함을 누릴 수

없음은 여러 사정들로 함께하지 못하는 형제와 자매가 더 많은 탓이다. 온갖 전들 채반에 가득한데 아직도 빠진 것을 주문하는 올케언니의 지시로 팔을 걷었다. 갈아놓은 고기에 물기를 짠 두부를 으깨고 채소를 다져 동그랑땡을 만드는 일은 시작에 불과했다. 과일을 씻고, 제기를 닦고, 생선을 찌고, 굽고……. 처음 해보는 일도 아니건만 친정이라도 내 집은 아니라서 장소도 일도 서툴기만 하다. 일을 치우기보다 자꾸 넓히는 꼴이 되었다. 물과 기름을 엎지르고, 주방기구 찾는 시간이 일하는 시간보다 길어 애매하게 짧아진 해를 원망하기도 했다.

그런 속에서도 생전에 어머니 얘기는 끝이 없이 이어졌다. 술과 함께한 일생. 여자의 몸으로 거의 하루도 거르지 않은 음주였지만 가족 누구도 불행하다고는 생각지 않았다. 오래된 하나의 습관으로 여길 정도로 자연스럽기조차 했다. "할머니가 하루 드신 술의 양이 4홉은 될 거예요?" 큰조카가 물음 아닌 물음을 했다. 긍정도 부정도 없는 길지 않은 시간이 침묵으로 흘렀다.

"아니야! 한 되는 될 거야." 내가 짧은 침묵을 볼멘소리로 깨트렸다. 어머니 생전의 내 불만이자 애잔함의 역逆이기도 했다. 그때 옆에서 갓 쪄낸 떡을 꺼내는 올케가 한마디했다. "그만큼은 아녀." 천부당만부당하다는 듯 고개까지 저으며 부정을 했다. 사십여 년 가까운 세월을 함께하는 동안 고부간의 관계에 고운 정만 있었으랴만 어머니의 날에, 내 어머니의 날에 의미 다른 눈시울을 적시게 한 우리 올케언니의 "그만큼은 아녀."

제4부

그립고 아쉬운 한복

　　마른 풀 속에 사랑하는 이와 함께 앉아 그는 노래를 부르고, 난 노래를 짓고 진종일 달콤한 시를 읊으리라는 유월이다. 이 계절에도 나는 단막극, 연속극 가리지 않고 드라마를 즐겨 본다. 그런데 요즘은 시간 맞춰 연속극을 보려 TV를 켜면 이리 뛰고 저리 뛰는 축구선수들의 모습만 보인다. 그 둘레에서 구르고 뛰고, 소리치고 노래하며 흥분하는 응원단들. 지금은 월드컵 기간이다. 여기저기 붉은 물결, 가득한 함성소리, 그 열기를 식히려는 듯 밤엔 비가 내렸다. 조금 조용해진 듯싶지만 붉은 옷은 여전히 거리를 누빈다. 늦게라도 티셔츠를 입겠다는 막내를 위해 몇 가게를 돌아도 다 품절이란다. 영락없이 술렁이는 명절대목이다. 명절에 꼬까옷 팔리듯 빨간 티셔츠가 동이 났단다.

　　내 연배 가수인 그녀는 항상 청바지에 티셔츠, 운동화 차림이었다. 화장기 없는 얼굴에 아무렇게나 빗어 넘긴 짧은 헤어스타일이었다. 그러던 그녀가 내 마음을 안 것일까? 20여 년이 지난 내 방 TV화면에 검정치마 흰 적삼을 입고 나타났다. 월드컵 특집 음악프로에 의외의 모습으로 나타난 그녀를 보며 중학교 봄 소풍 길을 떠올렸다.

옹기종기 버섯같이 머리를 맞댄 시골마을을 지났다. 자두꽃이던가, 배꽃이던가, 하얗게 피었던 어느 집 마당가의 장독을 닦던 여인은 갓 시집온 새댁이었을까? 분홍 치마에 흰 저고리를 입고 있었다. 열 서너 살 계집애는 그 모습에 왜 그리도 달뜬 가슴이 되었던지 알 수가 없다.

어머니가 한껏 차려입고 나서는 옷은 회색 아니면 누리끼리하거나 불그레한 한복이었다. 그런 어느 가을날, 진한 밤색 치마에 옥색 저고리를 입은 어머니의 모습을 보고 난 눈물이 나려고 했다. 전형적인 사대부가의 여인인 시어머님은 여름이면 모시 치마 적삼으로 올 하나 흐트러지지 않게 단장하셨다. 결혼하면 한복만 입고 살 거라는 내 생각은 철부지의 꿈이었다.

늦여름 붉게 피는 홍초꽃보다 더 붉고 화려한 응원석을 보다가 경기 상대국의 귀빈들이 나란히 앉은 곳을 보면 칙칙하기만 하다. 붉은색 옷을 입고 열광하는 그 열기 속에서 굳이 검정 양복에 넥타이를 졸라매야만 하는 이유가 있을까? 흰 모시 중의적삼 옥색 두루마기를 입고 앉아 응원하는 모습을 보여주면 어떨까? 혹, 그네들을 보필하는 누군가도 나 같은 생각으로 오늘 경기에서는 그런 모습을 보여주지 않을까? 매번 기대했으나 헛수고였다.

　그런데 오늘 저녁, 평소와 전혀 다른 검정 치마, 흰 적삼 나붓이 차려입고 노래하는 그녀. 실제로는 붉은 치마, 남색 치마라도 상관없다. 고물 흑백TV가 되어버린 내 방 화면에 비치는 그대로가 좋으니까. 땀으로 범벅되어 운동장을 누비며 승리한 선수들의 자랑스러운 모습만큼이나 높이 보이니까…….

　월드컵 준결승전 한국과 독일의 경기가 열리게 될 상암구장의 귀빈석에는 혹시 내 바람이 전달되어 대통령과 그 일행들 모습이 옥색, 혹은 분홍색 한복차림이었으면 좋겠다. 그랬으면 참 좋겠다.

2002. 6.

분홍색 연가戀歌 셋

하나.

　　난 기어이 작년 추석에 입었던 갑사甲紗 분홍색 치마와 연두색 저고리를 입었다. 양지 마당 씨암탉은 고~고 고~고 알 품는 소리를 냈지만, 음지뜸 잔설은 아직도 희끗희끗 남아 있는 3월 초였다.

　어머니 따라 몇 번 가본, 먼 장터에서도 얼마를 더 가야 된다는 학교는 어떻게 생겼을까. 선생님은 어머니보다 무서울까. 책은 몇 권이나 나눠줄까. 이것저것 궁금한 게 많던 초등학교 입학식날, 계절에 맞지 않는 옷이라는 언니들의 설명이나 어머니의 매서운 회초리에도, 꼭 그 옷을 입어야 되는 내 고집에는 통하지 않았다. 아직 풀잎 하나, 꽃 한 송이 피지 않고 얼음물 곳곳에 고여 있는 시오리十五里 흙탕길을 난 한 마리 분홍 나비가 되어 훨훨 날았다.

둘.

서로가 이상형도 아니었고, 첫눈에 반한 것도 아니었다. 검은 내 피부를 희게 보았다는 사람이나 둥글넙죽한 얼굴을 둥글게만 보았던 나나, 눈에 콩깍지를 덮어쓴 공통점이 있을 뿐이었다. 그것은 운명이라는 굴레를 쓰기 위한 좋은 조건으로, 서로에게 꼭 필요한 사람들이라는 인식을 가지는 데 그리 오랜 시간이 걸리지 않았다. 번갯불에 콩 구워먹듯 결혼약속이 되어 한 달 후로 날이 잡혔다.

눈부신 햇살이 차창을 통해 쏟아질 때 살며시 잡는 손 뿌리치지 않은 채 고개만 차창 밖으로 돌렸다. 그 순간, 잡힌 손 내밀면 닿을 것 같은 거리에 거세지도 급하지도 않게, 속삭이듯 가만가만 일렁이던 분홍물결. 아스라한 분홍색 복사꽃 물결에 주체할 수 없던 눈물은 환희였는지 설움이었는지. 그 사람한테 기대어 울고 또 울며 내집에 처음 인사 가는 날이었다.

셋.

가지 않고 뭉그적대는 겨울이 다시 입은 칙칙한 가을옷 색깔 탓인 듯했다. 그 핑계로 아래위 분홍색 개량한복을 맞췄다. 바람은 엉뚱하게 이루어지기도 한다. 명절날에 해준 새옷이 아니라도 솜씨 좋은 언니들 덕에 항상 말끔하게 입을 수 있던 한복이었다. 양복에 밀려 초등학교 2학년으로 마감한 것이 아쉬움으로 남아 크면, 결혼하면, 한복만 입으리라는 생각을 어떤 때는 잊고, 어떤 때는 지우며 세월은 흘렀다. 그렇게 묻혀버리는가 싶던 바람이 작년여름 생각지도 않게 이루어졌다. 일터에서 입는 개량한복이지만 방문객과 차별화를 위해 소속된 과에서 두 벌을 맞춰준 것이다. 여름옷은 태양 아래서도 주눅들지 않는 붉은 치마 연노랑 저고리였다. 가을 옷은 단풍색 저고리와 낙엽색 치마였다. 새로 맞춘 한복은 지나치게 요란하거나 추레하지 않고, 적당한 광택과 촉감이긴 하지만 일상복으로 입는다면 분명 촌스러울, 좀 진한 분홍색이다. 그래도 충충한 나뭇가지에 꽃망울 벙긋대지 않은 나무 밑을 걷다 보면 내가 곧 봄인 듯, 꽃인 듯 초등학교 입학식날로 돌아가 기분이 좋아진다.

상대적 부족함을 모르던 시절의 분홍색은 그냥 화사하고 곱게만 보였다. 중학교 봄소풍날 바라본, 낮은 담장너머에서 장독을 닦던 새댁의 분홍치마는 신비함으로 남아있다. 결혼식날 폐백 때 붉은 치마 초록 저고리 대신 입었던 내 분홍한복은 절제의 표현이었다. 느낌에 따라 화려하고 아련하며, 때로는 요염하게도 보이는 분홍색은 진한 그리움이다. 화끈하거나 느긋하지 못한 나를 감싸주는 보호색이기도 하다. 붉은 정열과 하얀 정결을 조화롭게 버무려 편안함을 주는 색. 수없이 바뀌고 소멸되는 갖가지 생각과 의식 속에서도 사라지지 않고 변하지 않는, 분홍색에 대한 나의 추억과 집착은 "그대가 옆에 있어도 난 항상 그대가 그립다."는 어느 시인의 시구처럼, 먹으면 먹을수록 배고파지는 진달래꽃처럼, 유난히 많은 분홍색 옷과 물건들을 가지고도 항상 부족해서 허덕이는 듯한 이것은 분명 떨칠 수 없는 그리움이다.

아폴로와 추억

수마水魔는 할퀸 자국 뒤에 한숨과 절망, 질병까지 남기고 갔다. 수마가 오지 않았어도 급성출혈성 결막염은 연례행사처럼, 여름방학 후 개학 무렵이면 잠시 퍼졌다가 사라지는 유행성 눈병이다. 일명 아폴로 눈병이라고도 하는 이 병은 잠복기가 하루 이내인데다, 공기전염이라서 급속도로 확산되는 것이 특징이긴 하지만 올해는 유독 그 속도가 빠른 모양이다. 환자수가 하루 사이 16만 명씩 늘고 있다고 연일 중요뉴스에 소개되기도 한다. 휴교하는 학교가 늘고, 고3인 막내의 말을 빌리면 조금만 눈병 기미가 보여도 귀가조치를 시키니 지친 애들은 기회를 이용하기도 한다고 한다. 다행히 내 주위엔 그런 사람이 없어 안도의 숨을 쉬면서 아득히 먼 인연과 추억의 끝자락을 들춰본다.

날카롭게 빛나는 지성의 전혜린을 흠모했고, 부드러운 감성의 강

신재를 닮고 싶던 시절이었다. 지독한 사랑의 열병을 앓고 싶던 때이기도 했다. 마침 맑은 영혼으로 가슴 울리는 언어를 구사하는, 시 쓰는 사람을 만났다. 세상은 그로 인해 존재하는 것 같았고, 내 삶은 그로 인해 빛날 수 있었다. 서로의 얼굴을 몰라도 좋았고, 서로의 생활을 속속들이 밝히지 않아도 괜찮았다. 밤새 쓴 글을 부치는 것으로 하루가 시작되고 매일 부쳐오는 글을 읽는 것으로 하루가 마감되는 나날이었다. 이른 아침의 맑은 매미 울음으로 하루가 맑다는 것을 알 수 있는 것이 행복했고, 아기별꽃이 하얗게 피어나면 그것이 바로 기쁨이 되고, 밤하늘에 잔별들의 반짝임도 나를 위한 축복이었다. 나라 밖으로의 이별도 더 기쁜 만남을 위한 준비로 생각하며, 인연의 줄 탄탄하게 엮어 끊어지지 않는 매듭짓고자 하루하루를 기도로 이어갔다. 그렇게 영원하리라 믿은 인연이었지만 마음만으로 맺어지는 것이 아닌 모양이었다.

첫 만남에 하얀 안대를 하고 나타난 그는 작은 면소재지에 무섭게 번지는 눈병을 옮겨 놓은 사람이 된 것이다. 교통도 통신도 발달되지 않았던 70년대 초였다. 부산에서 시작된 아폴로 눈병, 그곳으로 귀국해서 곧장 달려온 사람은 그 눈병으로 인해 누구에게도 환영받지 못했다. 쳐다만 봤는데 왜 옮겼겠느냐고 짓궂게도 날 놀리던 옆자리 직원이 그 이튿날 퉁퉁 부은 눈에 안대를 하고 나왔다. 그와 많은 얘기를 나눈 큰오빠부터 온 식구가 차례로, 그리고 이웃이, 소문은 소문을 몰고 '얌전한 고양이가 어디에 먼저 오른다.'고 안대로 눈을 가리고도 앞을 보기 민망할 정도였다. 꼬리에 꼬리를 잇는 소

문은 눈병이 사라진 한참 후까지 한동안 그칠 줄을 몰랐다. 하얀 안
대만 슬쩍슬쩍 머리를 스칠 뿐 모습은 전혀 기억되지 않으니 아픔도
세월 흐르면 그냥 추억일 뿐인가?

2002.

순간 실수, 많은 생각

　　　　　큰방 문짝이 항상 말썽이었다. 모든 방이
외짝여닫이 문이지만 큰방만은 네 짝 미닫이 한식 문 흉내를 냈는데
그것이 문제였다. 오래된 한옥을 편의 위주로 고치며 그나마 외관을
생각한 것은 현관을 열면 곧바로 마주하기 때문이었다. 본래 모습으
로 닫으려면 두 팔의 힘에 성질까지 보태서 씨름을 했는데 그래도
안 될 때는 발길질도 불사했다. 그 힘들던 것을 한번에 바꿔버렸다.
되는 대로 닫는 것이다.

　잠깐의 부주의로 왼쪽 팔에 반깁스를 했다. 불편함이야 이루 말할
수 없지만 또 다른 생각과 행동의 전환으로 편안함도 느끼니 전화위복
이라 할까. 지금껏 겉 포장지에 불과한 형식에 얽매여 얼마나 고심했
던가. 남에게 보여지는 모습을 생각해 속은 까맣게 타들어가도 태연
한 척, 가슴은 분노로 일그러져도 얼굴은 웃는 때가 많았다. 어디 표정

뿐이었는가. 잠깐의 외출을 위해서도 기초화장부터 색조화장까지 시
늉이라도 내야 편안했다. 돌아와 화장을 지우면서 느끼는 해방감은
편안함 이상이었던 것을.

대중사우나의 때밀이대 위에 반듯이 누웠다. 나와 별 차이 없이
왜소한 체구의 아주머니 손길은 부드러우면서도 시원하게 구석구석
을 누볐다. 팔에 통증만 없다면 스르르 눈이 감길 정도였다. 얼굴에
무언가 잔뜩 붙인 채 반듯이 누워 안마를 받던 사람들이 떠올랐다.
아주머니의 체격 배쯤은 되는 그들이 왜 그리도 언짢게 보였는지.
지금 내 모습을 보는 사람들도 나처럼 생각할까. 그 얘기를 했다.

"아니에요. 이 생활 20년인데요. 손님들이 있으니 제가 살죠."

그렇구나! 그렇게 되는 것이구나. 지나친 소비의 절제가 경제의
위축을 가져오는 한 원인이란 말에 참 많은 이의를 달고 싶었는데
엉뚱한 곳에서 내 편견을 되돌아보는 계기가 되었다.

어린애는 아프고 나면 재롱이 늘고 어른은 아픈 만큼 성숙한다던
가. 잠깐의 실수로 인한 팔목 부상은 정말 미미한 것이라서 금방 나
을 줄 알았던 것은 내 생각일 뿐, 하루 이틀 통원치료 날짜는 늘어
났다. 전 같으면 초조와 조급함으로 옆 사람들까지 많이도 불안하게
했으련만 올 초부터 계속되고 있는 여러 질병들로 인한 성숙함인가,
병이 이기나 내가 이기나 그런 오기의 인내가 아닌 시간되면 낫겠지
하는 편안함의 인내를 하고 있다. 밤 시간에 찾은 응급실에서 담당
의사 하던 말도 고맙게 떠올린다.

"뼈에 이상 없고 왼팔이니 다행입니다. 체중이 그 정도라서 넘어

졌어도 그만한 듯싶고요."

밥맛 없다고 짜증낼 일도, 안 먹어서 큰일이란 옆 사람의 걱정도 불필요한 것 아닌가. 좋은 일과 나쁜 일은 언제라도 생기고 없어지는 것. 그것이 인생 아니던가.

그녀와의 동거

그녀는 아직도 모릅니다. 내가 얼마나 자기를 좋아하는지를. 알 턱이 없지요. 항상 밀착되어 살다보니 귀찮아서 떼어낼 생각만 하고 있으니까요. 전 몹시 서운하고 불안해서 죽어도 떨어지지 않으려고 안간힘을 쓰며 살고 있답니다.

그녀를 안 것은 꽤 오래전으로 거슬러 올라가야 됩니다. 그렇다고 새싹같이 여리거나 푸른 나뭇잎 같은 청춘일 때는 아닙니다. 화사한 꽃잎 같은 시절도 아닙니다. 그때는 그녀가 매력이라고는 눈곱만큼도 없었으니까요. 가시나 뿔 같은 것을 지니고 있지는 않았지만 보이지 않는 독毒과 측정할 수 없는 힘으로 완전무장을 한 채 작은 틈새도 보이지 않으려 했었으니까요. 그런 그녀와는 겁이 나서 눈도 마주치기 싫었습니다.

그렇게 소 닭 보듯 무심히 보낸 세월 뒤에 그녀가 반백이 되어가는 머리를 감추려 노력한 지 오래된 어느 날이었습니다. 오뉴월 복伏더위에도 칼바람 불듯 온기라고는 없던 그녀가 배시시 따스한 미소를 지었습니다. 잠깐 짓는 그녀의 미소가 싫지 않았습니다. 싫기는요, 사실 이제 말이지만 가볍게 스치기만 해도 질겁하며 달아나는 그녀가 점차 좋아지기 시작한 지 한참 되었거든요.

좋은 기회이기에 처음엔 눈치 못 채게 먼 데서 지켜만 보다가, 우연을 가장해서 슬며시 마주치며 시침을 떼기도 했습니다. 그녀도 처음에는 아무 일도 아니라는 듯 넘기더니 왼쪽 어깨와 팔에 감겨 밤을 같이 새기로 하자 민감하게 반응했습니다. 절대 인연 맺을 운명이 아니라며 곧바로 떨치려는 비방을 썼습니다. 해害가 되는 약물을 먹이고, 뜨거운 김에 데이게 하고, 바늘로 찌르다 전기고문까지 하는 것입니다.

좋아하는 것이 죄罪라면 죄罪겠지만 해도 너무한다 싶어 저도 강하게 대응했습니다. 내면 더 깊이 파고들어 누르면 튕기고 싶고, 밀면 당기고 싶은 이중적 본능을 마음껏 펼쳤습니다. 그녀는 더 치열하게 되받아쳤습니다. 저도 관심과 사랑을 넘어 맞대응하는 적이 되고 말았습니다. 그녀는 분명한 제 정체를 찾아서 기어코 혼을 내주고 말겠다며 이름도 긴 자기공명영상촬영이래나 하는 것까지 동원했습니다. 하마터면 오십견이란 것을 들킬 뻔했지만 오랜 경험으로 교묘히 피했습니다. 아까운 비용만 들었다며 지나친 대응을 후회하는 그녀가 잠깐 안쓰러워 떠나버릴까도 했습니다. 그러나 좋아하는 마음을 버리기에는 제가 너무 깊이 빠져 있습니다. 관심을 갖던 때부터라면 햇수도 넘었으니까요.

미운 정도 정이라고 그런 것일까요? 얼마 전부터 그녀는 제 안부를 묻는 사람들께 이렇게 되풀이 말하는 것을 듣습니다. "어쩌겠어요? 죽어도 안 떨어지겠다니 그냥 운명으로 알고 더불어 살아야지요. 언젠가 제가 싫증나서 저절로 떨어져 나갈 때까지는요." 말은 그렇게 하면서도 속으로는 하루빨리 떨치고 싶은 모양입니다. 보기에 우스꽝스러운 작은 자석들을 방패삼아 붙이고는 싸우다 지친 왼팔 사용이 힘들 때마다 얼굴을 찡그립니다. 그 모습이 전 너무도 좋아서 도저히 그녀와 헤어질 수가 없습니다. 이런 제게도 그녀가 싫어서 떠나고 싶어지는 때가 올까요?

삼숙이와의 이별

　　　　　삼숙이가 우리 집에 온 지는 열 달 전이다. 그의 인기가 한창인 때였다. 처음 대하는 삼숙이는 과연 칭찬할 만한 모습이었다. 생각보다 큰 키, 균형 잡힌 몸매, 깨끗하고 훤한 얼굴, 일하는 모습도 투명하고 시원시원했다. 누렇게 찌든 옷들도 금방 하얗게 만들어냈다. 신기해서 여러 사람들한테 자랑을 했더니 그들은 비웃기라도 하듯 빨리 끓는 냄비 빨리 식는다며 조금 더 두고 보라고 했다. 보란 듯이 내 자랑이 맞는 몇 달이 지났다. 그런데 이럴 수가? 삼숙이의 빠른 변화는 그들 말을 확인시켜 주었다. 민첩한 것은 경박스러움으로, 깨끗한 것은 겉모습뿐이었다. 균형 잡힌 몸매는 지저분하게 상처투성이가 되어갔고, 얼굴은 여전히 웃고 있었으나 상처 난 몸으로 일을 하기엔 무리였다. 부득이 내보내야겠다.

　'삼숙아 미안하다. 너와 같이 산 지 1년도 안 됐는데 내가 너무

혹사를 시킨 것일까? 처음 상처가 났을 때 급한 마음에 대충 치료한 후 금방 또 일을 시켰지. 그 상처는 덫이나 또 다른 상처를 가져오고 결국은 너와 헤어지게 되었구나. 그러나 너도 참 그래. 내실은 부실하면서 겉은 튼튼한 듯 꾸미고 소문을 냈으니 눈, 귀 얇은 내가 혹하지 않았겠니? 요즘은 새로운 삼숙이가 새로운 모습으로 다시 출현한다는 소문이 사진과 함께 실리더라. 네 사촌쯤 되겠지? 두 번은 속지 않으련다. 빨리 온 이별이 너무 가슴 아파서.'

헌 밥통으로 대신하던 빨래 삶는 통이 많이 낡아서 광고가 한창인 새 것을 샀는데 너무도 허망했다. 얇은 바닥은 금방 구멍이 났다. 끈끈이 은박지로 때워도 그때뿐이었고, 가스레인지 위로 샌 물은 주방을 비눗물 바다로 만들어 버렸다. 청소는 대충하고, 음식도 편하게 하면서 빨래에는 유난을 떠는 이유를 그냥 습관이라고밖엔 할 말이 없다. 삶아서 오히려 망가진 것도 있고, 깜빡하다 깜부기를 만들기도 했다. 그래도 삶을 빨래는 기어코 삶아야 직성이 풀렸는데 '뒤집을 필요 없이, 적은 물로, 빠른 시간에 깨끗하게' 빨래 삶는 통 삼숙이 광고는 내게 확실한 구매욕을 느끼게 했었다.

현혹되어서 다가갔다가 실망하고 뒤돌아서는 것이 어찌 이것뿐이랴. 선거 뒤에, 혹은 지명 뒤의 후유증도 이런 것 아니었을까? 스스로 부끄럼 없는 참된 모습 보여주고, 그 진실 파악하는 서로의 능력과 지혜가 있었다면. 취임한 지 며칠 만에 부인이 구속되는 군수도, 공사 구분 못해 구설수에 오르고 변명하느라 진땀 빼는 시장도, 헌정사상 첫 여성총리 지명 뒤의 오르고 내림도 없지 않았을까?

　멀쩡한 뚜껑은 어딘가에 쓰일 것 같아 한쪽에 챙겨두고, 구멍 난 삼숙이 통은 재활용품 주머니에 넣다가 다시 한번 구멍 난 부분들을 쳐다보았다. 완제품을 만드는 것은 생산자의 의무지만, 명품으로 보존하는 것은 소비자 몫인데 내가 좀더 조심스레 사용할 수도 있었을 텐데. '난 당신이 미워요.' 하는 것 같아 얼른 주머니를 닫았다.

2003

치아齒牙와 지붕

유난히 좋아하는 자두가 때 이르게 나온 것
이 꼭 나를 약올리려는 것만 같다. 헤쳐 놓은 이빨은 공기만 들어가
도 '아이쿠' 소리가 날 만큼 지독한 통증에 시달리고 있는데, 눈은
또 그 옆에 파르란 연두색 배추에도 머문다. 소금 적당히 뿌려 간한
배추에 맵고 고운 고추 갈아서 잘 익은 젓갈 넣어 버무린 그 아릿하
게 싸한 김치 맛이라니…. 금방 해낸 하얀 쌀밥 위에 죽죽 찢어 얹어
아삭아삭 먹어보았으면. 죽 늘어선 가게 앞을 한 달은 족히 기다려
야 그나마 꿀 수 있는 야무진 꿈을 꾸며 지났다.

어릴 때 면소재지에 하나 있던 '안의원'은 만병을 치료해 주는 의
사 아닌 의사였다. 어금니가 몹시 아팠던 날, 엄마랑 찾았다가 책상
위의 기구들에 놀라 울며불며 그냥 뛰쳐나온 뒤로 치과와는 담을
쌓았다. 고른 치열로 크게 웃는 사람들이 몹시 부러웠지만 그때의

"

두려움을 이기지는 못했다. 웃을 때면 손으로 엉망인 잇속을 가리며 무모한 세월을 보낸 셈이 되어버렸다.

쉰에다 둘을 더하고도 어릴 때의 기억 하나 떨치지 못한 채 참는 것에 한도를 느낀 어느 날 찾은 치과였다. 드릴을 돌려대고 톱질을 하는 듯한 소음이 귀청을 때리며 삐쭉하고, 날카롭고, 구부러진 기구들이 금방이라도 달려들 것 같은 공포로 밀려왔다. 의자에 비스듬히 누워 시키는 대로 입을 위로 아래로 벌리고 다물고 하는 동작은 훈련받는 한 마리 원숭이 같다는 생각이 들기도 했다. '안해서'와 '못 해서'의 구분 없이 잘 닦지 않아서 그렇다고 번복하고 강조하는 데는 부끄러움이 도를 넘었다. 오복의 하나라는 치아를 허술하게 간수한 죗값을 만만찮은 비용과 고역으로 치르고 있는 요즘이다.

막내방과 보일러실이 비만 오면 발을 구르게 했다. 오래된 집이라는 핑계를 대며 팔든지 새로 짓는 것만 생각하고 방치했던 결과다. 궂은 날보다는 갠 날이 많기에 그럭저럭 살 만했던 게 이유이기는 하다. 그러던 차에 담이 엉켜 있던 뒷집이 이사를 가고 새로 집을 짓고 있다. 이참에 우리 집도 손을 조금 보기로 마음먹고 외양은 덮어둔 채 우선 지붕 밑에서 물에 발 적시는 일만 없애기로 했다. 일터에서 뼈가 굵어 이젠 사장님이란 소리 듣고 산다는 분이 인부 하나를 데리고 왔다. 고개를 갸웃거리며 고민에 빠지는 것 같았다. 혹시 도저히 못하겠다면 어쩌나, 옆에서 바짝 긴장하며 눈치를 살폈다. "한번 혀보기는 허겄는디요. 참 힘들게 생겼그만요." 후유.

며칠동안 장맛비가 내렸다. 주방에서 문을 열고 가만히 보일러실을 살폈다. 보송보송한 바닥이 거짓말같이 다가왔다. '아유 고맙기도 해라.' 나도 몰래 중얼대며 무심코 고개를 꾸벅했다. 막내의 방문도 조심스레 열어봤다. 역시 고슬고슬하다. 이런 것을, 그토록 무심히 방치했던 것은 집이나 내 치아나 마찬가지였구나. 어쩌자고 새것과 큰 변화만 생각하며 현재를 무시하고 살았을까. 결국 치아도 쉰 쯤 되면 어차피 볼품없었던 것 다 빼버리고 보기 좋게 의치를 하리라고 생각하는 동안 추스를 수 있는 것마저 망가져서 더 많은 비용과 고통을 당하고 있는 것이 아닌가.

앞으로도 빨라야 한 달이 걸린다는 치아대공사다. 빼고, 갈고, 싸고, 거는 수없는 공정 속에 몸과 맘이 지쳐간다. 잦은 마취제의 투입 탓은 아닐까 할 만큼 간단한 것조차 기억을 못해 난감할 때가 한두 번이 아니다. 금방 앉았다 나온 자리도, 물건도 생각이 안 나 제자리를 빙빙 돌면서 그 이유도 모르기가 일수다. 급격한 체중감소 또한 체력저하와 비례하기에 아무리 다이어트 열풍시대인 요즘이지만 좋을 것이 없다.

항상 가까이 있는 것에는 무심하고 소중한 줄을 모르기가 쉽다. 멀고 높아 가질 수 없는 것에 대한 애착은 강하게 마련이다. 잃은 것에 대한 미련은 더 클 수밖에 없다. 그러나 현재 주어진 것에 대한 소중하고 애정 어린 관심은 삶을 훨씬 편안하게 하리라는 생각을 해본다. 공사 중인 어설픈 치아와, 볼품은 없지만 비 샐 걱정 없는 지붕을 보면서.

2003

앞집 여자

그녀는 나를 볼 때마다 '형님'이라고 했다. 장성한 아들 며느리가 있는데다 화장기라고는 전혀 없이 긴 머리를 아무렇게나 올린 모습이 나보다 서너 살은 많은 것 같은데 꼭 그렇게 불렀다. 그녀가 앞집으로 이사 온 지 1년쯤 되었나, 같은 골목에서 골목으로 몇 번의 이사를 다니면서 좋은 소문을 듣는 사람이 아니었다. 우리 앞집으로 이사를 왔을 때는 몇몇 사람들이 내게 여러 가지로 조심하라며, 특히 작은 돈이라도 빌려주지 말라는 당부까지 할 정도라서 뜨악하게 지내는데, 하루는 "그 집 불쌍해서 어떡해요? 둘째 며느리가 암 수술을 했는데 다른 곳으로 전이가 돼서 치료 중이래요." 옆집 ○○엄마가 하는 말이었다. 그러고 보니 뽀얗고 애티 나던 애엄마의 몰라보게 여윈 모습을 며칠 전 본 것도 같다. 아무리 소문이 좋지 않다고는 하지만 앞뒷집에 살면서 너무 소원하게 지낸다는 생각이 들었다. 그렇다고 한번도 내왕 없던 집에 불쑥 찾아가 어찌된 일이냐고 묻는 것도 쉬운 일은 아니어서 여전히 두 아들 며느리, 손자와 손녀 등 일곱 식구의 시끌시끌한 소리를 담 너머 들으며 무사하구나, 짐작만 했다.

그 얼마 후, 급하게 무언가를 찾은 뒤 어질러진 방정리를 하는데 찾아왔다. "우리 둘째애 좀 살려야겠어요." 무슨 말이냐고 물을 틈도 주지 않고 그 자리에 주저앉더니 그간의 여러 사정들을 줄줄이 얘기했다.

어려서 아버지뻘 되는 임자 있는 남자를 만나 아들 둘을 낳고 살아온 세월이 30년째라고 했다. 다른 생각은 해보지도 않고 팔자려니 하고 사는 동안, 본댁이 찾아올 때마다 뜯긴 정수리 부분 머리가 헤성헤성한 채 지금도 두통에 시달린다고 했다. 더구나 우리 앞집으로 이사를 온 뒤부터는 계속 우환이 겹쳐 계약기간이 남았지만 떠나고 싶은데 집주인에게 말하기가 어렵다고 했다. 집주인과 내가 가까이 지내는 것을 아니까 그 부탁을 하려는 것이었다.

밤에 빼어 놓았던 의치를 아침에 끼울 때 느껴지는 짧으면서 강하게 조여 오는 답답한 통증이 잇몸이 아닌 가슴에 일었다.

무심히, 아니 일부러 가까이 가지 않으려 몸을 사렸던 날들이 둘둘 말리고 똘똘 뭉쳐진 부피의 미안함으로 다가왔다. 알고 보니 나보다 다섯 살이나 아래인 사람인데, 그동안 겪어온 힘겨웠을 세월의 무게에 눌려 그렇게 보였나 보다.

남의 이목을 피하며 살 수밖에 없었다고 했다. 정신적으로나 물질

 그 사람

적으로 쪼들리다 보니 본의 아니게 신용도 잃었고, 남들의 구설수와 손가락질을 받으며 살았겠지. 애들도 사춘기 때 흔들려 학업마저 제대로 마치지 못하니 소문에 소문은 덧씌워져 소외된 채 살 수밖에 없었던 것이리라. 두 아들 역시 식도 못 올린 채 살고 있는데 그중 작은며느리가 병중이라고 했다. 지금은 남편의 발길마저 끊겨 차라리 마음은 편해서, 이제 좀 안정하고 살려나 싶으니까 이런 일들이 생긴다며 벌개진 눈을 연방 문지르다 갔다.

이튿날은 마침 20어 년 계속되는 같은 골목에 사는 사람들의 친목 모임날이었다. 큰일이 있을 때마다 몸 사리지 않고 도움을 주고받는 친근한 이웃들을, 앞집여자의 입장이 되어 찬찬히 쳐다보았다. 쭈뼛대며 뒷걸음치고 싶은 낯설음과 그 자리에 주저앉고 싶은 당황스러움이 일었던 것은 지나친 나의 감정이입이었을까.

조금 다른 삶을 살고 있다는 것에 대한 거부감을, 모두가 공동피해자라도 되는 양 그녀에 대해 단죄하려 했던 우리가 아니었는지. 누구 하나라도 그녀가 처한 상황, 그녀에 대한 진실을 알려고 한 사람이 있었는가. 한 입에 물려나온 한 소리에 한 마음이 되어 더 가슴 아픈 삶을 살게 한 것은 아니었을까.

그렇다고 "죄 없는 자가 그 여자를 치라."는 성경이야기를 인용하며 이제부터 다 같이 그녀의 처지를 이해하자거나 아니면 나만이라도 그녀 편에서 생각하겠다는 말을 할 수도 없었다.

내가 할 수 있는 것이라고는 처음 산 복권이 당첨되는 허황된 꿈을 꾸는 것뿐이었다. 옮기려는 집 전세금도 올라버려 그냥 그 집에서 살 수밖에 없다니 내가 집주인에게 할 수 있는 부탁까지 필요가 없어졌기 때문이다. 환자인 어린 며느리가 원하는 환경을 만들어주지 못해 가슴 아파하는 한 많은 앞집여자. 도와줄 수 있는 아무런 방법도 찾지 못한 채 잊고 산 시간이 얼마나 흐른 것일까.

오늘 낮 우연히 두 여자를 만났다. 택시를 기다리는 듯 길가에 나란히 서 있는 그들은 여전히 화장기 없는 맨얼굴에 머리를 올린 앞집여자와 핼쑥한 얼굴에 모자를 쓴 그녀의 며느리였다. 끼고 걷던 남편의 팔을 풀고 어색한 인사를 나누었다. 이젠 앞집여자가 아니었다. 탐스럽던 머리를 길게 늘어뜨렸던 며느리가 빠진 머리를 가리려고 아무렇게나 쓴 듯한 밤색 털모자. 아침에 끼우는 의치의 짧은 통증과 답답함이 또 일었다.

제5부

사탕의 의미

하나, 둘, 셋…….

이제 여덟, 혹은 아홉 살의 초등학교 2학년. 바지를 입은 다리라 해도 내 팔뚝 굵기밖에는 안 되는 대부분의 아이들이 계단 수를 세는데 여념이 없다. 손으로는 장난을 하면서도 입으로는 수를 세며 오르고 있다. 앞서거니 뒤서거니 그들과 동행하는 동안 4백여 계단을 쉽게 올랐다. 조그만 얼굴들은 벌겋게 달아오르고 땀방울이 흐르는데도 관심은 오직 계단의 숫자였다. 상품으로 내건 사탕보다는 자기가 센 수치가 정확하게 맞아서 여러 사람 앞에서 으스대보는 것이리라. 그들의 뜻을 헤아리기에 빨리 답을 알려 달라는 독촉에도 맨 나중 아이가 합류할 때까지 웃음으로 보류했다.

며칠 전 그네들의 담임인 젊은 선생님이 군청과 내게 정식안내와 해설요청을 해왔다. 즉석에서는 유치원생들에게도 간단한 설명을 해준 일이 있지만, 이제 겨우 초등학교 2학년에게 무엇에 대해 어떻게 설명을 해서 한 가지라도 머리에 남게 한단 말인가. 그렇다고 초등학생의 의뢰는 받지 말라는 어떤 규정이 있는 것도 아니라서 한동안 고민 아닌 고민을 했다. 내린 결론은 어디에선가 들은 말 중, 내가 좋아하며 즐겨 쓰는 '구멍 뚫린 시루에 콩을 놓고 물을 주면 물은 다 새버리지만 그래도 콩나물은 자란다.'였다. 그렇다. 지금껏 해온 경험으로 적당히 물을 부어보자. 새는 것은 새는 것이고 자라는 것은 자라는 것. 내가 준 한 번 물로 얼마가 자랄까를 바라는 것은 욕심이고, 주인이 애지중지 키우는 콩나물에 객이 정성들여 한 번 물을 주어보는 심정으로 임했다.

암수 마이봉의 전설과 암마이봉의 등산로 폐쇄 이유를, 목소리에 변화를 주면서 손과 몸동작을 곁들여 그들의 주의를 끌어들였다. 초롱초롱한 눈망울들이 한데 모이고, 꼴깍 침까지 삼키는 모습이 눈에 띄는 것은 내 혼자의 생각이었을까. 등나무 어우러진 그늘 밑 의자에서 그들은 한동안 그렇게 꼼짝도 안했다.

"10년 후쯤에는 여러분도 대학생이 되겠지요? 그때는 암마이봉의 병도 다 나아서 남자친구, 혹은 여자친구와 다시 찾는다면 아주 반갑게 맞아줄 거예요. 그때가 기다려지지요?"

그때서야 여자아이들은 입을 손으로 가리며 킥킥대고 남자아이들은 씩 웃었다. 질문을 받겠다고 하자 그토록 조용하던 아이들은 한꺼번에 귀를 윙윙 울리게 난리를 쳤다. 정말 사람이 산으로 변했는가, 산이 사람으로 변했는가, 어떻게 산이 말을 하는가 등에 이어

답을 알려 달라, 사탕은 정말 줄 것인가. 그때서야 다시 계단 밑에서 한 질문과 약속도 생각이 난 모양이었다.

생각보다 크고 무거운 배낭을 멘 조그마한 아이들을 데리고 오르막길을 쉽게 오르기 위해서, 계단 수를 맞히는 사람에게는 홍삼사탕을 준다고 약속했다. 요즘 세상에 그깟 사탕으로 애들을 끌 수 있을까 했지만 그것도 하나의 게임이라면 게임이기에 애들은 재미있어했다. 자기도 모르는 새 마지막 계단을 밟고 있었고, 그 후에는 바로 이야기에 빠져 게임의 결과도 잊고 있었던 것이다.

한 아이가 알려진 근사치를 얘기했지만 정확한 것은 셀 때마다 다르기에 알 수 없는 것. 모두 비슷하게 맞추었으니 돌아가는 버스를 탈 때 나눠주겠다고 하자 설명을 하는 중간 중간에도 정말 사탕을 주느냐고 다그치는, 역시 아이들은 아이들이었다. 짧은 집중력의 아이들을 2시간 넘게 한 곳에 끌어들인다는 것이 얼마나 힘든 일인가를 온몸으로 느끼며 젊은 선생님을 존경의 눈으로 쳐다보았다.

숲 체험이 남은 아이들을 뒤로하고 내려와 사무실 옆 판매장에서 홍삼사탕 한 봉을 들어 가격표를 보니 생각 외로 비쌌다. 피식 웃음이 났다. 참, 내 이게 무슨 짓인가. 투자일까? 투자라면 이익을 위해서련만 사탕 한 봉으로 무슨 이익을 얻을 것인가. 사탕봉지를 들고 사무실 문을 몇 번이나 여닫았다. 예정 시간이 한참 지나서야 계단을 오를 때와는 달리 피곤한 모습으로 터덕터덕 걸어와 기다리고 있는 노란버스에 오르는 아이들이 보였다. 가까이 다가가자 금세 깊은 정이라도 들었던 양 반기는 모습에 콧등이 시큰했다. 바로 이것이다. 젊지도

 그사람

예쁘지도 않은 어중간한 나이의 아줌마인 내가 신나서 하는 일을 맑은 시선으로 호응해준 아이들에 대한 사랑. 선생님의 가르침이 늘 먹는 밥이라면 내가 잠깐 들려준 얘기는 군것질이기에 맛있어 하는 것을 알면서도, 내가 만든 간식이 정말 맛있어서라고 우기고 싶은 나를, 정말 그렇다는 듯 박수쳐 준 아이들이 진정 고맙고 예뻐서 사랑의 표시를 작게 하는 것이라고.

2004

떠나보내기

뻣뻣해진 허리를 뒤로 젖히자 방금 담아서 포개놓은 고들빼기김치와 무김치 통이 보였다. 올 김장 절반은 했다는 생각이다. 거꾸로 보이는 시계의 시, 분침이 대각으로 보인다. 자정이 넘었다. 낮에는 하고 싶은 일들을 하느라 해야 할 일들은 이렇게 늦은 밤에야 끝이 난다. 그래도 바쁜 만큼 행복한 요즘이다.

갑자기 찾아온 여러 행운들의 뒷감당이 어려워 갈등하며 고민했던 때가 있었다. 생각해보니 약 같은 것을 먹지 않아도 시나브로 가라앉는 한때의 진통이었다. 어느 날 슬그머니 그 진통이 또 찾아온다 해도 담담하게 받아들일 면역도 생겼다. 안으로 오그려 삭히려고만 했던 아집들을 한 겹씩 벗어가며 느끼는 홀가분함도 알았다. 과분하게 주어진 동인활동을 하면서 깨닫고 얻어진 또 다른 행운이다. 다양한 연령층의 집합체라 자칫 어우러지기 어려울 것이라는 것은 선입견일 뿐이다. 글쓰기라는 단일화된 목적의식은 무엇에도 견줄 수 없는 튼튼한 고리로 연결되어 있다. 나도 그 한 고리로서 역할을 충실히 할 수 있다는 것은 분명 행운인 것이다. 그 중 동인지의 편집 일은 참으로 소중하고, 고마운 경험이 되었다. 이곳저곳에서 어깨 너머로는 보았지만 직접 원고를 모으고 자료를 정리하며 느끼는 보람은 처음이었다. 피곤하고 힘들 것이라는 것은 남의 생각이었다. 그것들을 출판사로 넘기는 날 아침 첫눈이 내렸다. 함박눈이었다. 공들여 정리한 것들을 넘긴다는 것에 약간의 아쉬움이 있었지만, 큰 기쁨으로 되돌아올 것이기에 함박눈은 분명히 길조吉兆였다.

바로 며칠 전에도 비슷한 경험을 했다. 서른여섯 조각 천을 손으로 이어 만든 모시상보를 남에게 준 것이다. 나와 같은 일을 익산 미륵사지에서 하는 분이 있다. 전직 교사 출신으로 기인奇人으로도 통하는 분이다. 그분은 허물어진 석탑을, 크고 작은 조각 천을 이어 하나의 보를 만들듯, 각기 다른 돌을 다듬어 탑을 쌓았고, 각층 옥개석 귀퉁이는 날렵한 버선코를 본뜬 것이라고 했다. 당신 어머니가 만든 버선과 조각보를 보여주며 설명을 한다고 했는데 그 조각보가 너무 낡아졌다고 내게 새로운 것을 한 장 부탁했다. 쉽게 거절할 수도, 당장 만들 수 있는 것도 아니었다. 생각 끝에 아끼고 있는 것을 주기로 했다. 어차피 쓰기보다는 보려고 만들었던 것이기에 그 자체보다 다른 것을 설명하기 위한 소도구로 쓰일지라도 나 혼자만이 아니라 여러 사람이 보는 것이 낫겠다는 생각이었다, 힘들여 모은 재산을 사회에 환원시키거나 기증하는 사람들의 심정이 이런 것일까 하는 뿌듯함이 일었다. 내게서 떠나감이 소멸이 아니라 또 다른 곳에서의 부활이라는 거창한 생각까지도 했다.

며칠 후면 다시 또 다른 경험을 하게 될 것이다. 둘째가 고심하며 취업을 결정했기 때문이다. 마음먹은 꿈을 향해 나아가겠지. 분명 행복한 사회인이 되리라. 네 살배기를 보듬어 대학 졸업반이 되기까지 참 많은 불평들을 남편에게 쏟았었다. 내가 화수분인 줄 아느냐고, 돌아오는 것은 없이 주기만 해야 되느냐며 투덜댔었다. 말수가 적은 애에게서 느끼는 답답함을 그런 식으로 풀었다. 받는 것은 이익이고 주는 것은 손해라는 단순원리만 생각했기 때문이었다. 주는 것. 떠나보내는 것의 미덕을 몰랐던 내 어리석음이었다. 이제라도 깨달아지는 내 스스로가 기쁘고 고맙다.

아름답게 떠나보낼 또 다른 것은 더 없을까? 나는 오늘도 내가 소유하고 있는 것들 중에서 무엇을 떠내 보낼 것인지를 생각하며 혼자서 흐뭇한 미소를 짓는다.

2002. 11

동행

목적지는 산벚나무 밑이었다.

행길에서 멀지 않은 곳에 아직도 연분홍 고운 색깔 그대로 오가는 이 눈길 고스란히 받고 있는 산벚꽃을 가까이 보기 위해서였다. 밭고랑을 밟고 작은 도랑을 건너고 아무렇게나 흩어져 있는 야생화에도 눈길을 맞추며 서서히 나무 밑에 다다랐다. 살랑 부는 바람에도 쏟아져 내리던 가로수 벚꽃나무와 별 다를 게 없어 보였다. 눈에 띄지 않는 튼튼한 꽃대 때문일 것이라고 짐작만 했다.

"기왕 나온 길이니 고금당*까지 천천히 올라가 봅시다."

동행한 그녀가 제안했다. 쭈뼛쭈뼛 망설이며 거절했다. 누구에게 제약을 받는 것은 아니지만 엄연한 근무시간인데다 옷이나 신발도 산에 오를 차림은 아니었다. 그래도 자꾸 팔을 끄는 그녀에 못 이기

---

* 고금당 : 마이산 내에 있는 고찰. 금당사의 옛 절터로 토굴이다.

고 한 발 두 발 뗀 걸음이 정상을 향하고 있었다. 손으로 만져보고 코로 맡아보는 봄풀과 봄꽃의 향기는 더 높고 더 멀리 가고픈 유혹이었다.

흐린 하늘이라 불안하면서도 내친김에 마이산을 종주하기로 무언의 약속이라도 한 듯 말없이 앞으로 나아갔다. 잘 닦여진 등산길이라 구두를 신고도 별 무리는 없었지만 속이 메스꺼워지기 시작했다. 높은 산을 오르거나 찜질방 같은 고온에서 나타나는 내 신체적 특성이 또 나타난 것이다. 괜히 나섰다고 후회를 하면서도 동행한테 신경 쓰이지 않게 하려고 안간힘을 썼다. 그것을 알았음인가. 앞서가던 그녀가 뒤돌아보며 더딘 걸음으로 바꾸고 있었다.

갖가지 새들이 지저귀며 노닐 듯싶었는데 '쑥 꾹 쑥쑥 꾹' 하는 한 가지 새소리만 또렷이 들렸다. 하늘은 검은 구름이 드리워 금방이라도 비가 내릴 것 같았다. 등산객마저 끊긴 듯 멀리서 가느다란 외침만 가물가물 들려왔다. 불쑥 괴물이나 괴한이라도 나타날 것 같은 조마조마함이 나이도 잊은 채 목을 잔뜩 움츠리게 했다. 그때 그녀가 느닷없이 "난 남편보다 오래 살고 싶어요."하고 말했다.

"나두요. 우리 그이가 워낙 눈치 없는 사람이라 혼자 남아서 자식에게라도 눈치 먹게 하고 싶지 않아서요."

난 이유까지 붙여가며 빠르게 맞장구를 쳤다. 그랬다. 우린 이미 오십대 중반, 삶의 마무리도 한 번쯤은 생각하는 나이였다. 나이를 일깨워 두려움을 쫓아주기 위해서 한 말은 아니었을까.

그녀는 나 혼자 근무하는 곳으로 1년 늦게 배치를 받아 왔다. 겉으로야 함께하니 기쁘다고 했지만 나만의 영역이었는데 침해받았다는 묘한 피해의식을 안으로 감추며 몹시 경계를 했다. 조금 앞서는 듯 싶으면 보이지 않게 견제를 하느라 전전긍긍하기도 했다. 지금껏 무심한 듯하면서도 내 속을 다 들여다보았던 것은 아니었을까. 얼굴이 화끈 달아올랐다. 길에 켜켜로 쌓인 나뭇잎이 부끄러움이기라도 한 듯 발로 툭툭 치고 밀며 걸었다. 이름도 예쁜 연미붓꽃이 길섶에서 씽긋 웃고 있었다. 한 포기 조심스레 뽑아서 앞서가는 그녀에게 내밀었다. 염화미소로 통하는 그녀가 웃었다. 나뭇잎 사이로 뿌리던 가랑비가 굵어지고 있었다. 도로가 바로 아래 가까이 보였다.

살아가면서 인연으로, 혹은 우연으로 만나게 되는 여러 동행 중 내 맘이 정화되어 순수해질 수 있는 동행이 하나 더 늘었다는 것은 얼마나 큰 축복인가. 엉겁결에 시작했던 산행이었다. 3시간의 동행에 서로 통하는 마음이 되어 손을 꼭 잡은 채 쏟아지는 빗속을 뛰고 있었다.

2003

선택

두 포기가 포장되어 있는 것을 골랐다. 옆에는 각기 다른 가격의 한 포기, 또는 세 포기가 포장된 것도 있었지만 둘이 쌈을 싸먹기로는 그것이 가장 알맞은 양이었다. 혹 너무 맛이 있어 부족하면 내일 다시 사면 되고 맛이 없어서 버릴 정도라 해도 작은 배추 두 포기다.

사는 동안은 이렇게 쉬운 반찬거리 하나 고르는 것에서부터 죽으면 매장을 할 것인가, 화장을 할 것인가 등의 때로는 어렵지만 개인적인 것에서부터, 대통령이나 시, 군 의원을 뽑는 대중적인 것까지 끊임없는 선택의 연속이다.

그것은 첫돌을 맞는 날부터 시작된다. 걸음마를 할 수 있든 없든 상관없다. 차려진 돌상에 장수를 기원하는 실絲과 부를 상징하는 쌀, 학문을 염원하는 붓이나 연필을 놓았던 옛날과 달리 요즘은 장난감

마이크나 컴퓨터용 마우스와 청진기와 돈 등을 놓는 것이 다를 뿐 돌쟁이의 돌잡이는 다름이 없다. 조그만 손과 그만한 생각으로 선택의 기로에 서야 하는 것이다.

그때 부모가 원하는 물건을 집으면 다행이지만 그 마음을 알 리 없는 아이의 행동에 씁쓰레 하는 철부지부모를 어느 돌잔치에서 본 일이 있다. 부자 되기를 갈망하는 부모 마음엔 아랑곳없이 아무것도 집지 않고 울어대는 아기는 외할머니 품에서야 울음을 그치고 뒤늦게 잡은 것이 마이크였던가? 대부분의 아기들이 음식은 먹어본 것을 선호하지만 장난감은 낯선 것에 호기심을 갖기에 당연히 평소 보지 못한 것을 집을 밖에. 밋밋한 지폐 한 장에 손이 갈 리 없다. 마이크 잡는 직업으로 많은 돈을 벌려나 보다고 위로 아닌 위로를 하며 돌쟁이의 순간선택이라도 결코 가벼운 것만은 아니라는 생각이 들었다.

선택이란 이렇게 남이 하는 것을 지켜보며 마음 졸이기도 하고, 때론 내가 누군가에게 선택되어지거나 그렇지 않기를 간절히 바랄 때도 있다. 내가 하는 것과 달리 그것은 더 어렵고 힘든 일일 수도 있다.

걸음걸이부터 거슬렸다. 쿵쿵 내는 발소리가 조심성이라고는 없었다. 무엇이 못마땅한지 잔뜩 찌푸린 표정은 긴장을 해서 그러나 싶어 "긴장 풀고 편한 마음으로 답하라."라고 했더니 "긴장 안했는데요?" 퉁명스레 내뱉는 대답에는 어이가 없어 얼굴은 웃으면서 마음에는 가위표를 그렸다.

작년에 이어 나와 같은 장소에서 일할 통역요원의 면접심사를 부

탁받았다. 다른 해와 달리 배수가 넘는 지원자가 몰렸는데 안면 있
는 사람들도 있어 나중에 원망이라도 들을까 조심스럽고, 내 위치가
계속 그런 자리를 맡아도 되는가 싶어 많이 망설이다 응낙하고 나간
자리였다. 사실은 미리 받아본 지원자들의 명단 중 유일한 내국인인
데다 경력 또한 그런 외지에서 일하기에는 아까운 정도기에 웬만하
면 두 명 중 한 명은 그녀를 선택하리라 마음먹었는데 질문에 돌아오
는 답은 그려놓은 가위표에 짙은 색을 씌우게 했다. 끝난 후 옆의
위원이 준 점수를 보고 나 혼자의 느낌이나 감정은 아닌 것이 그나마
다행이라는 생각이 들었다. 회화점수마저 비슷해서 홀가분하기까지
했다. 그러나 채점표를 넘겨주고 나오는 발길이 가볍지만은 않았다.
입장을 바꿔 내가 그 자리에 앉았다면 몇 점이나 받을 수 있었을까.
젊은이의 인생에 커다란 오점이 되게 한 것은 아닌가. 성격이나 행
동은 때에 따라 달라지기도 하는데 내 선택으로 인해 꼭 필요한 사람
을 놓치는 우를 범한 것은 아닐까 하는 마음이 들어서다.

　제대를 한 막내가 이곳저곳 알바 자리를 찾다가 ○읍에 있는 모
업체의 작업현장으로 가겠다고 했다. 복학 전까지는 길지 않은 기간
이니 힘들어도 어떤 경험이든 해보는 게 좋을 듯해 굳이 말리지는
않았다. 침식제공에 시급도 높은 것은 그만큼 힘든 일이겠지만 군대
생활을 금방 마친 애가 못할 일이 무엇이랴. 믿으며 안심을 하면서
도 몸과 달리 맘은 여린 문과생인 애가 작업현장에서 할 수 있는
일이 무엇일까, 신경이 쓰였다. 힘들기보다 위험이 따르는 일이라
안전교육이 군대교육을 능가한다는 전화와 경기도에서 일어난 대형

화재 뉴스에는 가슴이 졸아들었다. 애의 선택에 한번쯤 반대를 해볼 수도 있었는데……. 단출하던 생활의 변화가 싫어 은연 중 가도록 부추겼던 건 아니었을까. 그래서 그랬는지 자주 가위눌리는 꿈자리에 어수선한 날들이 이어졌다.

그런 어제 막내가 연락도 없이 짐을 싸서 돌아왔다. 그렇게 철저히 대비하는 안전예방이건만 큰 사고로 연결은 안 됐으나 바로 옆 동료의 부주의한 사고로 하루 작업정지가 있고부터는 도저히 계획한 날까지 참을 수가 없었노라고 했다. 채우고 돌아왔으면 좋았겠지만 오죽 많은 생각 속에 내린 결정이었을까. 선택에 후회를 할지라도 그 후회마저 앞으로 펼쳐질 생활에 어떤 영향을 미칠 수도 있으리라. 저 스스로 선택한 일에 내 간섭이 보태진다고 뭐 나을 일도 없을 것 같아 그냥 지켜보지만 역시 시원한 속은 아니다.

생각해보면 잠을 못 이루고 고민 끝에 했던 선택이 엉뚱한 결과로 돌아와 난감함을 겪기도 했고, 필요도 없는 것을 놓고 사정에 따라 맘에 없는 선택을 강요당할 때도 있었지만, 그래도 나를 위해 내가 책임지는 선택을 할 수 있을 때가 제일 편하다는 생각을 해보는 요즘이다.

키 때문에

        감독이 "컷!" 하면 촬영기사는 얼굴을 찡그렸다. 나를 찍고 나면 꼭 그랬다. 머리를 흔들고 두 다리를 번갈아 털며 아주 못마땅한 표정을 짓기도 했다. 내 외모를 생각하며 잠깐 부끄럽다가 이내 화가 났다. 큰 키의 딸 같은 전문 리포터는 쉭쉭 불어대는 칼바람에 발개진 얼굴을 찌푸리며 손을 호호 불다가도 카메라 앞에만 서면 방긋방긋 잘 웃고 말 또한 또록또록 잘했다. 내가 없어도 이야기나 그림은 그들의 대본대로 엮어지련만 괜히 붙잡혀 이게 몇 시간째인가.

전국방송망을 통해 소개되는 내 고향 곳곳의 비경, 그 중에서도 내가 일하는 곳의 알림이기에 주저 않고 응한 것이 어찌나 마음에 걸리던지. 끝인가 싶으면 다시 시작하는 반복 과정을 몇 번이나 거쳤을까. 불편한 몸과 맘의 작업은 간헐적으로 비춰주던 볕마저 끊길 무렵에서야 끝이 났다. "수고들 많으셨습니다." 얼굴을 찡그려대던 촬영기사에게 눈을 맞추며 인사했다. 그러자 기다렸다는 듯 튀어 나온 그의 대답이 걸작이다. 내 키에 카메라를 맞추느라 다리가 끊어지는 줄 알았단다. 큰 리포터와 나를 같은 렌즈에 잡기가 그렇게 힘이 들었던 모양이다.

작은 키를 부끄러워하지 않았고 큰 키를 그리 부러워하지도 않았다. 친정이나 시댁 식구들 키가 워낙 그만그만해서인지도 모르겠다. 윗부분에 잠금장치가 있는 사무실 출입문 앞에 벽돌 한 장씩을 놓고 이용하는데 그 벽돌이 가끔 없어져 난감할 뿐, 작은 키가 남에게 그런 불편을 주리라는 생각은 못했다. 전기스위치가 천장에 붙어 있는 방의 불을 남편이 있을 때는 꼭 켜 달라고 한다. 남편의 키 역시 내 앞에서나 뽐낼 수 있을 정도기에 귀찮게 하기보다는 기를 살려 주는 것이라고 생각했다.

주말이면 결혼식 참석이 일과가 되다시피 한 계절인 요즘, 인륜대사의 엄숙함보다 이벤트성 축제 한 마당 같은 분위기에 익숙해져, 이 결혼식에서는 어떤 재미난 볼거리가 있을까 자못 기대를 하기도 한다. 엊그제 다녀온 친구 딸 결혼식에서는 식이 끝나고 신랑신부가 걸어 나오는 길에 두 명씩 짝이 되어 몇 개의 스키를 엇갈려 세우고 그들이 주문하는 것을 만족시켜야만 통과시키고 있었다. 주문이라고 해봤자 신랑 엎드려 팔굽혀펴기라든가, 신랑신부는 진한 키스를 하라든가, 유치하기 짝 없는 것이었지만 그 때마다 대단한 것이라도 시키고, 행하는 양 하객들은 환호하듯 박수를 쳐댔다. 그런 것에는

나도 덩달아 박수만 치면 그만이지만 예행연습까지 하며 신랑신부
가 입장하기 전 양쪽 어머니들의 촛불점화를 위한 행진이 마음에
걸린다. 안사돈끼리 나란히 손을 잡고 입장하는 모습은 겉모습일지
언정 보기가 좋았는데 맞춘 듯 엇비슷한 키를 보면서, 과연 내 키와
비슷한 세 명의 안사돈이 있을지, 큰언니가 막내동생을 데리고 걷는
듯, 키 큰 사돈과의 행진은 생각만 해도 기가 죽는 것이다. 늦어지는
듯한 자식들 혼사를 걱정하면서 안사돈 키까지 생각해야 하는 것은
지나친 기우일까, 이상한 세태일까. 이것 또한 자식에게 해가 되는
건 아닐까?

조그만 옹달샘이었다

낯선 곳에서 낯익은 풍경을 커튼 너머로 본다.
붉은 흙탕물이다. 고향 냇물에 밤새 비가 내린 날 아침이면 오빠
랑 삼태기와 바구니를 들고 나갔었지. 빛에 발해서 하얗던 징검다리
돌들은 어디쯤에 있는지 흔적도 없이 붉은 흙탕물이 길 가까이까지
밀려 내려오고 있었다. 오빠는 삼태기를 물가에 대고 풀 섶을 질겅
질겅 밟았다. 놀라서 뛰쳐나오는 쏘가리와 메기와 새우들을 건져 바
구니에 옮기면, 쏘가리와 메기는 사정없이 맴을 돌고 새우들은 폴짝
폴짝 바구니 입구까지 치솟고 나도 덩달아 물위에서 찰방거렸다. 바
로 그 물, 그 물가 같다. 부지런한 사람들 어느새 그 물가를 거닌다.
숙소를 나와 들풀 돋아난 정자나무 밑을 돌아 물가로 향하는데 '위험'
표지판이 가로 막는다. 그렇지, 여기는 섬진강가다. 정천 소목내가
아니다.

조그만 옹달샘이었다. 커다란 바위 틈에서 신비하게 떨어지는 물도, 깨끗한 자갈 사이에서 퐁퐁 솟아나 철철 넘치는 물도 아니었다. 적당히 높은 산 나무들 우거진 중턱에, 보통 바가지로 세 번쯤 뜨면 없어질 것 같은 양의 물이 고여 있었다. 아름답기로 이름 난 섬진강의 발원은 그렇게 시작되고 있었다. 그 시원찮던 데미샘의 물이 6백 리를 흐르고 흐르는 동안 이곳저곳에서 모인 동지들을 모아 이토록 거대한 강을 만들었다. 붉은 흙탕물이 소용돌이를 만들며 흐른다. 불의에 못 견뎌 베적삼 걸친 채 괭이 호미 들고 일어났던 민란의 모습이 저랬을까. 맑기로 소문난 섬진강도 성을 내니 탁하디 탁한 물이 된다는 것이 조금은 의외다.

내 욕심도 저런 것이었을까. 그래서 그들은 시간의 흐름 따라 불려지고 넓혀져 걷잡을 수 없으리란 생각에 물길을 막으려 했던 것일까. 아니면 작은 옹달샘 흘러 큰 강 되리란 생각은 아예 못한 것이었을까. 그 어떤 것도 지금 내게는 씁쓸한 기억밖에 되지 못하건만 생전 처음이랄 수 있을 만큼 사람에게서 크게 받은 상처를 씻어내기란 쉽지 않다.

무모한 도전인 줄 알면서도 틀을 깨고 싶었다. 고인 물꼬를 트고 싶었다. 고여서 흐린 줄 알면서, 옥죄인 틀이란 걸 알면서 아무도 깨보거나 터보려고 하지 않았다. 마음이야 보이지 않으니 알 수 없는 것, 침묵으로 되는 일도 있지만 변화는 침묵으로 되지 않는다. 겁없이 덤벼들어 물꼬 트고, 틀 거둘 때 침묵하며 바라보던 사람들이 정작 물줄기 흐르고 숨쉬는 땅인가 싶으니 주인행세하고 싶어 했다.

순순히 들어줄 순둥이인 줄 알았는데, 괘씸했던 모양이다. 진상은
호도한 채 무모함의 이유는 언뜻 들으면 요연해서 설득력이 있다.
그렇대서 허허 웃으며 여유를 부리거나 두고 보자는 강한 다짐을
할 수 있는 내가 아니기에 이렇게 훌쩍 떠나올 수 있는 기회에나
감사해야 할는지. 그 조그만 옹달샘의 시작은 이런 강물도 만들어
내는데……. 겉으로 보이는 모습이 다는 아니다. 조용하다고 조용한
것만도 아니고 차갑다고 차가운 것만도 아니다. 시작과 끝은 다를
수 있고, 앞과 뒤가 다를 수도 있는데, 겉이 희면 속도 희리라고,
밖이 검으면 안도 검으리라고, 그렇게 알아온 내가 바보 같다는 생각
이 다시 큰 또아리를 튼다. 아직 다 살지 않은 인생. 섣부른 결론부터
내릴 것 뭐 있을까 하면서도 어리석은 자신을 추슬러 참아내기가
힘들다.

　얼마 전 읽은 책 속의 한 구절이 생각난다. '참는 것과 기다림은
같은 것 같지만 다르다. 참는 것은 고통이 수반되지만 기다림은 기
쁨을 동반하기에. 겨울나무는 겨울을 참는 것이 아니라 봄을 기다리
는 것이다.' 참아야 될까, 기다려야 될까. 섬진강 흙탕물은 여전히
소리 내며 흐르고 있다.

앉을자리 설자리

가파르기는 했다. 그래도 젊은 종업원의 "계단 조심하세요. 감기도 조심하시구요."라는 말이 배려로 들리지는 않았다. 내 가까운 사람의 처지가 이런 것이었겠지 하는 생각에 '넌 1년에 다섯 살씩 먹어라.' 하고 싶을 만큼 괘씸했다.

꼭 1년 만에 여고시절부터 제일 친했던 친구들을 만났다. 멀리서 온 그네들은 항상 그렇듯 백반을 찾으면서도 식사 후에는 조용한 찻집에 앉기를 원한다. 오늘도 예외는 아니었다. 밥 한 공기에 열댓 가지 반찬이 나오는 집에서 커피까지 대접받기는 미안하다고 했다. 조용히 편한 자리를 원하는 핑계라는 것을 알기에 작년이던가, 펑펑 눈 내리던 날 무작정 걷다가 들른 분위기 좋았던 장소가 떠올라 앞장을 섰다. 그러나 길눈 어둔 내가 그곳을 다시 찾기란 쉽지 않았다. 그 부분쯤에서 고개만 갸웃대다 예쁘게 커튼이 쳐진 건너편 찻

집에 눈길이 갔다. 무작정 들어서자 스무 살 남짓한 종업원이 구석진 자리로 안내 후 메뉴판을 들고 와서는 무언가 자꾸 중얼대며 짓던 난처한 표정을, 처음엔 하나같이 눈치 채지 못했다. 오히려 밖에서 예뻐 보이던 자리가 차 있음을 아쉬워하며 의자가 딱딱한 것을 트집 잡아 입구에서 볼 때 제일 눈에 띄는 자리로 옮기기까지 했다. 결국은 쫓기듯 막대사탕 하나씩 들려주는 것을 들고 10분도 못 돼서 내려올 곳을…….

흔히 자신은 자신이 제일 잘 안다고 생각하지만 그건 자만이 아닐까. 나이보다 젊게 산다고 생각하는 우리들은 아줌마의 상징이라는 뽀글뽀글한 짧은 파마를 하지 않았다. 입술을 새빨갛게 칠하지도 않았으며, 춥다고 솜바지를 아무렇게나 입지도 않았다. 그래도 스무 살 남짓한 종업원 눈에 2,30대가 주고객이라는 곳을 그 배수가 되는 우리들이 찾아가서 눈치없이 구는 것이 얼마나 기가 막혔을까. 기분 상하지 않게 돌려보내려는 그네의 노력은 얼마나 힘이 들었을까. 시킨 차 절반도 못 마신 채 나오는 우리들에게 들려주던 막대사탕을 강하게 뿌리치는 나와 달리 한 친구가 "우리 손자 갖다 주면 무지 좋아하겠네." 하면서 받자 피어나던 종업원의 미소가 그걸 말해주지 않던가. 쫓은 자 쫓긴 자 승자도 패자도 없었지만 참 씁쓸했다.

모르고 저지르는 일도 많지만 몰라서 못하는 일도 많다. 자신을 모르고 상대를 모르고, 앉을자리에 앉지 않고 서성이다 그 자리 빼앗기기도 하고, 설자리에 똑바로 서지 못하고 엉거주춤 있다가 넘어지는 예는 얼마나 많은가. 물러나야 될 자리에서 뭉그적대다 망신을 사는 경우는 좀 많이 보았던가. 흔히들 감투라고 하는 것에 연연해서 남에게 비웃음을 사면서도 끝끝내 놓지 못하는 그 감투 한 귀퉁이에 대한 애착과 욕심도 같은 거 아닐까. 사소한 일상에서 겪은 짧은 순간의 해프닝이었지만 나를 안다는 것이 쉽지만은 않다는 것을 깨달았대서 거창한 것만은 아니리라.

한번은 나이 연대가 각기 다른 몇 명이서 같은 차를 타고 여행을 할 기회가 있었다. 내 생각의 나이가 중간일 뿐 사실은 높은 편에 속했다. 그렇지만 꼭 의식할 필요는 없어 분위기에 맞게 대응한다고 했지만 대화에서 자꾸 이탈된다는 생각을 순간순간 하게 되었다. 그것이 꼭 나이 탓만은 아니라 해도 내가 끼여야 될 자리인가를 되짚어보며 너나 없이 얘기를 즐기는 친정 형제들 속의 아버지를 떠올렸다. 아무것도 아닌 듯한 얘기에도 깔깔깔 웃어대는 우리들을 흐뭇하게 쳐다보시던 아버지는 어느새 자리를 뜨곤 하셨다. 같이하고픈 자리련만 우리들만의 농담과 흉허물도 거침없이 털어놓을 수 있게 하기 위한 배려였다는 것을 커서야 알았다.

나이듦이란 무엇인가. 앉아야 할 자리에 앉고 서야 할 자리에서 설 줄 아는 거 아닐까. 앉고 서는 쉬운 동작에 불과하지만 실행하기에는 필요 없는 욕심과 아집이, 때로는 무의식과 눈어둠이 앞을 가려 시간과 때를 놓쳐 낭패를 보기도 한다. 흠 없이 아름다운 미래를 위해서는 앉아야 할 자리에 당당하게 앉았다가 설자리에서 미련 없이 설 수 있도록 차근차근 연습하는 것이라는 결론이 너무 단순한 것일까.

북향화를 아시나요

　　　　　북향화를 아시는지요? 일찍 피어 늦게 지는
인내도 좋지만, 크고 탐스러운 모양새가 후덕해서 더욱 좋은 꽃 목련
이랍니다. 아주 먼 옛날, 중국 어느 나라 임금님에게는 하얀 피부와
아름다운 몸매의 공주가 하나 있었답니다. 마음씨 또한 고와서 넋을
빼앗긴 젊은 청년들이 공주 곁에 수없이 모여들었으나 공주는 오직
북쪽 바다를 지키며 그곳에 살고 있는 바다의 신만을 사랑하고 있었
답니다. 그런 어느 날 몰래 왕궁을 빠져나온 공주는 마음 가는 대로
북쪽 바다를 찾아 나섰지만 바다신은 이미 결혼을 한 몸이었답니다.
뒤늦은 사랑에 통곡하며 공주는 그 바다에 몸을 던지고 말았지요.
그때서야 사연을 안 바다신은 양지바른 곳에 공주를 묻어주고 슬픈
넋을 달래주었습니다. 그런데 시간이 지나자 공주를 생각하는 안타
까운 마음은 아내에 대한 미움으로 변하는 것이었습니다. 급기야 극

약을 먹여 아내를 죽인 뒤 공주의 무덤 곁에 묻었답니다.

한편 왕궁에서는 없어진 공주를 만방으로 찾다가 이루지 못한 사랑에 목숨을 끊은 것을 알고는 못다 이룬 사랑, 다음 세상에서는 꽃으로 환생하기를 빌었답니다. 그래서일까요? 한 남자를 사랑한 죄 없는 두 여인의 무덤가에 두 그루의 나무가 나란히 자라서 공주의 무덤에는 생전의 공주 모습과 같이 뽀얀 백목련 꽃이, 피울음 울고 간 신의 아내 무덤에는 자주색 자목련 꽃이 피어났습니다. 사랑은 늙지도 죽지도 않는다는 말이 맞는 모양입니다. 예나 지금이나 모든 목련꽃 송이가 못 잊을 연인과 남편에 대한 그리움인 양 그이가 있을 북쪽을 향해 피어나니까요.

그 꽃이 피는 목련나무 밑에 서 보셨는지요? 그 자리에서 하늘을 올려다본 일이 있으신지요? 줄기마다 잔가지 가득해도 얽힌 가지 하나 없는 정갈한 모습이랍니다. 나무에 피는 연꽃이라 붙인 이름, 목련, 옥처럼 깨끗한 나무라서 옥수, 난초같이 고고해서 목란, 꽃봉오리 붓끝 같아서 목필, 오롯이 북쪽을 향해 북향화. 갖가지 많은 이름은 그만큼 사랑받는다는 의미겠지요? 백목련 꽃봉오리는 한방에서 비염의 특효약도 된답니다.

좋아하는 자기 꽃 하나씩 정해서 이름처럼 부르던 시절의 제 이름이기도 하고 지금은 아이디로 사용할 만큼, 가슴 한쪽에 깔려 있는 첫사랑의 순수함 같은 꽃나무 목련 한 그루 제 몫으로 있었답니다. 지금도 친정집 정원 한가운데 칠십 넘은 나이에도 고고함을 잃지 않고 서 있는 목련나무. 우리 아버지, 그 나무 씨앗을 받아 정성으로 발아시켜 지성으로 키웠답니다. 전 노래했답니다. "내 혼수품은 책 몇 권과 우리 아버지가 키우신 작은 목련 한 그루."라고. 아무도 귀기울이지 않은 제 노래에 어느 날 한 사람 화답했답니다. "그것이면 족하다."라고. 그런데, 그런데, 그 사람 집 화단에는 목련나무 심을 자리 비어 있지 않았답니다. 저 떠난 친정에서 저 없이도 잘 자라던 그 나무, 삼십여 년 혼자서 속울음병이 되었을까요?

오랜만에 찾은 친정집 목련나무가 있던 자리에 그루터기만 땅을 보고 있었습니다. 그 모습, 그 속울음 제게 옮겨져 한동안 가슴이 막혀, 막혀서, 먼데 산을 쳐다보다 침 한번 힘주어 꿀꺽 삼키고 말았답니다.

제6부

오래된 집

　　　　　수리할 때 드러난 상량문에, 1934년 7월13일
이라고 쓰여 있었다. 우리 나이로 치면 일흔셋. 만고풍상을 겪었다
는 말을 써도 괜찮으리라. 광복의 환희와 6·25의 참담함 등 격변하
는 갖가지 세상사에도 변함없이 이 가족의 쉼터로서 직분을 다해온
오래된 집.

　잘 구워낸 까만 기와의 추녀는 날렵하게 하늘로 솟고, 반듯한 기
둥은 그 지붕을 이고 있었겠지. 신부 분단장하듯 하얀 양회로 곱게
치장한 회벽, 고르게 놓인 마루는 온 방을 아울렀으리라. 줄줄이 태
어난 부모님의 여덟 남매 울고 웃는 소리 배어 있는 곳에 내 아이들
의 소리까지 겹쳐 더욱 절절한 곳.

　신혼 초나 지금이나 내 방은 집 왼쪽 끝에 있다. 부엌을 갈 때면
우리는 꼭 팔짱을 끼고 걷다가 모퉁이에 걸린 작은 거울 앞에서 입을

막고는 킥킥댔다. 주중 내내 떨어져 있던 남편이 오는 날이면 멀리 있는 부엌이 오히려 좋았다. 밥상을 들고 집 반바퀴를 돌면서도 그래서 귀찮다는 생각은 들지 않았다. 새벽밥을 하면서 주방 건너 뒷방에 모셔진 냉장고 때문에 시어머님을 깨워 그 문을 열게 하는 것이 죄송스러웠을 따름이다. 오래된 집은 그렇게 불편하면서도 쉽게 떠나거나 고칠 수도 없이 나이를 먹어갔다.

철 따라 꽃 피고 열매 맺는 갖가지 나무로 둘러싸인 친정집을 남들은 부러워했다. 난 반질반질한 마루의 엿장수네 작은 판잣집이 부러웠다. 깨이지 않는 꿈속의 철부지노처녀에게 시집갈 집이 크다는 중매쟁이의 말은 아무런 의미도 없었다. 오히려 실망이었다. 그 실망이 더 큰 실망이 되리라는 생각도 당연히 못했다. 첫인사로 들른 예비시댁은 노시부모보다 더 노쇠하게 낡고 낮아 4월의 훈풍도 비껴가는 듯했다. 쓰지 않는 깊은 우물 옆 앵두나무의 하얀 꽃이 집을 더 적막하게 한다는 생각이 들었다. 잠깐만 살리라던 그 조용하고 적막하던 집에서 우리가 그 집을 닮아 가리라고 생각이나 했던가.

"이 집은 뭐하는 집이에요? 사람이 살고 있나요?"

"글쎄……."

안내자의 흐릿한 대답이 들린다. 신시가지 아파트촌에 살고 있는 초등학생들이겠지. 저들의 궁금증을 대문 열고 풀어줄까? 욕실 타일을 밀던 솔자루를 옆으로 세우다가 다시 힘을 주어 벅벅 민다. 전통한옥지구의 한지원韓紙院 앞에 천막을 두른 집은 이렇게 아이들 호기심 대상이 된 지 오래다. 헤싱헤싱해지는 머리숱에서 나이를 먼저 느끼듯, 한옥의 나이도 지붕에서 먼저 헤아려지는 것 같다. 잘 맞춘 이음새가 골골이 이어진 기와지붕은 촘촘히 누빈 누비옷을 연상하지만 해의 거듭함에 누비옷 해지듯 조금씩 어긋나기 시작한다. 어긋나 새는 빗물로 천장은 얼룩지는데 새는 곳은 도무지 찾을 수가 없어 귀신도 모른다고들 한다. 그 귀신보다 나은 기술자를 찾기도 힘들고 찾아서 주기적으로 손을 보게 하는 것도 쉬운 일은 아니다. 기와를 인 한옥이 온전한 모습을 갖추기 힘든 것이 바로 그 때문이다. 우리 집도 그런 이유로 어울리지 않는 싸구려 가발 같은 천막을 두르고 보니 오래된 집이 아니라 사람이 살고 있는지가 궁금한 이상한 집이 되어버렸다.

이제는 용담호 한 귀퉁이가 되어버린 복동이네 집 뒷방 할머니를 떠올린다. 오두막 같은 그 애 집에는 한길 가로 문이 난 뒷방에 흰 머리를 헝클어뜨린 할머니가 항상 웅크린 채 앉아 있었다. 초등학생이었던 우리는 오며가며 장난삼아 그 방문을 열어젖혔는데 할머니는 미동도 안한 채 멍하니 바라보다가 "넥!" 한마디만 했다. 그 모습이 산 사람 같지가 않아 놀라 도망을 치면서도 우리의 장난은 한동안 계속되었다. 문을 열기 전 우리가 하는 말은 언제나 "살았을까?"였다. '살았을까'를 떠올리고 '살고 있나요'를 되뇌이며 아이들의 궁금증과 호기심은 흐르는 세월에도 달라지지 않는다는 것이 새삼스럽다. 새삼스럽지 않은 것은 오래되어 궁금하고 호기심어린 속에서도 숨 쉬는 삶은 똑같이 이어지고 있다는 것일까.

2006. 11.

텃새와 김치항아리

통마다 가득 채워진 김장김치들을 김치냉장고에 꼭꼭 쟁였다. 겨울의 끝 무렵에나 세상구경을 하게 되련만 들어가지 못한 통들은 뭣 모른 채 불만을 내뿜는 듯했다. 소외되었다고 생각하지 마라. 냉장고 못지않게 시원스런 자연공간은 따로 있단다. 속으로 다독이며 장독대 한쪽, 앞집과 경계인 담 밑의 항아리에 차곡차곡 옮겨 앉혔다.

'히히, 이렇게 좋은 곳을 두고……'

저희끼리 신나는 환호음이 귓가에 들리는 것 같다. 작년보다 배추 포기 수는 줄었는데 김치는 훨씬 많다. 수요와 공급의 엄청난 불균형을 바로잡는 방법으로, 갈아엎으면 정부에서 보상해주겠다는 정책에 갸웃해지던 고개가 끄덕여졌다. 하나를 보면 열을 안다고, 바로 두어 해 전만 해도 이맘때의 채소가게는 산처럼 쌓여진 배추더미

둘레에 흥정을 하는 사람들로 북적이고, 골목골목은 비릿한 젓갈냄새로 진동했다. 품앗이로 김장을 한 뒤 들어온 김치는 작은 항아리를 채우고 그만큼이 나갔으니 이득될 것도, 손해볼 것도 없었지만 매일 조금씩 다른 맛의 김치를 맛볼 수 있다는 것은 큰 횡재라도 하는 기분이었다. 그토록 뿌듯하던 식탁 위의 설렘도 행복한 추억 속의 얘기 한 토막으로 남아버렸다. 식생활의 변화와 김치냉장고의 보급은 김장풍속도를 완전히 바꾸어 놓은데다, 변화되는 동네는 20년 넘게 그 자리에서 텃새처럼 살던 사람들을 떠나보냈다. 남은 사람들마저 철새가 때 되면 떠나야 하듯 곧 떠나야 한다는 부담들로 편치가 않다.

며칠간 계속되던 잔치같이 떠들썩한 동네김장이었다. 통깨, 통깨를 노래처럼 부르며 일손 빠르게 움직이던 앞집 형님, 양념거리들을 당신 생김처럼 작고 귀엽게 썰던 큰형님, 맛깔스런 젓갈만큼이나 구수하고 재미난 얘깃거리로 사람들을 웃겨주던 김제형님, 소녀 같은 취향은 갖가지 장식품들로 방안을 가득 꾸며놓고도 상차림은 시골 할머니 밥상같이 음식을 수북수북 담아내던 뒷집형님 등, 모두가 떠난 집터는 보여주고 체험하는 건물들이 들어서 있고 골목은 낯선 관광객들만 시끌벅적하다.

음식을 돌릴 이웃도, 받을 아랫집도 없이 조용히 끝나버린 김장이 너무 싱겁다. 그럴싸하게 이름 붙여진 한옥마을에서의 '김장'은 정이 오가는 품앗이가 아니라, 참여하고 보여지는 이벤트로 꾸며진다. 구경꾼들 모여서 왁자지껄 건너다보며 웃고 나면 끝이다. 떠나버린 골목에는 휭~ 하니 바람 불어 뒤늦게 떨어진 낙엽만 혼자 뒹군다.

절飾 일로 바쁜 용기엄마와 뒤늦게 터 잡은 뒤 직장에 나가는 은파 엄마를 운 좋게도 오늘 하루에 다 만났다. 나와 똑같은 아쉬움 속에 남아있는 텃새들이다. 헤어져 돌아온 뒤 차곡차곡 담겨진 김치포기를 꺼냈다. 통깨를 듬뿍 뿌려 랩으로 씌워 그네들 대문을 두드리던 기분을 뭐라 할까. "사랑하는 것은 받는 것보다 행복하나니……." 좋은 시구詩句 어설프게 들먹일 필요도 없이 그냥 행복하기만 한 것은 앞서거니 뒤서거니 같은 터전에 발 딛고 같이 살아온 이웃들이기 때문이다.

아파트로 떠난 이웃들이 김치냉장고에 들어간 김치통들이라면 남겨진 우리들은 합류 못한 담 밑의 항아리들이 아닐까. 편리한 주거 환경은 누릴 수 없어도, 봄이면 화단 앞에 쭈그려 앉아 작게 움트는 새싹을 바라볼 수 있고, 비바람에 온몸이 시리게 부딪쳐도 말간 하늘과 밝은 햇빛을 바로 바라볼 수 있는 것은 우리들과 김치항아리만이 누릴 수 있는 혜택이리라. 돌고 도는 인생이듯 언젠가 우리도 떠난 텃새 따라 가버리면 날아온 철새들이 또 다른 텃새 되어 다른 얘기 나누며 살아가겠지. 또 언제인가는 환경 따라 변하고 기후 따라 둔화되어 철새, 텃새 구분 없이 어울려 살아갈지도 모른다는 생각을 해본다. 일년 양식 김장이라는 큰 갈무리해 놓고도 후련함 뒤에 묘한 허전함이 밀려오는 하루다.

풍남동 정든 우리 동네

　　　　　　단발머리 시절 까까머리 그이랑 옷깃 한번 스쳤을지도 모를 이 동네는 내가 시집와서 중년을 넘기는 곳이기도 하다. 눈 감고도 뉘집 감나무 밑이고 누구네 대문 앞인지 알 수 있고, 골목 전봇대에 붙어있는 광고지 문구 한 구절과 담벼락의 낙서 한 줄까지도 훤히 알 수 있는 곳으로 전통한옥지구가 된 전주시 풍남동.

　고만고만한 기와집들과 옆으로 난 좁은 골목골목들은 전국에서 유일하게 옛모습을 지녀서 전통한옥지구로 지정이 되었다. 그런 뒤로 몇 백 년이나 된 듯이 고풍스레 단장된 전통공예품전시관과 한옥체험관, 술박물관 등이 웅장한 모습을 선보이고 있다. 새로 짓는 가정집들도 참한 아낙의 수수한 한복차림에 쪽찐 듯 다소곳하니 얌전한 모습이다. 우리 집도 저렇게 단장했으면 하는 마음이 들기도 하지만 마음과 생활이 일치할 수 없음이 안타깝다.

이웃도 모른다는 도시인심과는 달리 김장때는 품앗이로 돌아가며 김치를 담그고 기쁘고 슬픈 일에 같이 밤을 새며 서로 돕고 살던 정다운 동네였다. 그렇게 살던 50여 가구였는데 손바닥만 한 내 집이지만 내 맘대로 고칠 수도 다시 지을 수도 없게 개정된 법 앞에서는 암담하기도 했다.

전통이란 지켜야 되고 보존해야 되지만, 검정 치마 흰 저고리를 똑같이 입고 한 줄로 서야만 전통이 되는 것인가? 과연 누구를 위한 전통인가? 한때는 양반과 부자들만 살았다던 영화는 간데없고 거의가 영세민인 이곳. 사람들한테 건축비 일부를 보조해준다 해도 나머지를 감당할 여력이 없지만 현 대지에 규정된 한옥을 짓는다는 것 또한 무리라는 생각들 때문이다. 이런 속내를 모르는 사람들한테는 고전도시 전주에 운치 있는 한옥지구는 당연하고 보조금까지 준다는데 망설이는 무지한 사람들이란 눈총을 받기도 했다.

그런 2년여가 지난 지금, 동네는 바뀌고 있다. 친언니들같이 다정하던 뒷집형님들이 떠난 집엔 전통한지원이 들어와 하루 종일 종이 뜨는 소리가 출렁, 철썩 들리고, 똘똘이네로 통하던 대문 옆집엔 유명인의 한지공예연구소가 화려한 모습으로 자리했다. 그 앞집 사는 후배는 작은 공간을 최대한 활용해서 예쁜 집을 짓고, 판자로 두른 담엔 우리 집에서 가져간 나팔꽃을 심어 올여름 내내 고운 꽃으로 사람들의 시선을 한몸에 받는 것이 샘이 날 지경이다.

시아버님이 신혼 때부터 사셨기에 남편의 유년시절과 우리 아이들의 재롱이 고스란히 배어 있고, 추석이 다가오면 스무 짝이 넘는 문짝을 떼어내 창호지를 바르느라 땀 흘리던 기억조차 아름다운 추억으로 자리한다. 봄이면 보라색 라일락 향기가 골목 끝까지 흩어지고, 화단의 보리수 빨간 열매와 앵두로 담근 술은 우리 집만의 명주名酒였다. 열매 없이 몸만 불린 은행나무가 한껏 멋을 부리는 가을엔 이름 모를 풀과 열매들까지 따라서 붉게 물들었다. 마당 한쪽 수돗가엔 겨우내 하얀 얼음이 두껍게 얼어있고, 울밑에는 김치 항아리들이 가지런히 묻혀 있었다. 김치냉장고가 필요 없던 시절이다. 이런 정겨운 것들이 가슴 가득하기에 틈만 나면 마음의 기와집을 열 채쯤 지었다 허물기를 수도 없이 하곤 했다. 당장이라도 날아갈 듯한 추녀를 올리고, 바람에 흔들려 조용히 소리 내는 풍경을 달고, 향기 나는 소나무로 대청마루를 놓을까? 작은 방 하나에는 장작 때는 아궁이를 만들어 해질녘이면 군불을 지피면서 아름다운 추억과 행복한 미래를 꿈꾼다면 억만장자가 부러울까.

오늘은 한국한의학의 전통과 역사문화를 전시하고 교육과 체험을 할 수 있는 공간이라는 한방문화센터 개관 초청장이 왔다. 슬리퍼나 고무줄 치마를 입고도 종종걸음에 다녀올 수 있는 오목대 사거리에 자리했다. 하루가 다르게 변화하는 동네에 밤이면 청, 홍등이 고풍스럽고, 휴일이면 갖가지 길거리 공연이 무료로 펼쳐진다. 주민들의 공동체까지 만들어져 깨끗한 동네 만들기에 한마음이 되어가는 듯 보이니 이 동네에서 오래도록 살고 싶기도 한데…….

2003

앵두나무 아래서

　　　　　대문을 열자 뽀얀 얼굴의 앵두꽃이 방긋 웃는다. 하루 종일 남녘에서 물리도록 보고 온 꽃이건만 길가에서 보아온 꽃들과는 다른 다소곳함이 사랑스러워 그 옆에 섰다. 맵던 바람결에 조그맣던 봉오리가 햇빛 고와지자 눈부시게 피어났다. 이 고운 자태가 소리 없이 사라지면 쌀알만 하던 열매가 콩나물콩만 하게, 다시 메주콩만 한 모습으로 그 자리에 맺히겠지. 익는 구분이 애매한 흰 앵두지만 같이 살며 지켜본 세월에 윤기 나는 정도로 금방 알 수 있는 앵두나무는 깊은 우물 옆에 서 있었다. 몇 번의 집수리를 하면서 우물은 메우고, 앵두나무는 베어버렸지만 새 가지 돋아 열매까지 맺으니 그 나무로 생각되어 결혼하던 해 일들이 어제처럼 떠오른다.

　처음 인사를 왔던 날, 시어머님은 앵두나무 옆에 서 계시다가 "어서 오너라." 한 말씀만 하셨다. 그이와 시어머니, 일보는 애, 그 옆의 꼬마, 앵두꽃이 어울려 모두가 하얗게 보이는 봄날이었다. 그 봄에 결혼하고 신방으로 꾸며질 방이, 살고 있는 사람들의 이사가 늦어져 임시로 머문 방은 창문 열면 바로 눈앞에 앵두나무가 보였다. 콩나물콩만 한 연둣빛 앵두가 달려 있었다. 피난짐 같은 혼수보따리는 거실에 가득 쌓여있고, 주문해 놓은 가구점에서는 언제 들이겠느냐고 독촉이 심했다. 옆방 사람들은 대문만 드나들 뿐 말이 없었다.

앵두가 메주콩만 한 우윳빛으로 변해 가는 무렵에야 신방이 꾸며졌다. 길지는 않았지만 신방으로 들기까지 지루했던 그 기간 앵두나무를 보는 것이 큰 위안이었다. 어느새 초록 잎 사이사이 빼곡히 박힌 앵두가 진주처럼 빛나고 있었다. 옆의 빨간 보리수 열매와 함께 따서 큰 유리항아리에 술을 담가 광으로 옮겼다. 해마다 담근 술이 반쯤, 혹은 가득 담겨 있는 옆에 나란히 놓았다.

그런 어느 날 두 오빠들이 오신다는 연락이 왔다. 외출준비를 하던 꼼꼼한 시어머님은 기어이 당신 손으로 주전자에 술까지 담아놓고 나가셨다. 아버지 같은 오빠들은 내 사는 모습이 그런 대로 안심이 되는지 기분 좋은 모습으로 주거니 받거니 술은 금방 바닥이 났다. 한 주전자, 두 주전자……. 줄어든 표시가 확 나는 술항아리. 어떡하나? 나무라시지는 않겠지만 오빠들을 술꾼으로 알면 어쩌나? 헤픈 며느리로 알면 어쩌나. 그보다는 분명 어머니 몫인 광 열쇠!

끼니때마다 필요만큼의 쌀과 부식을 내주시고 문에는 항상 자물쇠를 잠그시는 광에 몇 번을 드나들었는가? 겁이 나서 생각해낸 것이 큰 바가지에 물을 받아 설탕을 한 움큼 넣고 저어 술항아리에 붓는 것이었다. 진분홍에서 연분홍색의 술이 되었다. 광문을 자물쇠로 잠그고 열쇠는 제자리에 그대로 놓아두었다. 한참 뒤, 술이 필요한 때에야 부패한 술항아리를 발견하고 원인을 궁금해 하셨지만 얌전하고 조신한 며느리로 자리매김해 가는 나를 의심하는 빛은 조금도 없으셨다.

어머님이 돌아가신 지 10년이 넘었다. 지금도 해마다 거르지 않고 앵두술을 담근다. 그때 어머님은 정말 술이 부패한 원인을 모르셨을까. 여전한 궁금함으로 뽀얀 꽃 곱게 핀 앵두나무 아래서 고개를 갸웃대본다.

2002. 4

하늘에 계시는 어머님께

어머님 묘소에 난 잡풀을 우둑우둑 뜯었습니다. 한참을 그렇게 무엇에 씐 듯 손아귀에 넘치도록 뜯었습니다. 보름 전에 왔을 때 부지런한 산지기가 이미 말끔히 벌초를 해놓았기에 보기 좋다 했더니 어느새 또 자라 있었습니다. 아버님과 나란히 자리했는데도 그늘 탓인지 잡풀이 더 많은 듯해서 내년 봄에는 손을 좀 봐야겠다는 말을 아범과 했습니다. 손에 쥔 풀에 힘을 주었다가 묘역 풀숲에 던졌습니다. 마음속에 자리한 어머님에 대한 아쉬움과 서운함을 떨치듯 던져버리고 탁탁 손을 털었습니다. 얼마나 힘을 주었던지 그새 연두색 풀물이 손아귀에 약간 배어 있었습니다.

어머님, 근엄하고 검소하며 절도 있으셨던 어머님은 제게 어렵기만 한 분이셨습니다. 생전에 어떤 타박이나 지시도 하지 않으셨지만 전 항상 긴장해야 했습니다. 남들과의 왕래를 즐겨하지 않으시며 집 앞의 구멍가게를 가실 때도 옷은 물론 신발까지도 바꿔 신으셨죠. 그뿐입니까? 자녀들 앞에서도 절대 겉옷 벗은 모습을 보이지 않으시려 했고, 심지어 입원한 병실에서도 화장품을 찾으셨지요. 그런 모습에 저 역시 한여름에도 목이 덜 파인 옷을 입으며 맨발은 엄두도 못 냈습니다. 속으로는 불평불만을 하루에 열두 번도 더 되풀이하면서 겉으로는 순종하는 며느리였습니다.

시어머니가 며느리를 보면 경쟁자로 생각해서 시집살이를 시킨다는데 전 그 반대였는지도 모릅니다. 당돌하게도 저는 '어머님이 하시는 일, 나라고 못할까.' 하는 생각이었으니까요. 스스로 시집살이를 호되게 하고 있었던 셈입니다. 명절이면 여섯 시누이들이 다 모여 웃는 소리가 방안에 가득할 때 저도 친정에 금방이라도 달려가고 싶은 것을 어머님 처분만 기다렸습니다. 그때 한번만이라도 "너도 친정에 다녀오너라." 하셨으면 얼마나 좋았겠습니까? 물론 말씀드리면 못 가게는 안하셨을 줄 압니다. 어머님! 지난 세월의 넋두리가 너무 길었습니다.

차례상을 챙기는데 종호가 뿌루퉁하니 있습니다.

"정성을 다할 때만 조상님들이 고마워서 네게 복을 주실 거야. 수능시험이 얼마나 남았어?"

제일 예민한 부분을 건드린 것이 미안했지만 효과는 그만이었습니다. 싹싹하다며 그토록 예뻐해 주시던 막내로 돌아가 부지런히 제물을 나르고 향을 챙겼으니까요. 어머님 생각을 많이 했습니다. 흉보면서 배우고 욕하면서 닮는다고 어머니 흉내를 그대로 내고 있었습니다. 항상 옛애기나 뉘집 누구를 예로 들어 말씀하셨지, 직접적인 잘잘 못을 지적하지 않는 어머님의 가르침은 그 때는 어린애 취급하는 것 같아서 싫었지요. 그런데 저도 몰래 그 방법을 쓰고 있지 뭐예요. 털고 떨치려 해도 조금쯤은 어머님을 닮아버린 며느리가 되어 있나 봅니다. 그러나 절대로 닮을 수 없는 것이 있습니다. 속내 드러내는 것을 극도로 꺼리시던 어머님이시기에 글을 쓴다고 나부대는 제게 "얄궂기도 해라. 네가 무슨 글을 써. 왜 그런 얘기를 다 써?" 하시겠기에 말입니다. 그러나 어머님. 어머님도 마음속으로 쌓인 얘기들을 누군가에게는 하고 싶으셔서 "내 얘기를 책으로 엮는다면 열 권도 더 될 것이다."라고 항상 제게 말씀하셨던 것은 아닌지요. 그래요. 분명 그랬을 거예요. 그런 어머님이시기에 제가 하는 일에 고개 끄덕이시리라 믿으며 진솔한 글을 쓰기 위해 어머님의 좋은 성품만 닮아 보는 흉내라도 내며 살아가렵니다. 어머님. 지켜봐 주세요. 너무도 단출한 추석날 밥상 앞에서, 40여 명의 식사준비를 혼자한 뒤 부엌바닥에 쪼그려 앉아 울던 때가 그립기도 한 추석날입니다.

2002

요즘여자

어느 명문 여대생들에게 이상적인 좋은 집을
그려보라는 공통과제를 주었다. 거둬들인 답안지에는 편리하고 아
름다운 집들이 금방 들어가 살아도 될 만큼 잘 그려져 있었다. 개집
까지도 꼼꼼하고 예쁘게 그려진 그 집에는 그러나 부모님 방을 그린
학생은 한 명도 없었단다. 친구 딸 결혼식장에 갔다가 주례사를 통
해 들은 말이다. 엊그제 읽은 '베이비 명품' 열풍이라는 신문기사에
는 15장들이 기저귀 한 세트 41만 원, 디자이너 포대기 12만 원, 아기
정장 한 벌에 70만 원 등 한 달 육아비로 3백만 원을 쓰기도 한다는
얘기가 실려 있었다. 일부 계층의 얘기라 해도 백화점의 명품유아용
품코너의 매출액도 갈수록 늘어난다고 했다. 출산율 저하와는 반비
례한다고 할까.

며칠 전 시어머니 기제사날이었다. 명절보다도 여섯 시누이들이

다 모이는 기제사에 신경을 더 쓰는 편이다. 그 날도 예외는 아니었다. 며칠 전부터 대청소를 하고, 김치를 담그고, 마른 제물부터 사들이며 부산을 떨었다. 그런데 꼭 듣고 싶은 강좌가 있는 날이었다. 난감했다. 자청해서 제사까지 모신다 했던 것이 새삼스레 후회가 되기도 했다. 남편은 차손인데 생전에 시부모님은 우리와 생활하셨다. 공무원으로 정년퇴직하신 시아버님이 생활의 차이가 큰 큰아들보다는 봉급자인 우리와 생활하기를 원하셨기 때문이다. 결국 두 분 모두 병원인 큰아들 집에서 운명은 하셨지만 후에는 다시 우리 집으로 오시게 됐다. 불평 없이 받아들였던 것을 이제 와서 후회해봤자 소용없기에 다른 방법을 생각했다. 강좌가 시작되는 오후 2시 전에 할 일을 끝내는 것이다. 바뀐 환경 탓에 느슨해졌을 뿐, 걷어붙이면 까짓것, 너끈히 해 낼 수 있는 일이다. 문제는 강좌를 듣는 중에 걸려온 시누이들의 전화였다. "탕까지 끓여놓고 나왔습니다." 조심스럽게 말했지만 잠겨진 대문 앞에서 얼마나 화가 났을까, 예전 같으면 상상도 못했을 올케의 행동에 시누이들은 또 얼마나 당황했을까, 하는 한편, 혀를 날름 빼물고 싶은 충동도 일었던 것은?

마주한 시누이들은 그러나 너그러웠다. "바쁜 올케 덕에 친정대문 들어서기 참 힘들었네. 애 많이 썼지?" 미안해서 나도 몰래 너스레를 떨었다 "○○ 이씨 집에 시집와서 발맞추려니 이렇게 바빠졌지 뭐예요." 그토록 능청스러울 수도 있는 나의 변신에 스스로 놀랐다. 환경의 변화에 적응한다는 것은 본시의 나를 잃는 것이 아니라 또 다른 나의 생성이 아닐까 싶다. 나 아닌 남의 행동을 함부로 탓할 수는

 그사람

없다는 생각을 해본다. 꿈에 부풀어 있을 한창 나이에 다른 환경 생각할 이유가 없다고 말할 여대생들, 천하에 하나, 둘뿐인 내 자식을 위하는데 남 의식할 필요가 있느냐고 항변할 젊은 주부들, 제삿날에도 하고 싶은 일은 하고야 마는 나, 그것을 이해해주는 우리 시누이들. 우리는 모두 생활과 환경에 따라 변신하며 사는 요즘여자?

이별 앞에서

거실 유리창을 통해 바라보는 마당과 정원이 오늘따라 새롭다. 이 모습을 얼마나 더 바라볼 수 있을까. 아래채를 덮던 키다리 라일락과 달랑 두 송이 피었지만 그 어느 해보다 고운 꽃을 피웠던 동백나무가 나란히 서 있다. 새들의 놀이터와 곳간인 뜰보리수 나무. 그 나무에 치여 그토록 많이 열렸던 열매를 남김없이 떨어뜨리고도 말없는 앵두나무는 오른쪽에 자리하고 있다. 가운데 우뚝 섰지만 조밀한 식구들에게 빼앗긴 영양분으로 남의 집 나무만큼 푸르지 못해 안쓰러운 감나무. 그 사이에 철쭉과 모란이 있고 맨 앞쪽으로는 연분홍 상사화가 한창이다. 꼭지 빠진 풋감 몇 개가 어제, 그제와 같은 모습으로 마당에서 뒹군다. 울컥, 나도 모르게 설움 같은 것이 가슴을 휘돈다. 이제야 남편과 동병상련의 마음이 되는 것일까. 70여 년 된 집에서 60여 년을 살아오는 사람과, 그 절반쯤을 함께하면서 만들어온 이야기를 추억으로 남겨 놓고 떠나야 되는 지금에서야 내 집이란 강한 애착이 든다.

오십보다는 육십에 가까운 지금껏 이사라고는 해본 일이 없다. 당연히 내 집 마련을 위한 고생도, 갖고 난 후의 뿌듯함도 느껴보지 못해 맹물 같은 삶이었다면 배부른 타령일까.

언니 집에서 중·고등학교를 다니는 동안 딱 한번 있었던 언니네의 이삿날이었다. 일찌감치 조퇴까지 하며 어찌나 설레발을 쳤던지 도움은커녕 귀찮기만 하다는 언니의 핀잔을 듣고도 섭섭하지가 않았다. 새로운 집에 새로운 방이라는 게 좋았던, 그렇게 작은 변화라도 있어야 흥이 나는 내가 즐기는 일은 방안의 물건들을 옮기는 것이었다. 결혼 전에야 책상 하나 달랑 옮기면 되었지만 결혼 후에는 쉬운 일이 아니었으나 친정조카들까지 동원해서 일년에 서너 번은 기어이 옮기곤 했다. 하다못해 위아래 서랍이라도 바꿔 끼우든지 물건이라도 바꿔 넣어야 직성이 풀리던 때였기에, 남편의 수고했다는 말 대신 "또야?" 하는 지겹거나 한심하다는 표현이래도 상관없었다. 그러던 것이 붙박이 가구들인 양 자리한 지 언제부터였을까. 지금도 수시로 옛날 같은 변화를 원하기야 하지만 마음뿐, 엄두가 나지 않아서 언젠가 이사하기만 기다려 왔다.

그러던 엊그제, 집 매매계약을 했는데 남편은 시무룩한 채 저녁도 드는 둥 마는 둥 맥없는 모습이었다. 난 솔직히 시부모께 물려받아 오래된 낡은 집에 대한 애착이 내 손길이 간 것만큼뿐이기에 이사를 한다는 설렘에 들뜨던 맘을 누르느라 더 힘이 들었다. 철딱서니없는 어설픈 할망구라 뉘 나무라거나 흉을 본대도 별수 없었다.

가보지 않고 해보지 않은 일에 더 많은 호기심과 궁금증을 갖는 건 당연한 것 아닐까? 나이를 먹는다고 마음까지 금방 달라진다면 너무 서글프다는 생각이다. 그 옛날 엿장수네 작은 집 반질반질 윤나던 마루같이는 아니라도, 치우고 정리하면 쉽게 빛나는 작은 집을 갖고 싶다. 그곳에서 예쁘고 정갈하게 신혼 때 못해본 소꿉장난 같은 살림살이를 해보고 싶다. 그 집에선 거추장스러워 젊어서도 못 입어본 화사한 홈드레스를 나이와 상관없이 잘잘 끌어보고 싶다. 잘 정돈된 작은방에서는 근사한 글도 써지지 않을까?

시집갈 큰애기 꿈보다 더 큰 꿈을 부풀리며 이틀을 보낸 이 아침. 내 맘이 요사를 부리는 겐가. 뜬금없는 눈물이 질금거린다. 닫히지 않아 그저 열어두고 사는 방문들을 쓰다듬어보고, 두고 갈 수밖에 없을 것 같은 장독의 항아리들도 눈으로 더듬는다.

매년 음력 정월 말날을 잡아 담그던 간장과 거기서 떠낸 된장은 그렇게 맛이 있었지. 둘째형님이 알려준 대로 담근 고추장도 맛이 있어 가르친 보람이 있다고, 농담인 듯 흘리면서 흐뭇해했었는데. 간장도 고추장도 담지 않는 요즘엔 텅 빈 항아리들이 쓸쓸한 실직자 같이 담 밑에서 풀죽어 있다. 장독대 한쪽과 마당 가운데에는 우스꽝스런 평상이 한 개씩 놓여 있다. 한 개는 남편이, 옆집에서 버린 대문 한쪽을 가져와 벽돌을 괴어 만든 최신식(?)이고, 또 하나는 안 쓰는 장롱과 전축을 보관하던 단단한 상자를 잇대고 비닐을 씌워 내가 만든 아주 오래된 구식이다. 보기에 궁상스런 것들이지만 한때

는 우리 아이들의 놀이방이자 호박꼬지와 무말랭이가 일광욕 다이
어트를 하는 장소였다. 그 옆에 놓인 한 귀퉁이가 떨어져 나간 질
화분은 모래를 깔고 콩나물을 기르면 통통하면서도 늘씬한 모양새
로 잘도 자랐었지. 줄 바지랑대를 대신하는 것은 녹슨 철제옷걸이
다. 늘어지는 빨랫줄을 한번 감아 팽팽해진 줄 위에서 쏟아지는 햇
볕으로 옷가지를 고슬고슬 마르게 했다. 그 옷들을 개키며 차분해지
던 마음을 다시 느낄 수 있을까. 사소하고 시시한 것들까지 촉수를
높여 내 감정을 흔든다.

　새댁이 할머니가 되어가는 동안의 설움과 기쁨이 고스란히 배여
있는 이곳을 여태껏 못 떠나는 것만을 아쉬워한 나는 누구였을까.
떠남이 아쉬워 이렇게 가슴 메이는 난 또 누구인가. 하루에도 열두
번 변하는 게 사람 마음이라지만 이렇게 추스르기 힘들게 변덕스런
것이 이별인지.

2007. 7. 28

붕실이와 장다리

계속 뒷걸음질이다. 그렇잖아도 커다랗게 튕겨 나온 눈은 아예 몸에서 분리돼버릴 것 같다. 작은 물배추 잎에 입을 대고 헉헉대더니 허연 배를 허공으로 아예 누워버린다. 안간힘을 다해 몸을 뒤집는가 싶으면 다시 옆으로 몸부림을 치고, 잠시 숨이 트이는지 정상헤엄을 치는가 하면 또다시 진통이 오는지 정신없이 맴을 돈다.

옆의 붕길이가 웬일인가 쳐다보며 같이 돌다가는 슬그머니 꽁무니를 뺀다. 결국 혼자 겪어야 되는 산고인지, 죽은 듯 정지하다 다시 몸을 뒤채는데 등지느러미까지 볼록 솟아 보인다.

아끼는 후배가 어항으로 쓰면 좋을 자기항아리 하나를 빚어 선물했다. 조약돌과 행운목까지 챙겨주기에 손가락 한마디만 한 금붕어 세 마리를 사다 넣은 것이 이사 온 지 며칠 안 되었으니 벌써 1년

반이 되었다. 그 중 두 마리가 각각 엄지만 한 몸통과 검지와 장지만한 키로 자라서 큰 놈에게 붕길이, 작은 놈에게 붕실이란 이름을 지어줬다.

그 붕실이가 여자(?)였나 보다. 언젠가부터 양옆으로 눈에 띄게 불어난 배, 지난해 초여름에도 이런 진통을 치른 붕실이다. 그때는 산란을 하는지도 모르고 자꾸 뒤집어져 허연 배를 보이기에 죽나보다고 건져내려고만 했었다. 가는 실을 촘촘히 훑맺은 듯한 모양의 별개 아닐 듯한 산란일지라도 또 다른 분신을 만들어 냄은 그렇게 힘들고도 힘든 일이었던 게다.

또 두 장을 뜯어냈다. 이제 남은 잎이라곤 작은 것 두 장이다. 대신 경중 솟은 대의 마디마디에 좁쌀같이 맺혔던 봉우리들이 연보라색 꽃잎으로 하나하나 피어나고 있다.

김장하고 남은 무를 겨우내 먹다보니 뾰족뾰족 싹이 나기에 그 부분만 약간 잘라 물에 담근 지 대엿새나 지났을까? 갓 부화한 병아리 잔털 같던 싹이 줄기와 잎맥을 갖춘 이파리로 변해 이제 막 소녀를 벗어난 아가씨 티를 냈다. 다시 며칠이 지나자 짙어질 대로 짙어진 녹색 잎은 성숙한 아가씨의 모습으로 옆 화분에 심어진 화초들을 슬금슬금 곁눈질하기 시작했다. 진한 눈길의 마주침이었을까? 기다랗게 솟아난 줄기 마디마디에 꽃망울이 맺혔다. 그것은 강한 유혹이었다. 내 몸이 달아서 하루에도 몇 번씩 베란다 문을 여닫으며 보고 또 보았다. 금방이라도 터질 듯 팽팽하게 부푼 봉오리는 그러나 쉽게 몸을 열지 않았다. 무성하던 푸른 잎이 윤기를 잃은 채 차례대로 맥을 놓고, 그런 잎이 늘어날 때에야 기다렸다는 듯 꽃대는 더욱 당당해지고 꽃잎은 하나하나 고운 자태를 드러내기 시작했다. "어? 무쪽에서도 꽃이 펴요?" "그래? 이게 그 꺽다리 장다리꽃이야?" 모두들 꽃에만 관심을 보였다. 소리 없이 사그라지는 무 잎의 청춘은 아무도 돌아보지 않았다. 마디마디 원 없는 꽃송이를 펼치는 장다리도 내게 언제 그런 잎이 있었느냐는 듯 제 키만 더 키우고 있다.

지난 설날을 떠올린다. 차례상을 차리면서야 수육으로 놓을 돼지고기가 생고기로 있음이 생각났고, 떡국을 먹고 나서야 쇠고기고명이 냉장고에 그대로 있음을 알았다. 아이들이 저희가 즐기는 게임기로 건망증 정도를 측정해보더니 내 나이에 스물두 살을 더한 결과에 방바닥을 구르며 웃어대는 것이다. "엄마 지능저하가 그리도 우습니? 다시해 이건 엉터리야." 버럭 화를 내버렸다. 웃어대던 아이들이 머쓱해하건 말건 난 더 큰소리로 "다 너희 때문이야. 너희 키우면서 진이 다 빠져서 그래." 그냥 재미로 체크해본 것이니 신경 쓰지 말라는 아이들 말은 아무런 위로도 안 된 채 많이 우울했던 기억이다.
본능으로 보살피고 도리와 책임으로 키웠지, 무엇을 바라며 자식을 키웠던가? 배움도 없고 말도 못하는 식물이나 물고기도 제 도리를 다하느라 소리 없이 겪는 고통 이겨내는데, 생각하고 말하는 사람이라고 두서없는 푸념 혼자 늘어놓고 우울해 하던 기억이 새삼 부끄러워 낯 붉혀지는 날이다.

꽃심을 지닌 땅,

– 전주

전주에 살고 있음이 눈물 돌게 감사하다. '세월이 가도 결코 버릴 수 없는 꿈의 꽃심을 지닌 땅'이라고 ≪혼불≫의 작가 최명희가 표현한 전주, 그 표현을 소중히 인용한 전북대박물관 홍성덕 박사가 멋졌다. 올 들어 첫 답사의 수확은 그렇게 감사함으로 시작해서 감동으로 이어지고 자랑으로 마무리 지었다. 답사의 묘미란 생각지 않고 뜻하지 않은 것을 보고, 듣고, 그리고 먹기도 하는 것에 있지 않을까. 오늘은 그것을 다 맛본 만족한 답사였다.

온전한 고을, 완전한 고을, 천년의 역사와 문화가 숨 쉬는 곳이라고 흔히들 말한다. 그 말에 누가 이의를 제기하지 않는다. 모두 그러려니 생각하는 곳, '전주 돌아보기'가 올해의 첫 답사였다.

내가 40년을 훨씬 넘게 살고 있고, 그중 절반, 아니 그 옆에 있는 중·고등학교시절까지 더하면 30년을 살았던 한옥마을을 돌 때는 분명 오래된 고향을 찾은 듯 감회까지 일었다. 바로 몇 달 전 떠나온 곳이건만 그리움이란 오랜 세월의 흐름 뒤에만 일렁이는 건 아닌 모양이다. 그곳에선 전라북도의 수장 관사에 들러 안주인의 따뜻하고 정겨운 대접까지 받고 왔으니 꼭 채워진 만족이 아닌가.

밤새 내린 눈이 산야를 덮고 시내를 덮고도 남아 나뭇가지를, 역사박물관 뒤뜰 장독까지 감싸며 멋진 한 폭의 풍경화를 연출했다. 발아래 밟히는 눈은 기온이 낮지 않아 푹신푹신하다. 환호하지 않을 수가 없다. 이런 풍경 속 답사를 또 언제 해볼 것인가. 모두가 같은 마음으로 버스를 가득 채운다면 얼마나 좋을까만 멀리서 오는 회원들이 걱정이다. 아니나 다를까 조금 전의 환호하던 마음이 헤싱헤싱한 버스 속같이 허망하다. 그러나 어쩌랴. 기회가 주어져도 잡지 않거나 잡지 못하는 것은 각자의 사정인 것을. 차량과 점심을 지원하고 환영사까지 해주기로 한 전주시청에 미안하기 그지없다. 크지 않은 역사박물관 강당이 오늘따라 커 보이고 전주 팀이 준비한 떡과 과일도 너무 많아 보인다. 그래서 다시 더 아쉽다. 영상으로 보여지는 전주의 역사스페셜. 견훤의 후백제 고성인 동고산성에서 출토된 암수막새를 통해 역사를 유추해보는 것으로 TV로 방영되었건만 다시 보니 새롭다.

잠깐의 휴식 후 시작된 전북대박물관 홍성덕 박사의 강의는 그 어느 때의 강의보다 가슴 가까이 다가왔다. 소설에서 그토록 적절한 대목을 끄집어내 활용할 수 있는 감성이 부럽다. 역사는 흐르고 문화는 번진다고 했던가? 기록된 시대적 상황뿐 아니라 그 상황에서 여러 사람이 느끼며 공유했을 감정까지 설득력 있게 표현하는 것이 소설가들 아닌가. 그들이 표현한 짧은 한 구절은 역사서 몇 장을 대신할 수도 있지 않던가. 그 대표적인 예로 전주를 그토록 절절히 표현한 최명희의 ≪혼불≫을 인용해서 시작했기에 더욱 가까이 다가왔으리라. 1시간이 너무 짧다. 이동하는 버스에서부터 여춘희 선생의 차분한 해설로 강암서예관에 도착했다. 김종대 선생이 말끔한 모습으로 멋진 해설을 위해 대기한 보람도 없이 점심시간이 다가왔다. 아쉬움은 또 다른 다짐과 약속을 하며 강암의 작품이 전시된 1층과 강암이 소장한 작품들과 유품 등을 전시한 2층을 휙 한번 훑고만 나왔다. 비빔밥이 차려진 전통문화센터엔 시청담당자들이 벌써 와서 기다리고 있었다. 꼭 필요한 수첩과 볼펜과 전주홍보용 책자까지 들고서. 놋그릇 속 비빔밥은 유난히 푸짐하다. 차량과 식사제공을 전주시에서 받고 보니 회비는 생략해도 좋을 듯. 그 뜻을 전하자 다 같이 "와~!" 공짜가 싫을 리 없다. 주머니에 굳은 만오천 원으로 무엇을 하지? ㅎㅎㅎ.

　이젠 걸으며 즐긴다. 가까운 전주천에 두텁게 언 얼음이 푸른빛을 띤다. 이 냇가에서 빨래를 하고 목욕을 하던 시절이 불과 40여 년 전이다. 이 물에서 잡은 쏘가리 등으로 매운탕을 만들어 팔던 오모가리탕 집들은 아직도 영업 중이다. 민물고기의 고향은 묻어두자. 이곳에서 만들어 이 자리서 팔고 있으면 분명 한벽당 오모가리매운탕이다. 어차피 오모가리도 그릇이지 고기는 아니지 않은가. 몇 번의 자리이동을 하고 복원을 했어도 한벽루의 멋과 운치가 남아있고 그 이름 그대로 불려지듯이.

대성전 건물과 어울리는 고목이 버티고 있는 향교를 지나 6백여 년 전, 조선 태조의 발길이 머문 오목대를 오른다. 군데군데 한옥마을을 가까이 조망할 수 있는 장소에 섰다. 한 걸음에 달려갈 수 있는 몇 달 전의 내 집이 그대로 저기 있다. 눈을 감는다. 홍 선생의 개인적 친분으로 들른 전북 도 수장의 집은 마당이나 거실이나 검소하고 안주인은 그냥 소박한 이웃 아낙의 모습이다. 옛 답사 때 가끔 보이던 모습과 다르지 않아 좋다. 가까운 경기전 후문을 옆으로 두고 정문을 향해 빙 돈다. 하마비부터 시작되는 경기전 해설. 하마비를 받치고 있는 암수 사자의 구분은 엉덩이의 크고 작음이라고? 처음 들은 얘기인 양 고개를 기울이고 바라보는 모습들이 우습다. 옅어진 햇발이 추위를 펼친다. 눈길에 젖은 여선생의 긴 치마 밑단이 얼어버릴 것만 같다. 그래도 해설을 하는 사람이나 듣는 사람 모두가 진지하다. 내공이란 이런 것인가 보다. 조금의 불편함이나 어려움은 아무렇지도 않게 견디고 넘기는 것. 참석인원이나 시간들이 아쉽기도 했지만 그 아쉬움보다 몇 배의 뿌듯함과 든든함이 자리한 오늘의 답사는 내 하는 일과 내 사는 곳이 자랑하기 충분하다는 것. 추위는 눈으로 가리고 한 가지 부족함은 여러 만족함으로 가렸다.

남강의 불빛, 월아산의 달빛

- 경남. 진주

　　　　문예회관 앞의 입석에 커다랗게 새겨진 '因緣'
은 여전히 건재했다. 만남은 곧 인연이고, 인연은 곧 만남으로 이어
지는 것. 琴兒와 아사코의 세 번째 만남은 안 만나느니만 못했다고
했지만 호남권 3차 현장교육을 위한 우리의 만남은 더욱 각별한 인
연으로 새겨지리라.

　음식을 입으로만 먹는 게 아니라면 후한 점수를 줄 수도 있는 진
주의 비빔밥은 전주와 같은 놋그릇에 갖은 고명을 앉힌 모양까지
비슷했으나 가늘고 곱게 채 썰어 더 부드러워 보였다. 그러나 입에
서 엉기지 않고 제각각 흩어져 둥그는 것이 내 입맛과는 별개다. 딸
려 나온 선짓국과 덥히지 않은 놋그릇도 낯설다. 전주와 진주, 점
하나의 차이란 그런 것일까.

　인위적으로 조성하지 않고 자생했다는 인사동골동품 거리는 도로

를 따라 갖가지 옛 물건이 쓰임새나 모양새와 상관없이 진주성 건너편 길 따라 늘어서 있다. 집집마다 특색이 있다지만 그것을 구분하는 시간은 주어지지 않았다. 첫 답사지 진주성이다. 임금이 계시는 북쪽을 향해 두 손을 모으는 의미라는 拱北門을 지나 임란 때 진주대첩을 이룩한 김시민장군 동상 앞에서부터 정일영해설사의 열띤 해설이 시작되었다. 언론계에 오래 몸담았던 증거는 여러 부분에 해박한 지식과 달변으로 묻어난다. 특히나 줄줄이 엮이어 나오는 한국대중가요사 부분은 모두를 놀라게 한다. 우리민족사의 아픔과 자랑이 겹친 현장을 어떻게 한두 시간에 돌며 다 이해할 수 있으랴. 많이 들려주고 많이 듣는 듯하지만 미완으로 남는 것이 더 많다. 특별한 임란박물관인 진주국립박물관은 보수중이라 제대로 된 관람불가에 촉석루에서는 명성황후에 관한 영화라던가. 촬영이 한창이라 접근 불가다. 여인을 위한, 임금이 허락한 국내유일의 사당 義妓祠는 편액을 그래서 관찰사가 썼고 높은 양반들의 놀이터 위에 당당히 자리했다. 연한 살구색 치마에 보라색 끝동의 연옥색 저고리를 입은 동글납작한 논개의 바뀐 영정이 낯설지 않다. 신안주氏 유전인자를 토대로 얼굴계측만도 150여 군데를 하여 까다로운 절차를 거쳐 표준영정으로 지정이 되었다니 춘향이나 황진이 아닌 분명 주논개에 가까운 이유에서겠지.

　진양호의 넉넉한 풍경이 빼앗아가려는 마음을 간신히 다스려 길을 재촉했다. 나직나직한 건물들이 조용조용 물러서는 도로를 조금씩 짙어지는 달이 앞에서 안내하고 있다. 농산물수출은 전국1위이나 공업기능은 취약하다는 것을 눈으로 확인한다. 밤중에 체조가 아니라 밤중 사찰방문이다. 컴컴해지는 시간 산길을 걸어 청곡사로 향하나 누구하나 불평하지 않는다. 나만 혼자 중얼댄다. '아무리 명해설이라도 시간초과는 감점이야. 이런 밤 절을 찾아 무엇을 제대로 볼 수 있단 말인가' 그런데 나도 모르게 합장을 하며 고개를 숙였다. 국보로 지정된 영산회상괘불탱의 위엄 앞에서였다. 크기로는 진안 금당사의 괘불과 가로 세로 1m 정도, 삼베 2폭의 차이인데 실내의 불빛아래서 일까. 바로 앞에 놓인 괘불함도 마찬가지다. '압도당하다'는 느낌을 제대로 실감했다. 조선태조와 신덕왕후의 일화가 깃든 것은 이곳이 바로 신덕왕후의 고향이라니 그럴 만도 하다. 깜깜하다. 휴대폰 빛으로 조심조심 길을 찾아 주차장에 닿았다. "야! 아~어?" 짧은 감탄사가 제각각이다. 산꼭대기 나무숲에 달이 숨었다. 산이 달을 품었다. 달이 산을 물었다.月牙다. 월아산이다. 월아산 청곡사였다. 늦어도 좋은, 늦어져서 느낀 두 번의 경이로움은 두고두고 잊지 못하리라.

쌀이 귀하던 시절 유생들이 헛제사를 지내고 나누어 먹던 유래가 안동과 같은 헛제사밥은 혀에서 감긴다. 맛도 양도 넉넉하다. 주어진 양 유감없이 비운다. 늦은 것도 아니다. 잠을 자기는 아쉽다. 남강변을 거닌다. 노랑 빨강 파랑 불기둥 찬란하다. 그 기둥사이를 걷고 싶다. 한 마리 나비되어 그 불빛 사이를 날고 싶다. 낮에 산 와인색 실크 머플러 두르면 가볍게 날아질까? 또 다른 추억의 밤이다.

시원한 재첩국, 소박한 막사발

– 경남 하동

대竹로 지붕을 인 '새미골 가마터' 문간이 보인다. 하동의 첫 답사지다. 영화 취화선의 촬영장이었던 곳이다. 마르지 않은 이슬로 촉촉한 땅에선 흙내와 낙엽 향이 싸하게 풍긴다. 잔 모양의 지대석 위에 지붕돌을 얹어 '하동심문골무명도공추념비'라 각 해 놓은 것이 눈에 띈다. 일본으로 끌려간 무명의 도공들을 추모하는 비다. 바로 옆에 무화과나무가 나란히 서 있다. 무명도공과 무화과나무는 있으면서 없음이 공통일까?

일찍 서둔 탓에 오늘의 해설사를 기다리며 물레를 돌리는 도공의 손놀림 앞에 섰다. 기술과 예술이 조합된 손놀림에 넋을 잃는다. 물과 흙이 범벅된 손인데도 매끌매끌해 보이는 손등은 고운 흙으로 맛사지가 되는 모양이다.

일본으로 끌려간 도공들의 여인네 한이 서린 동네 진교리는 시기

마을 백련마을이라고도 하는데 사질양토와 물과 불과 장인정신의
어우러짐이 도자기마을 형성의 이유란다.

 유리벽 속에 갇혀 눈만 즐겁게 하는 게 아니라 밥상에서, 찻상에
서 호흡을 같이하는 친근함이 배여 나는 그릇들의 도자기전시장. 누
구는 분함을 사고 누구는 과접시를 사고 누구는 찻잔을 산다. 나는
이연철의 '막사발'을 샀다. 앞부분을 읽었다. 새미골 출신 다희라는
여자가 이곳의 특산인 '꽃핀눈박이사발'의 재현을 위해 그 장인인 일
본인 제자로 들어가려 갖은 모욕을 견디는 장면이 이어지고 있다.
마침 작가가 우리 여샘의 대학동기라고 한다. 밥상이나 찻상 아닌
책상에 올려놓고 한동안 여샘 생각도 곁들여 질 것 같다.

 함양 상림 숲에 버금가는 섬진강가 송림이다. 각기 다른 번호표를
단 크고 작은 소나무들이 적당한 간격으로 숲을 이룬 곳. 강바람 모
래바람을 막기 위해 이곳 도호부사 전천상이 260여 년 전에 심었다
는 인공 숲의 백미는 입구의 용송이다. 위엄서린 용트림의 모양새를
단단한 시멘트 기둥이 받치고 있다. 푸른 하늘을 향해 푸른 숲과
맑은 물 하얀 모래사장의 응원을 받으며 머잖은 날 용이 승천 하는
날, 이곳 하동 땅에 오색구름이 일까? 천둥번개가 치고 고운 무지개
가 뜰까. 섬진강 푸른 물가에 갈대와 아카시 운동장 같은 모래밭을
지나 평사리에 닿았다. 한 작가가 한 마을을 살린다. 토지의 무대,
한 번 스쳐갔을 뿐 정식으로 돌아보지 않았던 곳을 그림에, 사진에
담았던 듯 그려내는 작가의 선견은 혜안일까? 어떤 신 내림 일까.
그러나 올 때마다 부산한 장터 같은 모습의 변화에서는 서희도 봉순

이도 용이도 월이네도 만나기는 어렵다. 산 중턱을 깎아 만든 평사리문학관 또한 문학관의 냄새도 특징도 없이 이름만 붙여 놓은 듯한 느낌이다. 최치수가 머물던 사랑채 누마루에 선비복장을 하고 앉아 있는 모습은 색다른 이벤트의 하나? 우습다.

화개장터에서 먹는 재첩국과 은어튀김이 그만이다. 바닥을 보이는 반찬 몇 번을 채우고서야 수저를 놓았다. 후식으로 나온 홍시는 꿀이다. 세월의 흐름을 거스를 수 없으련만 장터라는 말에서 느껴지는 향수를 실지 장터에서는 느낄 수 없음이 왜 그리 서운한지 모르겠다.

쌍계사 가는 길의 굴참나무는 너무 늘씬늘씬해서 믿음직하지 않아도 깔린 낙엽에서 군밤냄새가 난다. 한참을 걸어도 싫증나지 않는 걸음이다.

떠남의 설렘보다 걱정이

— 충북 충주

　　　　　‘동네북’이라는, 만만할 때 쓰는 말을 오늘의
답사에서 문득 생각했습니다. 동네 가운데 걸려있는 북은 누구라도
두드릴 수 있고, 힘 있는 자가 오래 칠 수도, 세게 칠 수도, 엎어
놓고도 뒤집어 놓고도 칠 수 있는…….약자는 북채를 쥘 수 있는
기회를 노리고. 나라의 한복판에 있는 충주가 그런 곳이 아니었을까
요? 백제와 고구려, 신라와 고려가 차례로 북채를 쥐었던 곳, 그들의
힘과 손자국을 곳곳에서 직접 보고 느끼며 생각하게 하는 곳 충주였
습니다. 가야금을 만들고 연주곡을 작곡한 악성과, 왜군과의 싸움에
서 장렬하게 숨진 장군과, 흰색, 자주색 꽃만 보고도 흰 감자 자주감
자를 구분하는 시인이 살았던 시대의 문화와 역사를 실감나게 이야
기하고 있는 문화관광해설사들의 진지하고도 자신감 넘치는 모습은
아름답기만 했습니다. 한낮의 30도? 그깟것 아무것도 아니라는 듯

유유히 햇볕 속을 걸으면서도 미소를 잃지 않고 이어지는 설명은 막힘이 없었습니다. 불광불급不狂不及이라고, 미치지 않으면 미치지 못한다는, 우리 모두가 그런 사람들 아닙니까.

얼마 전, 빗속에서 해설을 마치고는 젖은 옷을 입을 수가 없어 담요로 몸을 감고 읍내로 나와 남의 옷을 빌려 입고 돌아온 때를 생각했습니다. 상관없는 사람들 눈으로 보면 우리 모두 이상한 사람들일 수도 있겠지요? 오늘의 해설을 맡았던 조동리 선사유적박물관에서 근무하는 박선예님의 박학다식하면서도 자신감 있고, 무엇보다 내 고장 사랑과 자랑이 넘치는 모습은 정말 인상적이었습니다. 단체답사도 보류한 채 고향이 그리워, 고향사람이 반가워 같이 나온 고창이 고향이라는 박정숙님 도요. 아주 옛날 가슴 설레며 생각하던 사람의 고향에 현재 살고 계시기에 더욱 반가웠지만 아련한 기억으로 고이 묻어두려 그냥 그렇게 대하고 말았습니다.

답사의 시작은 옛 신라 땅 복판에 서 있다 해서 '중앙탑'으로 불려지는 정식명 '탑평리 칠층석탑'은 보수 중이라 제대로 볼 수 없음이 아쉬움으로 남았지만 시대와 유물별로 잘 구분하여 전시된 충주박물관 1, 2관에서 충주지방 전체의 문화와 역사를 간략하게나마 더듬으며, 고구려비로는 국내에 하나밖에 없는 소중한 '중원 고구려비'로 향했습니다. 오랜 세월 방치되어 깨지고 망가지면서도 목숨을 부지해 왔음은 '신의 가호'였다는 말이 조사단 입에서 나왔다는 것은 그만큼 귀중한 것에 대한 고마움의 표시였겠지요. 지식도 상식도 부족하지만 선인들의 발자취를 더듬는 횟수가 더해감에 그 소중함 또한 더해가는 것을 제 스스로 느끼듯이 말입니다.

전북사람이 오면 음식에 제일 신경이 쓰인다며 조심스러움을 표시하는 박해설사님이었지만 그건 겸손이었답니다. 흑두부된장찌개 백반과 함께 나온 반찬이 참 깔끔했으니까요. 그 후로는 강행군이었습니다. 가야금 소리 은은하던 곳과 어울리지 않게 활시위와 조총의 겨눔으로 아수라장인 격전지가 되기도 했던 곳 탄금대. 국보와 보물을 직접 만져볼 수 있었던 고려 말 보각국사가 머물던 청룡사. 230여 기의 고분이 자리한다는 루암리 고분군과 조동리선사유적박물관 등 11시에 도착해서 6시간 동안 박선예님의 지치지 않는 열정의 해설에 우리는 감동했습니다. 몰라서 배우고 알면서도 더 배우고, 배움에는 끝이 없는 것, 그 배운 것을 또 다른 이에게 정확하고 알기 쉽게, 그리고 지치지 않게 전달하기 위해 불볕도, 폭우도, 때로는 폭설에도 의연한 우리들의 오늘이 내일로 이어지기를 바라며.

날씨가 끝내줬어요

- 충남 논산. 금산

기상특보가 수시로 전해지던 엊그제는 꿈속이었던가? 아니다. 꿈은 아니었다. 오늘 내내 밟아 다닌 금산과 논산의 산속에, 논고랑 밭고랑에 쌓인 눈은 쌓이고 얼어서 발걸음 소리 자박자박 사각사각, 내 좋아하는 소리였다.

손을 죽 내밀어 반원을 그린 후 '돌리고, 돌리고…….' 일어서서 흔들며 목청껏 소리 지르면 이 어지럼증이 없어질까? 굽이굽이 돌고 도는 산모롱이 고갯길은 한동안 고행 길이었다. 그렇게 돌아서 맨 처음 도착한 이치전적지 아래 임란 최초 육 전승을 기념하는 이치전적비가 서 있는 자리. 전라장병의 선혈 얼룩진 과거는 피부에 닿지 않고 그 옆 휴게소의 그네 두 대가 먼저 눈에 들어왔다. 막돌 면한 거친돌에 새겨진 그때의 비 뒤로 이런 저런 사연에 얽혀 개막식도 못한 채 서 있는 비석의 키가 커서 서러웠다.

버스는 다시 달렸다. 만인산의 조선태조 태실을 향하여. 오늘의 답사지 중 가장 찾고 싶은 장소였다. 태조의 즉위 2년에 함흥에서 옮겨와 그곳에 조영된 사연이 내 근무지 마이산과 깊은 연관성을 갖고 있는 때문이다. 풍수적으로 이씨 조선을 압박하는 산으로 알려진 마이산을 제압하기 위한 자리다는 이야기가 어느 정도 타당성이 있는 것인지 내 눈으로 본다고 알 수 있을까만 눈으로 보고 싶음에 설레기까지 했다. 도로에서 산기슭으로 반듯하게 닦여진 도로를 적당히 걸어 올라가자 동짓달 스무하루에도 따사로운 햇살이 정면으로 비치는 곳이었다. 이런 자리라면 비보의 차원을 떠나 양택이든 음택이든 명당이 아닐 수 있을까. 그러나 원 자리는 앞에 보이는 중부대학교가 있는 곳이라고 했다. 돌난간 돌기둥에 어릴 때 갖고 놀던 차돌이 박힌 듯해서 옛날 옛적 추억 한 토막 떠올리는 것으로 설렘의 막을 내렸다.

시간은 겨우 10시 반인데 제대로 챙기지 못하고 나온 아침이라 갈 곳은 많고 점심시간은 멀기만 하니 이 노릇을 어이할꼬. 예서제서 얻은 요깃거리가 조금 모아지기는 했지만 역부족이다. 뱃속 대신 머리를 채우는 것이 수다. 개태사 앞이다. 백제와 고려, 비극의 현장과 환희의 성지라는 극과 극인 장소 천호산. 그 산자락에 고려 왕건은 태평세월이 열린다는 이름의 개태사를 세워 원찰로 삼았다는데 그때의 절의 규모를 짐작게 하는 철솥과 석불입상이 대단하다. 기록의 부재로 그저 전해오는 이야기가 주를 이루는 것이 아쉽다. 뱃속에선 이미 쪼르륵 소리가 난다. 옛 예술인들의 단골다방 이름으로 기억되는 '돌체'식당의 음식은 그 이름 때문에 음식이 그리 푸짐하게 나올 것 같지는 않겠다. 근데 웬걸! 관촉사 석불입상을 배경으로 '환영합니다' 하는 정면의 플래카드가 고정관념을 깨트렸지만 배가 너무 고픈 탓인가. 정작 수저를 드니 밥알이 입에서 뱅뱅 돈다. 싱싱한 생굴 두 개 먹은 것으로 위안하고 말자. 그래도 기분 좋은 것은 여러 사람이 웃음을 공유한다는 것. 적어서, 작아서 아름답고 오붓할 때가 있는가 하면, 여럿이서 함께할 때 넉넉하고 여유로워 행복할 때가 있다. 오늘이 그랬다. 다른 어느 때보다 많은 회원들의 참석은 버스 두 대를 가득 채워 어느 때보다 화기애애한 분위기였다. 만나서 반갑고 헤어지면 그 반가움 다시 기다리게 되고.

점심 후에는 완산이 보이는 곳에 묻어 달라는 유언을 받들어 볕 잘 드는 언덕배기에 모셔진 견훤 능에서 끝도 시작과 같아야 한다는 것을 새삼 느끼다. 슬프다는 것이 별 것인가. 뒷모습이 아름답지 못함은 슬픔이다. 여유 있어 들른 성삼문의 묘도 마찬가지. 육시를 당해 전국으로 흩어진 몸의 일부가 묻힌 곳 석물로 치장하면 무엇하랴. 그곳 또한 슬픔인 것을. 문인석의 귓가에 묻은 황토를 보며 귀지를 좀 파지 찌지하기도 하다며 깔깔댔다. 뒤에 남은 사람들은 그렇게 웃고 웃으며 산다. 슬픔과 기쁨은 같은 것인지 모른다. 슬픔이 지나치면 웃음이 나오고 기쁨도 과하면 눈물이 난다고 하지 않던가. 흥망과 성쇠는 누리는 사람이 다를 뿐 항상 공존하는 것. 항상 행복할 수도 항상 불행하지도 않는 것이 인간사만이랴. 역사가 바로 그런 것. 백제와 고구려, 절과 묘만 되돌아본 오늘 버스 안에서는 유재협

선생님의 김삿갓에 얽힌 이야기, 논산의 광산 김씨와 파평 윤씨, 은
진 송씨의 이야기 등 다른 데서는 들을 수 없는 다양하고 재미있는
이야기들이 줄줄이 이어지고 있다. 동지 지나고부터 하루에 노루꼬
리만큼씩 길어진다는 해는 열여드레가 지났으니 아무리 짧은 노루
꼬리라도 열여덟 개의 꼬리를 합치면? 그렇구나. 여섯시 조금 넘은
전주는 이제 막 어두워지고 있었다.

무덤 아래서 풍요로운 삶을 이어가는 곳

— 경북 고령

　　　　　설렘에 공존하는 망설임을 애써 누르고 떠났다. 언제 뿌릴지 모르는 비의 장마철, 같이 챙긴 우산과 양산의 무게가 크다면 크다. 답사 비 수지결산을 맞춰야 되는 입장만 아니라면 출발인원의 수는 아주 이상적인 29명.

　펼친 지도를 놓고 보면 오른쪽 방향으로 거의 직선거리인 고령, 죽음의 유물로 말하는 무덤의 왕국 대가야의 흔적을 찾아서 달린 시간 고작 2시간 반이다. 산허리를 자르고 산의 속살에 사정없이 구멍을 내어 사방팔방 통하게 한 도로를 보며 가끔 쉬던 한숨과 차던 혀끝이 민망하게 고마움이 느껴지는 소요시간이다. 신라에 흡수될 때까지 5백 년을 강력한 세력으로 후기가야 연맹을 주도한 그 중심의 땅. 그러나 기록의 역사를 후세에 남기지 않은 미지의 왕국. 대가야 박물관 입구 왼쪽에 눈에 띄는 도깨비형상 조형물 이름은 가야깨

비란다. 유물의 전시장인 박물관의 캐릭터이자 마스코트로서 딱이다 싶다. 입구의 지킴이로서도 손색이 없다.

여섯 알 중 제일 먼저 깨어나 왕이 된 김해의 김수로왕이 이곳의 건국신화에선 가야산신 정경모주가 천신 이비가의 감응을 받아 낳은 두 아들 중 차남이 된다. 장, 차남의 관계설정(?)에서 보여주듯, 여러 가야 중에서 대가야의 위치를 짐작할 만한데 현대를 사는 고령인들의 자긍심 또한 만만치 않음이 해설 속에 나타난다. 그런 고장 가야고분에서 출토된 무수한 부장품이 전시된 유물전시관에는 3개의 금동관과 금귀고리를 비롯해 철의 왕국답게 철제 갑옷과 화려한 말안장이 원형을 유지하고 있다. 목이 긴 항아리와 굽도리 접시 등은 현대에 내놓아도 손색없는 세련된 모습을 보여준다. 국내 최초로 확인된 대규모 순장무덤인 44호분의 실물 크기 모형무덤 구조는 외부가 봉분 형태로 둥글게 되어 있는데 밖에서 보는 모습만도 위엄을 갖춘 어마어마한 규모다. 원형을 축조한 내부는 주인공과 순장 자들의 매몰 모습도 주실에 부챗살 모양 그대로 32기가 놓여 있다. 인골분석 결과 두개골이 함몰된 순장자는 40대 남자부터 10대 소녀까지 다양한 연령대라니 피장자의 권세를 미루어 짐작하게 한다. 그 중엔 부녀지간으로 보이는 30대 남자가 8세쯤의 여아를 안고 있는 모습과 열 살 전후의 여자 둘이 나란히 누워있는 모습도 있다. 거기에 5개의 빈 석실은 어떤 연줄에 의해 살생부에서 제외되어 빠져 나왔거나 도망쳐 버린 시녀가 아닐까 하는 의문도 가져볼 만한데 생과 사를 넘나든 그 후의 삶이 과연 편안했을지……. 권세를 누린 자가 죽어서도 그 권세를 누리기 위한 방편 때문에 만들어진 잔인한 무덤도 세월이 흐른 뒤엔 여러 사람의 볼거리가 된다는 것은 원혼에게 어떤 의미가 될까. 비록 흙으로 빚어 생각도 움직임도 없는 그냥 물체일 뿐이지만 오래 바라보기엔 뭣한 기분 정리도 못한 채, 산길 따라 흩어져 있는 고분의 현장으로 이동했다. 왕릉 같은 규모의 고분이 산등성이 위아래로 늘펀하게 누워있다.

경주의 고분이 평지에서 평평한 모습이라면 고령의 고분은 다분히 예술적이다. 앞으로 펼쳐진 고령 읍내와 주위의 산세와 어우러져 장관을 이룬다. 그 둘레에 납작 엎드린 모습으로 자라나 하얀 꽃 피운 찔레의 모습이 가엾은 순장자들의 넋은 아닐까 싶다는 생각으로 바라보니 꼭 그런 것만 같다. 일찍 핀 키 작은 코스모스 색깔은 유난히 선명해서 찔레꽃과 대조를 이룬다. 볕 내리쬐지 않고 약한 바람까지 동반하는 날씨 덕에 무덤과 무덤 사이를 돌면서도 식은땀, 비지땀 흘리지 않아 좋다.

가야금을 타고 있는 동상이 인상적인 우륵박물관 외관은 가야금 열두 줄을 형상화한 조형이 눈에 금방 들어온다. 가야금에 평생을 바친 우륵을 기념해서 개관한 박물관은 가야금을 쉽게 이해할 수 있도록 전시된 가야금테마박물관이다. 가야금 줄 한번 만져보지 못한 내게까지 쉬운 곳은 아니지만. 오동나무로 만드는 가야금은 위쪽은 하늘을 상징해서 둥글고 아래는 평평한 땅을 상징하며 열두 줄은 1년을 상징한다는 것만 입력되었다. 그래도 공방에서 심혈을 기울이는 게 젊은이들이라는 것은 다행이란 느낌이다.

무엇을 나타낸 것일까. 선사시대 간절한 기원을 새겨 제를 올린 곳으로 추정하며 신의 얼굴과 햇살과 풍요를 상징하는 그림이라고 풀이하고 있지만 정확한 것은 영원한 수수께끼라는 게 옳지 않을까. 읍내 알터 마을 바위벼랑에 새겨진 여러 문양의 그림들은 청동기시대의 그림으로 1970년 2월 영남대 박물관조사팀이 발굴했다고 한다. 겹동그라미 4개와 십자문양 1개 등 17~29개로 추정하는 여러 문양들은 약간의 마모 상태가 보이긴 하지만 보물(제605호)로 지정되어 있으니 심하게 훼손되는 일은 없으리라. 바위 위에 군데군데 둥글고 깊게 파인 부분이 있어 알터라고 하는지, 잠깐 해찰 하는 사이에 설명을 놓치고 말았다.

앞산은 나비가 춤을 추는 접무봉, 뒷산은 꽃이 활짝 피는 개화산이니 그 가운데 사는 사람들은 심신이 어지러울까? 점필제 김종직 선생의 후손들이 350여 년 간 동성마을을 이루는 개실마을은 지금은 깨끗이 단장하고 손님을 맞는 체험마을이 되었다. 엿과 연, 칼국수와 계란꾸미와 물총쏘기 체험으로 8~9백 명이 체험을 하는 마을이지만 선산 김씨 종손의 특별금으로 상인이 배제되어 마을엔 음료자판기 한 개만 있다. 함양군청 앞의 학사루에 걸렸던 편액 하나가 불씨가 되어 사화로 번진 사건으로 부관참시까지 당하는 영남학파의 종조 점필제 김종직. 그로 인해 풍비박산이 날 때 재혼한 젊은 부인은 종으로 팔려가고 거기서 난 후손의 나이 겨우 13세였다고 한다. 죽은 자를 꺼내어 다시 목을 베는 상황에서 숨어살았을 그 후손들의 삶을 짐작하고도 남는데 서림각이란 교지각 건물에 빼곡히 전시된 교지

들은 불가사의 하다고 할까. 직위가 오를 때마다 받았던 교지들을
그 어린 나이에 목숨보다 중요한 게 명예라는 걸 알고 지켰을지, 충
직하고 의식 있는 노복의 어떤 지혜의 덕일지, 하는 생각 속에 지금
종손의 특별금으로 상인이 배제된 마을이란 연결고리가 이어지기도
한다. 깨끗이 비질한 골목길 담 밑에 정겨운 빠알간 봉선화와 이색
적인 노란 누드베키아가 엇갈려 피어있다. 명예를 목숨처럼 지켜온
사람들의 후예들이 사는 마을에 외지인이 어울려 숙박을 하는 것과
다를 게 없다.

　몇 세기를 넘나들며 돌아본 대가야인데 해는 아직도 중천이다. 산
림녹화기념숲은 낙동강 유역의 대홍수로 주택과 농경지 등 인명피
해가 속출한 곳이다. 이곳에 5년 동안 집중적으로 벌인 사방녹화사
업 성공을 기리며 4월에 개원한 곳이나 아직도 정리중이다. 온실에
도 별 특별할 것 없는 분재와 열대식물들이었지만 요즘 관심을 가질
수밖에 없는 상황을 감안해 천천히 돌아보다보니 일행과 멀어져 박
선생과 둘이 오늘의 답사와는 상관없는 일상의 이야기로 꽃을 피웠
다. 열매는 산사인데 잎이 다른 나무가 줄을 이루어 귀가 후 숙제로
점찍으며 노랗게 익어가는 매실나무에서 떨어진 매실 한 개를 주웠
다. 약용으로도 식용으로도 쓰지 못하지만 가져가 냉장고에서 머무
는 동안은 아마 이곳을 생각하게 되겠지?

깊은 골, 넓은 바위 그리고…….

- 전남 곡성

　세계적인 경제 불황에 원인을 두어야 할까? 자리가 부족하기까지 했던 어느 땐가를 떠올리며 '아! 옛날이여~' 짧게 중얼댔다. 집안 살림엔 느슨하다 못해 한심하단 소리를 듣지만 채워지지 않은 버스의 좌석을 보면서는 머릿속에 주판알 아닌 계산기 숫자가 퍼뜩퍼뜩 이동을 하며 수지계산을 한다. 휴대폰엔 계속해서 '못 온다.'는 문자와 소리가 이어진다. 설레고 신나는 답사의 획기적인 방법은 없을까? 풀기 어려운 화두를 안은 듯 심란하고 맥 빠진 채 가까운 듯 하면서도 먼 곳, 곡성으로 향했다.

　도인들이 숲을 이루듯 찾아들어 이름 붙은 도림사가 있는 동악산이 멀리 보인다. 한 시간 남짓 걸렸을까. 곡성이다. 새로 지은 역사驛숨가 멋스럽기까진 않아도 루樓같은 형태의 하얀 건물이 인상적이긴 하다. 읍내의 좁은 도로 양쪽으로 과일과 채소, 이불과 옷가지와 자

잘한 생필품들이 군데군데 펼쳐 있다. 마침 가는 날이 장날인가보다. 엄마는 술 한 잔을, 난 국수 한 그릇을 먹던 저 넘어 추억이 행복한 기억으로 다가온다. 오늘 이 생각들은 몇 년이나 더 기억하게 될까. 노릇노릇해진 메타세콰이어가 한결 부드러워 보여 좋다.

도림사 가는 도림골엔 1곡에서 9곡까지 작은 공연장 크기의 넓고 아름다운 암반들이 보는 이의 넋을 뺏는다. 암반에 새겨진 수많은 글귀들 위로 맑은 물 흐르면 물소리가 그 시詩구들 스스로 읊어낼 것 만 같다.

단심대라 새겨진 암반을 내려다보며 서있는 그윽한 소나무의 이름이 단심송이란다. 원래 그 자리에 있던 소나무가 죽자 아쉬워하던 사람들 중 곡성초교졸업의 한 기期들이 뜻을 모아 그와 닮은 나무를 식재했다고 하는 흔치 않은 일화다.

8곡 암반에 매천과 간재의 이름도 보인다. 동시대를 살았던 사람들 같은 반가움이 인다. 같은 글씨를 종이에 쓴 사람과 돌에 새긴 사람 중 누구를 더 위에 올려놓느냐로 설왕설래다. 문장가와 석수장이를 넘어 지금은 서예가와 조각가로 불리니 그런 말도 주고받는 것이겠지. 재단사와 재봉사는 그럼 누구를 앞에 세워야 될까. 높고 높은 곳에도 정화조 차가 왕래하는 것이 신기하다. 도림사는 천여 년 전의 통일신라시대 사찰인데 문화재라고는 보물로 지정된 1341호 괘불탱 한 점이다. 그나마 진안 금당사괘불보다 한참 늦다는 것을 번호에서 알 수 있다. 사찰보다는 경치를 보기위한 사람들의 발길이 잦을 것 같음은 마이산과 닮은 듯도 싶다.

심청전의 원류가 되는 원홍장의 이야기가 연기설화가 되는 관음사로 향한다.

심청과 홍장, 심학규와 원량, 장님과 시주 등 비슷한 인물과 이야기 줄거리에 다른 것이라면 심청은 인당수에 빠져 연꽃에서 환생해 왕비가 되지만 홍장은 배를 타고 중국에 가서 왕비가 된다는 것이라 할까.

왕비가 된 홍장은 아비를 위해 금동관음상을 바다에 띄우는데 표류하던 보살상은 성덕이란 처녀가 모셔다가 봉안하고 세운 절이 관음사라고 한다. 억지로라도 명승을 창건주로 내세운 창건설화가 분분한데 평범한 시골처녀가 창건한 절이라는 게 재미있다고 할까. 아쉽게도 이 관음사 역시 몇 번의 중건을 거쳤지만 6·25때 공비 토벌을 목적으로 토벌대가 지른 불은 국보로 지정되었던 성덕이 모셨던 금동관음상과 모셨던 전각 원통전을 모두 모두 태워 지금은 관음상의 머리부분만 요사채에 모셔져 있다.

물고기를 옆구리에 껴안은 모습의 어람관음석상과 한글로 씌어진 극락전의 주련, 원통전에서 동거하는 관음보살과 염라대왕과 산신령은 관음사를 뚜렷이 기억할 만한 것들이다. 비단물결錦浪누각다리는 천년의 세월을 거슬러 올라간 느낌이랄까.

능이닭곰탕. 이 가뭄엔 독버섯도 없다는데 송이 위라는 능이를 먹는 호사를 누리다니! 그것도 어머니 정성이 담긴 집의 의미라는〈모심정〉에서. 곡성특산물이라는 붉은 보석이 주렁주렁 매달린 사과밭을 지난다. 추억의 증기기관차가 달리는 기차마을 이야기, 자신을 대신해 목숨을 바친 신숭겸의 목 없는 시신에 왕건이 금으로 머리를 만들어 도굴을 예상하고 세 개의 봉분을 만든 이야기가 버스 안에서 이어진다. 능이 두어 쪽에 작게 토막 낸 닭고기와 무를 넣어 끓인 탕은 시원하고 반찬도 맛깔스러운데 인심도 싹싹하다. 만족한 입맛 뒤엔 그러나, 만만찮은 지불금에 가슴 쓰리다. 금방 보여 질 단체통장의 바닥이 어른거린다.

태안사 들어가는 길 양쪽으로 아름드리 전나무와 낙우송, 서어나무와 측백나무, 갈참과 굴참나무가 하늘을 찌른다. 얼마큼 정성들여 가꾸고 보살피면 이런 숲이 될까. 청정한 고승들이 곧은 자세로 수도하는 모습 같다고 할까. 한 종류가 아닌 다양한 수종들이 이렇게 어우러져 공생하는 평화가 곧 천국 아닐까. 경전과 상관없이 마음으로 깨달음을 얻어도 부처가 될 수 있다는 것은 많은 사람들에게 얼마나 매력적인 것이었을까. 그런 사상을 전파하는 아홉 군데(구산선문) 중의 하나인 동리산 태안사. 세속의 번뇌는 이미 숲을 지나며 털었다. 번뇌를 떨쳤으니 발걸음 가볍다. 사뿐사뿐 미인걸음으로 능파각을 걷는다. 금랑각과 쌍벽을 이루는 수중누각이다.

혜철국사와 광자대사의 부도를 보며 세월을 거스르고 층층이 성을 쌓듯 쌓아올린 전각의 곡선 담에 눈을 빼앗긴다. 하루에 한 끼와 자리에 눕지 않는 40년의 수행으로 성불의 경지에 이른 청하스님은 6 · 25로 폐허가 되다시피 한 절을 지금 형태로 만들어 놓았다고 한다. 정치나 문화, 종교 그 모든 분야에서의 빛나는 발전은 선지자적인 극한 상황의 희생 후에야 나타나는 것 같다. 그 희생자가 많을수록 변화나 발전은 더 극대화 되는 것이리라. 아무나 할 수 없기에 위대한 것이고.

효령대군이 세종과 왕비와 왕세자 등의 복을 빌기 위해 기증했다는 지름 92cm, 둘레가 3m나 되어 들고 치기보다는 매달아 놓고 쳤으리라는 놋쇠로 만든 바라를 못 본 아쉬움을 뒤로 태안사 대처승 아버지에게서 태어난 조태일 시 문학관으로 향했다. 태안사 들어가는 길에 있는 문학관은 외관은 꼭 조립식건물 같은데 내부는 천정이 높아서인지 가슴이 탁 트이게 시원하다. 생전의 발자취가 고스란히 전해지는 곳 옆 전시실은 시인이 생전에 소장했던 서적과 민족문학작가회에서 엄선한 신간들로 채워져 있다. 유신체제를 반대하는 시를 써서 여러 번의 옥고를 치룬 저항시인 정도로만 알고 있었고 지금도 문학관 한 번 다녀온 것으로 그 이상을 알 수는 없다. 다만 오래되어 낡은 책들 훌훌 버렸던 날들이 후회로 다가왔다.

마을 숲 이야기

진안군 마을 숲 이야기 내용이냐, 포장이냐

평범한 야산도 포장에 따라 기막힌 산이 된다? '뚝배기보다는 장맛'이란 우리말이 무색해지는 것은 역시 일본인들의 뛰어난 상술 때문이다. 일본말 사또야마는 우리말로 야산 정도인데 꾸미고 미화시킨 홍보로 인해 우리나라를 비롯한 외국 사람들이 관광을 갈 정도라고 한다. 이에 비하면 잘 조성된 우리 지방의 마을 숲에는 얼마나 많은 이야기들이 숨어있는가. 마을 숲이란 인공적으로 조성했어야 되고, 문화 활동이 있어야 된다고 규정하고 있으나 〈전통 마을 숲의 종류와 생태〉를 강의한 이도원 교수는 꼭 그렇지만도 않다며 좀 더 넓게 정의했다. 그 이유로 크게는 역사적 의미와, 다른 하나는 마을 사람들의 의식까지 감안해서 깊이 있는 관찰이 필요하기 때문이다.

마을 숲의 기원이랄 수 있는 것은 서울 동대문 근처에 숲이 있었는데 이는 수구막이용으로, 빠져나가는 지기를 막기 위해 청계천 남

쪽과 북쪽에 흙을 쌓아 산을 조성하고, 이 조산造山이 무너지지 않게
버드나무를 심었다. 정확한 기록으로 남아있지는 않지만 이후부터
전국적으로 확산되지 않았을까 하는 추측이다. 행정구역의 하나인
동洞이란 물 수水와 한 가지 동同을 합한 글자로, 풀이하면 '물을 같이
쓴다' 즉 '마을을 감싼 능선 이쪽으로 떨어지는 빗물을 함께 사용한
다.'는 의미를 지니고 있다. 그 물은 水口, 곧 洞口로 빠져나가며,
그곳에 숲을 만들어 바깥에서 마을을 보지 못하게 했고, 그 숲을 수
구막이라 했다. 수구막이는 아니지만 마을 숲에는 옆 동산이나 뒷동
산도 포함되는데 뒷동산의 경우 뒤가 허할 때라든가 푹 꺼져있을
때가 한 예이다. 또한 논 가운데 있는 동산으로 볼록뫼 또는 똥뫼라
부르는 형태의 마을 숲도 있다.

그런가 하면 강 하구를 메워 개간했을 때 남은, 작은 섬과 같은
형태의 마을 숲도 비슷하다. 그 예로 충남 서천에 옛날 조개를 잡을
때 뻘이 묻은 신을 털던 곳이라고 해서 신털뫼라 부르는 숲이 있는데
바로 그런 곳이다.

5백 년 전에 조성된 전남 해남의 윤선도 고택 뒤 계곡에 있는 비자
나무 숲도 일종의 마을 숲이다. 또한 특이한 예로 경기 이천에서는
최근 공알바위를 기계로 파손까지 하며 그것을 감추기 위해 숲을
조성했다고도 한다. 이런 이유들로 마을 숲을 볼 때는, 나무를 식재
함으로서 얻어지는 생태적 기능인 거미의 포식처가 된다든가, 수분
의 증발이 감소되고, 거름이 되는 낙엽이나 양서류와 포충류의 서식
처가 된다는 현실적인 것 외에도 지형변화를 동시에 봄으로써 초창

기 조성 이유를 파악하기 용이하다. 그런 실례들을 진안의 마을 숲 에서 찾아본다.

진안읍 마을 숲 — 은천마을

편안한 고장 진안의, 아름다운 숲이란 이름을 가진 가림리, 은같이 맑은 물이 흐르는 은천마을 숲은, 돌고 도는 세상사같이 붙여진 이름 도 세월 따라 변한다는 것을 이 마을이 말해준다고 할까?

원래는 물이 나누어진다는 의미의 가린내(옛날엔 금강과 섬진강 의 수계를 마이산으로 보았다)가 가림리가 되어 한자화 되는 과정에 서 아름다울 가佳, 수풀 림林으로 이 숲을 연상하게 된다. 또한 숲 아래로 숨듯 흐르던 물(그래서 숨을 은隱)을 숲 위로 돌려 환히 보이 는 물이 맑게 흐르다보니 지금은 은銀 자로 바뀌어 은천銀川마을이 되었다.

우리나라 대부분의 마을 숲이 허한 곳을 보충 하든지 흉한 곳을 가리기 위한 비보차원에서 조성한 것과 같이 이 마을 역시 마찬가지 다. 마을의 북쪽 서래봉을 화산火山으로 보고 그 화산의 화기를 막기 위해 조성한 숲이다. 초가에 직접 불을 때는 상황에서 화재는 무엇 보다 큰 재앙이고 이것을 막기 위한 것은 동네의 큰 숙제였을 것이 다. 실지로 큰 화재가 동네를 휩쓸어 답답하고 막막하던 때였다. 마 을을 지나던 어느 도사의 말이 숲만으로는 부족하니 거기에 덧붙여 물을 상징하는 돌거북을 세우라는 조언을 했다. 그 말을 들은 마을 사람들은 절실한 바람과 믿음으로 마이산에 있는 커다란 돌 하나를 가져와 정성스레 쪼아 거북이 형상을 만들어 놓게 된다. 그 덕이었을까? 마을의 화재가 거의 사라졌는데 그즈음 거북도 사라져 버렸다. 도난을 당한 것이다. 그러나 달라진 세상에 그깟 거북 하나 없어졌다고 크게 신경 쓰는 사람은 없었다. 다시 세월이 흐르고 사람들 마음에 옛것에 대한 그리움이 유행처럼 번지게 된다. 그런 마음들이 모아져 얼굴은 사람 같고 몸은 거북 같다 해서 인면귀체라 하는, 다소 장난스럽고 우스꽝스러운 지금의 돌거북을 다시 만들어 세우게 된다. 언뜻 보면 실패작 같지만, 기술도 안목도 높아진 요즘 이렇게 만든 데에는 만든 이의 어떤 생각이 있지 않을까 유추해 보는 것도 괜찮지 않을까?

숲 안에 있는 정자 두 채 중 사면이 트인 한 채는 마을 숲 안에 있어 여름을 즐길 수 있고, 숲 입구에 있는 한 채는 유리로 8면을 막아 겨울에도 이용이 가능해서 마을사람들의 사철 휴식처와 대화의 장소로 가능하다. 비석 또한 두 기가 있는데 한 기는 은천 주민 친목계원들의 명단을 그 후손들이 각해 놓은 것이고, 마모되어 식별이 힘든 하나는 일제시대 조선총독부에서 세운, 천연기념물 줄사철나무 표지석이다. 현재 그 사철나무는 고사되어 천연기념물은 마이산의 줄사철나무 군락들에게 넘겨주고 새로운 두그루가 전북기념물로 되어 죽은 고목을 휘감아 오르고 있다.

이 숲에서 주를 이루는 나무로는 느티나무와 팽나무이며 개서어나무 2주와 유실수로는 은행나무가 유일하다. 모두 활엽수로서 전북 전체를 통계로 볼 때는 소나무가 우위를 차지하지만 진안지방은 예외다. 이는 오래된 숲일수록 침엽수보다는 활엽수가 우위에서 원인을 찾는데 그만큼 진안의 숲은 잘 보존되었다는 증거일 것이다. 이런 활엽수들이 일제히 잎을 피우든지 꽃을 피우면 풍년이 들고 위아래가 분리되어 시나브로 피면 흉년이 든다는 말이 있다. 그것은 비가 알맞게 오면 골고루 분산된 수분으로 한꺼번에 피게 되지만 가뭄이 계속되다 보면 생육이 활발한 가지가 수분흡수력 또한 높아 그 부분이 먼저 피게 되어 그렇다. 그 잎이나 꽃이 피는 시기는 바로 농사가 준비되는 시기이다 보니 그런 추측이 가능한 것이었으리라.

이 마을이 권선징악의 교훈을 주는 고전소설 ≪장화홍련전≫과 관계가 있다고 하는 이야기는 오래전부터 전해온다. 그것은 ≪장화홍련전≫에서 평안도 철산부사로서 사건을 처리하는 전동흘이 이 마을 출신이라는 것이다. 아버지 전대승과 함께 마이산 이산묘의 영모사에 배향되어 있고, 탄곡마을 입구에 그의 선친과 조부의 묘가 있으니 실존인물이 확실하고, 실제 장화홍련 한문본이 전동흘의 8대손 기각 등이 1865년(고종2년) 편찬한 ≪가재사실록≫과 ≪가재공실록≫에 실려 있다고 한다. 전동흘은 이곳 가림리에서 50이 넘도록 자식이 없던 어머니가 한 시주승이 일러주는 대로 마이산에 가서 정성스레 치성을 들여 잉태 후 태어났는데, 어릴 때부터 성격이 대담하고 무예가 출중했다고 한다. 보다 정확하고 재미난 이야깃거리를 위해 사실을 입증할 수 있는 자료를 더 확보해야 하는 과제가 남았다.

마을 곳곳은 아직도 옛모습이 많이 남아 있어 사는 사람들은 불편하겠지만 돌아보는 사람들은 향수에 젖어 볼 만한 풍경들이다. 겨릅

대와 황토를 섞어 외벽을 바른 곳도 있고, 낮은 담장과 대문 등이 그렇고, 골목골목 옛 어머니들이 바쁜 중에도 심었던 봉선화와 분꽃, 맨드라미 등이 배시시 웃고 있다.

― 사인동 마을

사물의 이름이나 종류가 많은 것은 그만큼의 관심과 대응을 위한 것으로서 우리나라에 바람 종류가 많은 것도 그 때문이다. 마을 숲 자리에 부는 바람이 대단하다. 많은 바람은 땅과 공기를 건조하게 하고 이는 잦은 불로 이어졌으리라 짐작된다. 차에서 내려 우산을 펼치자마자 뒤집어진다. 마을의 사방이 꽉 막힌 듯하지만 북쪽으로 한 가닥은 뚫려있는데 마을 숲은 그곳에 있다. 바람은 역시 그곳에서 불어온다. 몸을 반대로 돌리자 제자리로 향하는 우산의 묘기가 몇 사람을 웃게 한다. 살이 촘촘한 용가리님 우산을 샘냈더니 행여 뺏길까봐 부리나케 몸을 피한다. 달려가 잡으려 하자 뿌리를 드러낸 개서어나무가 말린다. 마을 사람들을 위해 덮고 있던 황토까지 다 내준 나를 보라며, 남의 것에 욕심내는 게 아니란다. 황토를 채취했으면 다른 흙으로 채워줘야 했으련만 그대로 방치해 놓은 나무 밑이 비바람 속에 쓸쓸하다.

조선 정조 때 사인 벼슬을 한 사람이 살아서 사인동이 되었다는 마을. '마을의 앉은자리도 질서가 있어야 된다.'는 말과는 상관없이 언덕 위에 옹색하게 형성되어 있어 그리 편안해 보이지 않는다. 그래서일까. 89세 되신 최충삼 어르신의 얘기로는 "옛날엔 마을 앞이

도깨비 천지였다. 초가가 주를 이룰 때는 한밤중에 나타난 도깨비가 솥뚜껑을 열어서 아궁이에 깊이 집어넣는 바람에 빼내는 데 애를 먹기도 하고, 수시로 불을 내서 마을의 피해가 심했다. 그것을 달래기 위해 도깨비가 좋아하는 메밀묵을 쑤어 역시 도깨비가 좋아하는 여자들이 제를 올렸다."라고 한다. 또한 바람막이 대응의 도유림인 성수산을 지키기 위해 2인 1조가 되어 산에 올라 하루 종일 감시를 하기도 하고, 산간수의 월급을 주기 위해 그 시절로는 거금인 1년에 1가구 50전씩 거출도 했다는 마을 사람들의 정성은 눈물겹기조차 하다.

자기 키 높이에서 8배 정도의 거리까지 바람막이를 할 수 있는 위력이 있다는 나무, 그 나무들로 숲을 조성했던 것은 삶에서 자연스레 체득한 지혜였으리라. 그런 지혜로 조성한 숲 자리가 행여 조금 파이기라도 하면 반드시 메우며 정성을 들였다고 하는데 뿌리가 보이도록 파헤쳐진 현재의 마을 숲 모습으로는 이해하기 힘들기도 하다. 새마을 사업으로 길게 조성됐던 마을 숲이 끊기면서 다리를 다친 사람들이 많았다는 이유는 짐작하기 어렵지 않다. 요즘이야 지붕 개량과 발달한 연료 변화로 화재는 줄었으나 많은 차량의 증가로 교통사고가 잦으니 다치는 사람들 또한 많을 밖에.

— 원단양 마을

내내 불안해 보이는 자세로 이야기를 들려주는 원단양 마을의 박응옥 옹. 가구 수에 비해 마을회관이 좁지 않느냐고 하자 "이게 2층이요."

큰 느티나무 밑의 항아리 정체를 심각하게 묻는 쇠뜨기님 말에는
"재떨이요." 짧고 싱거운 대답과 달리 "박통시절에 돌담을 모다 쥐어
뜯고 시멘트 담을 했지라우." 두 손으로 담을 헐고 쌓는 모습을 웃지
도 않고 똑같은 표정으로 흉내를 내는 바람에 모두 배꼽을 쥐고 웃었
다. 요즘 농촌에 110호가 살고 있다는 것이 믿어지지 않는다. 그러나
그 중 제일 젊은이가 40대의 이장을 빼면 60대라는 현실은 믿을 수밖
에 없다. 읍내에서 지척인 곳, 나이 든 노인들이 마을을 지키고 그
자녀들은 대부분 읍에서 살고 있다.

특산물로 유과를 많이 한다는 것은 쌀이 생산되는 논이 많다는
것이고 그것은 부를 상징하는 것이지만, 그 농사지을 힘이 부족한데
다 농지마저 공장부지화 되어가고 원주민은 단순노동자가 되고 있
는 것이 안타까운 농촌의 현실이다.

회관 앞에는 77년도 전까지 당산제를 지냈다는 3백여 년 된 느티
나무가 우람하게 서 있다. 마을뒷산이 내려오며 낮아지는 형상이라
메우는 의미로, 마을 앞산 밑에 있는 느티나무를 정점으로 해서 내를
따라 활로 에워싼 형태로 조성된 숲이다. 그 흔적은 마을 오른쪽에
많지 않은 개서어나무와 느티나무 고목들로 남아 있다. 개서어나무
밑에는 14일의 삶을 위해 5년을 기다리는 말매미의 유충이 많이 살
고 있는데 그 나무 아래 정자가 세워졌고 그 옆에는 비닐장판 씌운
평상이 요즘의 쉴 의자와 함께 놓여 있다. 썩 어울린다거나 꼭 있어
야 되는 건 아니지만 당장 없애야 된다거나 크게 거슬릴 것은 없다.
좋은 것이라고 다 취할 수 없듯 그 반대라고 다 버릴 수 없고, 그럴

필요도 없는 것이 살아가는 요령일수도 있다. 사람이 제각각이듯 사물 또한 그대로의 모습을 지켜보다보면 무언가 얻어질 수도 있고 얻을 게 없다고 해서 잃는 건 아닐 테니까.

♣ 부귀면 마을숲

항아리 형으로 모여든 물을 소가 마시는 형국의 마을에 있는 숲이다. 산정리 삼거리에서 모랫재 가는 길로 접어들어 나누어지는 두 길 중 왼쪽으로 달리다 멈춘 곳은 옛 곰티재 입구, 눈에 익은 장소다. 갸름하고 하얀 얼굴이 꼭 여자애 같던 까까머리 남학생이 언뜻 스친다.

이곳쯤에서 자취생의 무거운 짐 같은 것을 들고 버스에 올랐었지. 40년도 훌쩍 넘은 저쪽 세월이 성큼 앞으로 다가오는 듯하다. 마을로 들어가는 오솔길에서 만난 흰색 꽃이 핀 광대수염은 우스꽝스런 광대들의 수염 같아 붙여진 이름이다. 모양새는 보라색의 벌깨덩굴과 똑같다. 금낭화와 비슷한 눈개불주머니가 줄지어 서 있다. 줄기의 4각으로 둥근 금낭화와 쉽게 구별된다. 꽃은 봄에 피는 산괴불주머니와 같은 모양의 노랑색인데 가을에 피는 것이 다르다.

4백여 평에 조성된 마을 숲은 신작로가 생기며 거기서 유출된 토사방지와 맥이 끊어짐으로 생긴 허함을 보충하기 위해 조성된 듯한데 상수리나무와 서어나무, 졸참나무 등이 큰 키를 자랑하며 곧게 자라 있다. 인위적으로 조성한 것 같지 않고 자연스런 울을 친 듯 아늑하게 자리한 것이 특징이다. 나무 밑에 뾰족하게 고개 내민 은난초와 은대난초 구별법은 은난초 잎은 둥글고 은대난초잎은 대 잎처럼 뾰족하다.

　마을로 들어섰다. 소가 물을 마시는 형국이니 이름만으로도 여유를 느낄 수 있지 않은가. 둘레가 9m나 되는 6백 년 된 느티나무와 상량문에 단기 4292년이라 쓰인 모정이 마을 가운데 있다. 천연기념물로 정해졌다가 가지의 절단으로 해제된 느티나무. 썩은 둥지에 마을주민들이 애지중지 흙을 채우고 철판으로 감싸서 복원되기를 기다리는 정성이 눈물겹다. 너무 자란 키가 행여 바람에 다칠세라 그 높은 나무에 올라 손수 다듬어 자른 가지가 6트럭이나 되었다니 정성을 넘어 신앙이라 할까. 휘어진 서까래는 그대로 자연스런 모습 간직한 지 어언 40여 년, 마을의 희로애락 그대로 지켜보며 간직한 이야기보따리가 몇 짐은 되리라. 밭에서 돌아오는 듯한, 육십은 훨씬 넘을 듯한 아낙의 말없이 편안한 얼굴이 이 마을을, 이 마을 인심을 대변하는 듯하다. 마을 앞 도랑으론 아직도 맑은 물 돌돌돌 흐르는데 나도냉이 노랑색이 멀리서 보아도 선명하다.

　얼마를 달렸을까. 골짝으로, 골짝으로 달린 것 같은데 평평한 평지가 나타났다. 수항리 하수항마을이다. 우정마을이 '생얼'이라면 하수항마을은 눈썹 정도 다듬었다고 할까, 입술 정도 발랐다 할까. 보존과 개발이 상충되면서도 필요하듯, 자연적이어서 다 좋은 것만도 아니다. 자연에 약간의 인공을 곁들여 빛이 난다면 그것도 괜찮지 않을까?

　상·중·하수항으로 나뉜 수항은 모아진 물이 항아리형국이라 붙여진 이름이다. 이름부터도 소가 물을 마시는 것은 자연이지만 항아리는 만들어진 것 아닌가. 마을 숲 옆에 인공방죽이 있다. 바쁘고 부족한

일손에도 휴식과 풍치를 위해 그만큼 애를 쓰는 마음이 멋지지 아니한
가. 수종의 적지와 부적지의 구분을 못한 것은 무지라기보다 기왕이면
다 수종으로 다양한 볼거리 제공을 염두에 둔 순수함일 게다.

　부처가 춤을 춘다는 일영 '불무실'이란 이름 또한 많은 의미를 생
각하게 한다. 완전 선의 경지에 빠져든 상태라면 바로 이곳이 천국?
삼지창이 마을을 향해 공격하는 형이라 재앙이 잦아 마을 앞에 선돌
세 개를 세웠다는 것과는 어울리지 않지 않는가. 그렇다면 부처의
춤이란 좋아서 추는 춤이 아니라 간절한 기원이나 주술 같은 것이
아닐까? 느티나무와 팽나무, 개서어나무와 밤나무, 사시나무 그리고
아까시나무까지 다양한 수종들 사이에 평지에선 귀하다는 신나무도
있다. 매워서 신나무? 잎을 뜯어먹어보니 쓴맛 뒤에 매운 맛이 나는
것도 같다. 그 사이 군데군데 지느러미엉겅퀴가 눈에 띈다. 번식력
은 강하나 쓸모없는 유해식물로 분류되기 직전이다. 여지없이 발로
질끈 밟으며 미안해하지 않아도 되는.

　조팝나무와 개나리로 마을길을 가꿀 예정이고 농지정리와 우렁이
농법을 이용한다는 이 마을은 자연을 지혜롭고 아름답게 가꾸며 이
용할 줄 아는 트인 마을이지만 농촌 어디나 그렇듯, 가구 수는 기껏
해야 14호 정도다. 피할 수 없는 현실이 아쉬움으로 남는다.

♣ 백운면 마을 숲

　'진안은 역사가 없다.'고 말씀하시는 마을 어르신 한 분. 사람 사는

곳에 역사가 없다는 것은 말이 안 된다. 역사적으로 큰 사건이 없다는 말일 뿐 선사시대부터 이어져 오는 진안이다. 다만 진안에 대한 공부를 하면서 느끼는 것이 크게 부각되는 인물이 없다는 것이다. 그래도 역사는 끊임없이 이어져 지금에 이른 것, 큰 사건이나 인물이 없음은 그만큼 평온했다는 것 아닐까? 시대마다 회오리바람은 일게 마련이고, 그 소용돌이에서 영웅이 되는 사람이 있는가 하면 역적이 되기도 하는 것이 역사이기에.

— 원반마을

만육 최양선생 유허비가 있는 마을이다. 고려의 충신으로서 조선을 개국한 태조와 3대 태종이 벼슬과 전답을 내리며 조정에서 일하기를 권하나 '충신은 불사이군'이라는 지조로 끝내 거절, 이곳에 와 3년을 숨어살다가 전주 대성동으로 옮겨 말년을 보내고 완주군 소양면 신원리에 묻힌 '최고집'이란 속설을 남긴 이. 그 충절을 추모하기 위해 1871년에 세운 유허비와 후손들이 세운 비각 구남각이 마을 앞에 꼿꼿이 서 있고, 그 뒤로는 제룡교를 놓은 소금장수 송경모라는 사람의 비가 조촐하게 서 있다.

제룡교란 반송마을과 두원마을을 잇는 구남각 옆의 다리다. 원래 지네혈인 반송마을과 닭혈인 두원마을에 다리를 놓으면, 닭한테 지네가 잡아먹힌다는 생각에 반대를 했는데 다리를 놓은 후 오히려 지네혈인 반송마을이 더 윤택해졌다고 한다. 그 감사함으로 1869년 마을사람들이 세운 시주비다. 원래는 나무다리였으나 지금은 콘크리트다리로 되어 있다. 그 외에도 두 개의 정자가 있는데 갑오경장과 동학농민 혁명을 거친 1896년, 농촌에서도 눈을 떠야, 즉 배우고 익혀야 한다는 뜻일 드싶은 개안정과 몇 살의 동갑들인지 알 수 없으나 동갑계원들이 1927년에 세운 학남정이 있다. 이 정자들은 모두 데미샘에서 발원한 물길, 곧 섬진강 상류로 마을 앞을 흐르는 냇가의 숲속에 서 있다. 이 숲은 홍수와 가뭄에 대비해서 조성한 마을 숲으로, 4백5십여 년 된 느티나무를 비롯해 280여 년 된 소나무와 개서어나무 등이 냇가 양쪽으로 서 있고 8월 초에 흰 꽃이 피는 쉬나무도 한 그루 있다. 쉬나 무는 회화나무와 더불어 서당에 식재를 많이 했는데 그 열매로 짠 기 름으로 불을 밝혔으므로 경북에서는 소등나무라고도 한다.

　마을 이름의 유래가 된 마을 입구의 반송은 1967년 4백 살의 나이 로 바람도 없이 쾌청한 날, 찍찍 소리를 내며 숨을 거두고, 그때는 아기에 불과했던 느티나무가 나이를 가늠하기 어려울 만큼 크게 자 라 그 자리쯤에 서 있다. 그 소나무 뒤에 숨어살던 도깨비부부는 나 무가 그렇게 죽어버리자 마을에 불을 질러댔다. 그때부터 지내오던 도깨비제도 세월 따라 지금은 없어졌는데 엄숙하기보다 재미있을 것 같은 그 제를 요즘에 맞춰 다시 살려보는 것도 괜찮을 것 같다. 그 다음마을로 발길 옮기려는데 핏빛 접시꽃이 눈에 밟힌다. 도종환 이 이 색깔의 접시꽃에 아내를 대비해서 〈접시꽃 당신〉이란 시를 쓰 진 않았으리란 생각이 든다. 애틋함과는 거리가 너무 먼 진홍색이다.

　— 윤기마을

 그 사람

깨진 장독에서 흐른 장이 사흘을 흘렀다고 한다. 그만큼 큰살림의 윤장자가 살았던 터라는 데서 유래한 〈윤기마을〉은 호랑이가 출몰한다는 숲 밑에 자리했다. 숲 뒤로는 호목재라는 호랑이 목 부근이 되는 곳에 우시장이 설 만큼 넓은 자리와, 별장으로 추정하는 곳에서는 자기주병이 나올 정도의 살림 규모를 가졌던 윤장자다. 그러나 도둑에게 살해되어 그 대에서 흩어져버린 가문이 되고 말았다. 과연 가능한 이야기일까? 윤기마을이란 이름을 풀이하다 지어낸 이야기가 아닐까? 물음이 많고 깊을수록 이야기는 길어지고 재미 또한 더해질 수 있다. 숨겨진 더 많은 이야기가 있을 것 같은 마을이다.

'바람으로 목욕을 한다.'는 뜻의 '풍욕정'은 마을 입구에 정갈하게 세워져 있다. 마을 숲은 이 모정 앞뒤로 빽빽하게 바람막이용으로 조성되어 있었는데 지금은 당산목인 4백 년 된 느티나무와 비슷한 나무들이 몇 그루 있을 뿐이다. 지관을 하다가 지금은 교회 장로가 되어 감사하는 삶을 살고 있다는 김우곤 어르신의 "마을 사람들의 유난히 높은 학구열로 생활은 오히려 저하됐다."라는 이야기가 가슴 아프다. 새끼를 위해 기꺼이 제 살을 내어주고 가시로 남는 가시고기의 부성애 같은 것일까. 애지중지하던 전답을, 자식의 교육을 위해 처분하고 그 전답으로 성장한 자녀들은 도시에서 부를 누리는데 그 부모들은 빈 몸으로 고향을 지키는 안타까움이라니. 조성한 지 오래되지 않은 모정 앞의 마을 숲이 서서히 번성하듯 옛 윤장자가 살던 시절의 영화가 다시 돌아올 수는 없는 것일까.

— 번암마을

번암마을은 배 형국으로 우물을 파면 배가 뒤집어지는 파산형국
이다. 실지로 샘을 파면 물이 뒤집어지는 현상(물이 하얗게 뜬 상태)
으로 먹을 수가 없어 백암천 가에 있는 공동 샘을 주로 이용하였고,
현재도 인근 마을에서 끌어온 물을 사용한다. 풍수로 가름하는 형국
을 떠나 마을이 내보다 낮은 것은 아닐까?(보기에 그렇지는 않았다.)
큰 돌이 많아서 번바우라 부르던 것이 번암이 되었다는 유래와, 정자
나무 아래 평평한 바위가 있어 번암이 되었다는 두 가지 유래설은
다 그럴 만하다.

평평한 바위는 청동기시대의 무덤 양식인 고인돌로 본다고 되어
있으나 작은 굄돌 위에 두꺼운 덮개돌을 얹는 남방식도 아니고, 높은
굄돌 위에 두껍지 않은 덮개돌을 얹는 탁자식의 북방식도 아니다.
굄돌도, 굄돌이 있던 흔적도 없이 땅에 박히듯 놓여 있다. 용담호가
조성되기 전 지표조사 때 안천과 용담지방에서 발굴된 것 역시 남방
식도 북방식도 아닌 절충식이라고는 했다. 이렇게 묵은 장맛이 나는
마을이다. 마을 앞의 소나무 숲은 가까이 흐르는 물길이 보이지 않
도록 수구막이로 조성한 마을 숲인데 어느 해 큰 수해로 현재는 물길
이 바뀐 상태다. 바뀐 물길과 같이 숲 또한 자리는 그 자리이나 형태
는 많이 변해서 수구막이보다는 풍치림으로 어울린다. 변화를 무조
건 터부시할 것만은 아니라고 본다. 어차피 변하는 게 세상이다. 눈
으로 보이는 것뿐 아니라 보이지 않는 사람의 생각도 변한다. 지금
은 좀 어색하고 성에 차지 않는 것들도 더 많은 시간의 흐름 뒤에

그 시대를 사는 사람들의 평가에 맡기는 게 맞고, 또 그럴 수밖에 없다고 본다.

— 원노촌마을

뒷산의 기러기가 앞날 등의 갈대를 물고 가는 지형의 마을이다. 그림같이 낭만적인 지명이지만 근처에 갈대는 없다. 갈대가 어디 산 속에 서식하던가. 기러기와 어울리는 것을 찾다보니 그리되었겠지. 기러기도 결국 지어낸 형국이고 보면 갈대를 지어낸들 어떠랴. 기러 기가 억새를 물고 간다면 멋이 없지 않은가. 거창신 씨가 집성촌을 이룬 곳. 효라는 것도 결국은 부모에 대한 아름다운 마음이겠지. 왜 군으로부터 부친을 살려낸 미계 신의련을 기리는 효자각과 그 효를 영원히 기리자는 의미의 전북문화재로 지정된 영모정이 있는 마을. 그래서일까. 흐르는 냇물을 미재천美在川, 신의련의 호는 미계美溪, 거 창신 씨 종중이 1990년도에 세운 모정은 미룡정美龍亭 등으로 아름다 움이 곳곳에 가득하다. 미재천을 따라 천변에 풍치림으로 빽빽하던 소나무는 일제가 배를 만들기 위해 다 베어내고 지금은 느티와 상수 리, 갈참나무 등만 우람하게 서 있다. 깊은 소沼 위에 세워진 미룡정 아래 절벽에 군데군데 피어난 산수국이 신비스런 남보라색을 뿜어 낸다. 아래에 휘감아 도는 물결 따라 흔들리는 듯, 휩쓸리는 듯 신비 함은 절정으로 치닫는다.

♣ 정천면 마을 숲

― 무거마을

금강의 크고 작은 젖줄에 이어져 생명력을 태동하는 땅 정천면이다. 북쪽으로는 주천면과 용담면을, 서쪽으로는 부귀면. 남쪽으로는 상전면과 진안읍을. 동쪽으로는 안천면과 경계를 이루는 곳이다. 사계절이 뚜렷한 온대성 기후의 특징으로 겨울과 여름의 온도차가 심하며 겨울에는 많은 눈과 여름에는 강우량이 비교적 많은 지역이다. 정천이란 지명의 유래는 약 6백여 년 전, 중국 남송이 원나라에 망하자 주자학을 숭상하던 많은 학자들이 고려에 망명하게 되는데 몽고는 이중 한림원 태학사였던 주잠의 압송을 강하게 요구한다. 그러자 주잠은 이름을 적덕으로 바꾸고 주위 산천이 중국의 무이구곡과 흡사하다하여 무릉리라 부르는 용담현 무릉리에 와서 살게 된다. 그런 연유로 주자내란 지명이 생기게 되었다는 설과 함께, 주자가 있으니 안자와 정자가 있어야 된다는 생각에 안천의 안자천과 안자동이 생긴 것과 같이, 정자내, 즉 정자천에서 유래된 지명으로 추정하고 있다.

이런 정천면 갈용리에 속한 무거마을은 조선말 5, 6가구가 거주하는 북쪽의 노현마을과 4백여m 떨어진 남쪽의 신평마을이 농경지가 있는 중앙으로 차츰 모여져, 마을이 형성 번성하게 되자 무성하게 자라는 주변삼림을 비유하여 무거茂巨라는 마을 이름이 되었다. 큰 길에서 마을로 들어가는 길 왼쪽(아래) 찬물정은 진흙이라 수량이 넉넉한데 오른쪽(우) 말랑들(마른들)은 자갈과 모래땅으로 비가 와도 물이 고이지가 않아서 커다란 물탱크에 물을 받아 논물을 대고 있어 대조를 이룬다. 풍수지리학상 상류에서 두 줄기(운장산 밑 마조천과 천황사에서 내려오는 물) 물이 합쳐 아래 넓은 들을 지나 마을의 기운이 흐르는 물을 따라 빠져나간다 하여 수구막이 형태로 오래전에 형성된 숲이 있다. 이 숲은 '크게 우거지다茂土.'는 뜻의 마을 이름과 함께 소나무가 많아 솔정지라는 이름으로 남아 있지만 진안지방 대부분이 그렇듯, 이곳 역시 지금 소나무는 없다. 마을 입구에서 지킴이 역할을 했을 장승이 있어 장승백이라 이름 붙였을 장소 역시 이름뿐이다. 이름만의 솔정지 숲에는 정자와 쉴 수 있는 의자를 놓아 여름날의 좋은 휴식처가 되고 있는데 그 아래로 맑게 흐르는 물 속 돌 위에는 다슬기가 진을 치고 있다. 밤에 현란한 쇼를 펼치는 반딧불이가 있는 것은 바로 그 다슬기 무리의 희생 때문이리라. 이런 숲에서 주를 이루는 나무로는 개서어나무 24주를 비롯해 느티나무, 상수리나무 등이 띠를 두르고 서 있는데 중간쯤에 난 신작로로 원래 마을 숲 조성의미가 무색해 보인다. 그러나 마을을 벗어나 멀리 용담호 도로에서 바라보면 마을은 무성한 숲 뒤에 숨어 보이지 않아 숲을 조성한 이유가 뚜렷해진다.

마을 한가운데에는 높이 120cm, 두께 30cm, 넓이 50cm 정도의 자연석 선돌이 하나 있다. 당산할머니로 모시며 정월 초사흘 새벽 3시에 제를 올리고 있다. 오래전 마을에서 쓰고 상엿집에 넣어두는 상여가 넘어지면서 그 옆의 선돌도 같이 넘어지고부터 이 마을 어린 아이들이 열한 명이나 죽는 불행이 연이어 발생하게 된다. 그때부터 사람들이 궂은일을 해서 그렇다는 생각으로 그 선돌을 수호신으로 정성껏 모시며 제를 올리게 되었다. 잘 다듬었거나 잘생긴 돌도 아닌데다 금이 가고 부스러진 흔적까지 보여 외지거나 어두운 곳에 세워 놓으면 괴기스럽게 보일 모습이다. 그래서 신으로 모시기 적당한 것일까? 마을 가운데 세워 놓기 정말 다행이다.

가까운 거리 조포에는 신라고찰 천황사가 고즈넉하게 자리하고 있는데 전북유형문화재 대웅전과 전북문화재자료 부도가 있으며 천연기념물 495호로 지정된 4백여 년 된 전나무가 있다. 우리나라에서 가장 크며 모양과 수세가 매우 좋고 학술적 가치도 높다 하며 전나무로는 처음 천연기념물로 등록되었다. 이곳뿐 아니라 갈거계곡이란 이름을 가진 원시림 속을 흐르는 아름다운 계곡, 운장산휴양림도 바로 옆에 있다.

― 월평리 하초마을

하초란 이름은 조선조 중엽 도선이란 선비가 지나다 보니 산이 마치 말이 풀을 뜯고 있는 형상으로 띄엄띄엄 떨어져 있는 농가들을 보고 상초, 중초, 하초라는 이름을 지어준 데서 비롯되었다. 지금은 중초는 없어지고 위쪽에 상초, 아래쪽에 하초가 있다. 이 하초마을 입구에 여름이면 울창한 녹음과 가을이면 단풍이 장관을 이루는 7-80년 된 고목들이 숲을 이루고 있다. 3천여 평 넓은 터에는 느티나무 90여 주를 주로해서 상수리나무와 리기다소나무, 팽나무와 참나무 종 등 다양한 나무들로 '2005년 제6회 아름다운 숲 전국대회'에서 '아름다운 마을 숲'으로 선정되기도 했다. 이 숲은 예부터 전해오는 풍수지리설에 의하면 규봉(숨어서 엿보는 듯한 산봉우리)이 있으면 화재가 자주 난다고 하는데 이곳에서 보면 옥녀봉이 그런 위치라서 화재막이 용으로 심었던 것으로 보인다. 한편으론 앞뒷산이 남북으로 밀착되어 그 깊은 골에서 흐르는 소하천 물이 마을을 가로지르며 흘러 수구막이로 조성했다는 설도 있다. 풍수학자 최창조 전 서울대 교수는 수년 전 이곳에 들렀던 느낌을 "나지막한 산자락에 기대고 있는, 우리들 부모님 같은 마을이다. 그러나 마을 뒤와 양 옆은 산으로 둘러싸여 장풍의 형세이나 앞쪽을 가려주는 둔덕이 전혀 없어 허전한 분위기를 마을 전체에 밀어넣는 형세다. 즉 안산이 없고 조산이 시원치 않다. 그래서 만들어진 마을 숲인 듯싶고 이것만으로는 안심이 안 되어 숲 아래 조산을 의미하는 돌탑과 선돌을 세웠을 것이다"라고 했다. 이런 숲에서 70여 년 전 벌목하여 숯을 굽고 대신 일본인들의 지시로 뽕나무를 심어 2-3두락씩 가꾸게 하자 마을에 큰 화재가 3번이나 났다. 나무를 베어버린 벌이라 생각하고 다시 조성한 숲이 지금에 이르렀다. 이렇게 학술적, 경관적, 문화적으로 가치가 뛰어나 천연기념물로 지정예고까지 했다가 여러 사정으로 되지 못한 것이 아쉽다.

새마을 사업으로 길을 낸 후 마을에 좋지 않은 일이 생기자 세운 돌탑 2기는 새 길에, 본래의 돌탑 2기와 선돌 3, 거북돌은 마을로 드나드는 옛길 양쪽에 놓여 있다. 이 거북돌은 거북같이 생긴 자연석으로 머리는 상초를 향해 있고 꼬리가 마을 쪽을 향하고 있다. 선돌이 비보적 기능의 입석이라면, 거북돌은 풍요의 상징이다. 입으로 먹고 꼬리로 내 놓는 것은 알이든 똥이든 생산과 이어지기 때문에 상초 사람들과 실랑이를 벌이며 갈등을 겪기도 했다고 전해진다.

또한 마을에선 정월 초사흘 당산제를 지내는데 섣달 초순경부터 마을 총회를 열어 제관을 선정한다. 제관은 출산 월이 없고 상을 입지 않은 깨끗하고 부정타지 않은 가정으로 정하는데 이 집 대문에는 금줄을 치며 앞에는 황토를 뿌린다. 궂은일과 부부합방도 피하며 청결도 유지한다. 이 제는 지금껏 이어오고 있는데 지금은 제관을 이장이 맡아 하고 있다. 여자들이 주관하는 고목제는 정월 초엿샛날 집집마다 다니며 팥과 쌀을 거두는 것으로 시작한다. 이렇게 거둔 쌀과 팥으로 초이렛날 팥죽을 끓여 마을 중앙에 있는 고목 앞에 차려놓고 촛불을 밝혀 각자의 소지를 올리는 의식이다. 예전 나무에 올라가 놀다가 떨어져 죽은 사람과 산에 땔감나무를 하러 갔던 아들 삼형제를 잃은 가정이 생긴 후부터 드리던 제다. 그러나 지금은 마을에 나이든 노인들만 살다보니 지낼 수가 없어 몇 년 전부터 없어졌다. 아울러 이날 마을 앞 자갈뱅이에서 지내던 산신제 역시 없어졌다. 이 산신제는 10여 년 전 이곳에 사람이 들어가 죽은 후 무당을 불러 천도제를 지내주었는데 그 후부터 마을 주민들이 공동으로 지내오던 것이다.

♣ 주천면 마을 숲

구암리九岩里 마을 숲. 마을 앞을 지나는 길 아래 말채나무가 선두에 우뚝 서 있고 그 뒤로 상수리나무와 느티나무, 팽나무 등의 노목이 위용을 자랑한다. 냇물을 사이에 두고 건너에도 띄엄띄엄 몇 그

루의 느티나무와 고로쇠나무도 한 그루 서 있다. 앞의 산과 바위가
거북 형상을 해서 구암龜岩이었으나 쉬운 구암九岩으로 고쳐 부른 것
같으나 요즘은 다시 龜岩으로 부르는 마을이다. 바로 보이는 바위산
의 화기를 막는 의미와 눈앞에 흐르는 물을 보이지 않게 하는 의미의
화재막이, 혹은 수구막이로 심었을 것 같다는 추측을 한다면 선무당
사람 잡는다고 하려나? 비늘을 단 것 같은 수피의 말채나무 옆 상수
리나무엔 도토리총포 같은 충영이 가득하다. 나무가 집을 지어주고
영양까지 보충해 주는 것은 적과의 동침이랄까. 최소의 출혈로 나무
의 열매를 최대한 보호해서 효과를 극대화시키는 경영 마인드가 확
실한 나무다. 그렇지 않으면 잎을 갉아 먹는 벌레로 인해 엽록소를
방해해 나무 자체가 해를 입게 된다니 말이다.

　노적봉이 마을을 지키는 듯한 안정동 마을 숲. 마을 앞 다리 건너
천변에 경중경중 서 있는 나무들은 오래되거나 늙은 나무들은 아니다.
워낙 넓게 자리한데다 소나무와 상수리나무, 밤나무와 개서어나무, 느
티나무와 때죽나무 등 여러 나무들이 섞여 있어서, 마을이 생기고 인위
적으로 조성하기보다는 숲 앞에 마을이 들어선 것 같다는 느낌이다.
수구막이와 풍치림 휴게림이라는 말이 맞을 듯싶다. 잘 조성되었다기
보다 참 넓고 많다는 느낌의 숲이다.

　용이 누워있는 듯한 풍경 위의 초막 와룡암臥龍菴이지만 초막은
아니다. 번듯한 도리기둥에 난간을 갖추고 기와를 얹은 팔작지붕이
다. 광산 김씨 김중정이란 사람이 병자호란을 피해 은거해서 지은
개인서당으로 많은 문인의 배출지다. 원래는 내 건너편에 있었으나

물 건너기가 불편해서 지은 지 2백여 년 후 지금의 자리로 옮긴 350
여 년 된 문화재 자료로 등록된 건축물이다. 저 아래 푸르디푸른 깊
이를 알 수 없는 물이 흐르고 그 물가에 승천을 하다 숨을 고르며
쉬고 있는가. 누운 용의 머리 같은 바위가 왼쪽을 지키고 있다.

생태 체험기

별이 빛나는 밤 반딧불이 반짝이고

"저기, 저게 북두칠성이지요?" "그래, 맞아요."
"여기, 저기도!" "야! 반딧불이다."

얼마 만에 바라본 별이고 언제 적 보았던 반딧불이인가. 서리서리
쌓인 추억이랄 것도 없다. 여름밤 수북이 쌓아놓고 피우는 매캐한
모깃불 옆 멍석에 누우면 보이는 것이 별이었고, 잡히는 것이 반딧불
이였다. 내별, 네별 따질 것도 없었다. 부족한 것을 나눠야 할 때
내 것, 네 것이 있는 것이지, 임자 없이 무한정 널려 있는 것들에 욕심
같은 걸 부릴 일은 없다. 그랬다. 욕심 없던 세월의 긴 강을 건너
그 시절을 말갛게 생각하는 밤이었다. 흰 구름도 쉬어갈 만한 광개토
대왕릉비에 버금가는 너른 바위가 있는 주목님과 모란님이 사는 조
용한 백운의 한 골짝에 웃음으로 버무린 한바탕 소요가 일었다.

자운영반의 야간수업에 합세한 참나무반과 전북야생화팀의 어울
림. 주객이 전도되면 어떤가. 수數가 부족하면 억지라도 질質을 내세

우면 되는 것을 누가 탓하랴. 주고받는 술잔과 이야기가 넘쳐 수업을 잠시 밀쳐둔다고 누가 나무라랴. 쌓인 피로와 얽힌 매듭은 풀리고, 인연의 고리는 더 단단하게 이어지는 것을. 낯익어서 반갑고 낯설어 설레는 마음들이 어우러져 추억을 만들고 그 추억의 세월이 흐르면 그리움이 되는 것을.

일찍 어두워지는 시골의 늦여름 밤, 꼬불꼬불 꼬부랑길 달리고 달려서 도착한 커다란 석축이 성곽 같아 보이는 주목님 댁은 이미 차와 사람으로 만원이다. 반가운 얼굴 사이에 사고 전의 모습과 다름없는 쇠뜨기님 얼굴이 있어 더 반갑다. 잡아본 손과 어깨가 환자임을 느끼게 하지만 카랑카랑한 목소리는 여전한 쇠뜨기임을 알린다.

희미한 전깃불에 이리저리 움직이는 사람들의 그림자가 크다. 자기소개가 끝나고 이어진 5만여 반딧불이 애벌레를 기르고 방류하는 주목님의 강의는 짧지만 열정이 묻어난다. 이런 골짝을 찾아 살아가는 이유와 여유의 확실함도 여실히 드러난다. 반딧불이 찾아 어두운 밤길을 앞장서는 모습은 가히 선봉대장의 모습이다.

지금 활동하는 것은 늦반딧불이란다. 빛을 내며 나는 것은 수반딧불이이며 암반딧불이는 날개가 퇴화되어 날지는 못하고 풀숲에 앉아 약하게 내는 빛으로 수반딧불이를 끌어들이는 것이라니. 같은 종이면서 나비와 꽃의 관계라고나 할까? 난 아무래도 과학자 기질은 티끌만큼도 없다는 것을 반딧불이 애벌레를 보면서 다시 확인한다. 반딧불이는 그 빛만을 기억하는 게 좋을 것 같다는 생각을 했으니까. 몸길이 약 17mm에 선명한 주황색이며 빛은 배의 끝부분 두 마디에서 내고 큰 눈을 가졌다는 것을 확인하는 것도 버겁다. 그냥 작은 몸짓으로 반짝이는 별을 흉내 내며 별을 향해 오르는 반딧불이로 족한 것을. 이야기가 무르익고 술맛도 무르익는데 새울 수 없는 밤은 너무 짧다. 새벽을 향해 빠르게 이동하는 시간이다. 아쉬움을 뒤로한 채 내일을 위한 준비를 위해 툭툭 자리를 턴다. 일찍 내리는 이슬이 차가운가? 풀벌레 울음소리가 달리는 차의 엔진 소리보다 높다.

용상에 깔아도 좋을 구실사리

　　　　　손바닥으로 살짝 토닥거려 보았다. 가만가
만 눌러보았다. 까칠까칠하면서도 푹신푹신한 정반대의 감촉으로
느껴지는 고생대식물 구실사리다. 한국이 원산지로 전국에 퍼져 있
다는 것을 난 오늘에야 알았다. 7년째 내 산이라 여기며 근무하는
마이산 봉두봉 정상에서.

　오랜만에 오르게 될 봉두봉에서 만나는 가을은 어떤 모습일까. 어
제 3시간여 서울 북악산 성곽을 돈 후 시큰대는 무릎으로 오늘 현장
학습은 무리라 싶으면서도 빠질 수 없는 여러 이유들은 배낭과 등산
화를 챙겨 현관을 나서게 했다. 기대 반 걱정 반으로 도착한 북부주
차장에서 만난 회원 수가 너무 단출하다. 다들 먼 데 가을을 찾아
떠난 걸까. 아쉬운 마음으로 들어선 산길에서 처음 눈에 뜨인 것은
단아한 잎이 불그스레 물든 감태나무였다. 그 옆에 꽃은 지고 잎만
남은 구절초는 화장 지운 여인네의 다른 모습같이 전혀 알아보기

어렵다. 지네 발 퍼지듯 펼친 지네고사리, 애기나리, 덜꿩, 대팻집나무엔 짧은 봄에 꽃 피워 맺은 결실. 긴 여름 보내고서 붉고 까만 열매들이 보란 듯이 속속들이 맺혀 있다. 고운 노란색이 물든 잎이 너무 예뻐 쓰다듬으니 옻이 오를 수 있는 개옻나무란다. 초등학교 시절 소풍만 다녀오면 옻이 올랐던 때를 떠올리며 두 발짝 물러섰다. 아름다운 것에는 다 그렇게 방어무기가 있어야만 살아갈 수 있는 것인지.

"떡갈나무 잎에 비 내리면 요정이 놀고, 뿌리를 타고 내려가면 지옥까지 간다." "떡갈나무 잎 뒤엔 털이 있어 떡을 찌면 쉽게 쉬지 않고, 신갈나무 잎은 신바닥에 깔아서 신갈나무"라는 말이 있다. 그렇게 구분되는 잎도 여름에만 가능했을 뿐 같은 색 낙엽이 되어 있으니 다시 헷갈린다. 대팻집나무는 단단해서 붙여진 이름이라지만 수피가 유난히 반질거려 붙인 이름 같기도 하다. 초입에서 본 구절초와 비슷하나 잎이 둥근 것은 맑은 대쑥, 대팻집나무는 돌려나기라는 것도 기록해 뒀다.

어제 시큰대던 무릎이 다시 반복하지만 돌아갈 수도 없고, 난감함을 표시할 수도 없는 곤혹이었다. 남부에서 오르는 것보다는 쉽고 편하다는 것은 사실일 뿐 느낌은 아니었다. 그래도 발길을 멈출 수는 없고 목적지는 나타났다.

봉두봉 정상. 탑을 쌓았다고 알려진 이갑룡 처사의 묘와 헬기장이 있을 만큼 넓고 평평하다는 것을 저 아래에서는 결코 알 수 없는 것이 암마이봉 정상과 다를 게 없다. 곳곳에 깔려 있는 탑풀은 수꽃이 탑같이 서서 꽃을 피워 꽃가루를 날린 후 암꽃으로 변해 땅을 기고 있는 특이한 형태로 자라고 있었다. 보랏빛 다이아몬드 같은 자주 쓴풀과 솜나물, 큰벼룩아제비가 오종종한 모습으로 꽃을 피우거나 씨를 맺고 사시나무도 작은 키로 환경을 견디며 살고 있다. 산부추의 다섯 잎 보라꽃은 왜 그리도 눈물나게 이쁘던지. 돌보지 않는 척박한 땅, 진달래가 많이 피는 곳에서 자란다는 노간주나무. 아직 익지 않은 푸른 열매에 보얀 분이 묻었을 때 따서 술을 담그면 통풍에 좋다고 한다. 탑영제가 보이는, 탑영제에서 바라보면 거대한 바덩어리로 조심스레 내려샀다. 용상에 깔아도 좋을 구실사리가 무더기로 바위를 덮고 있다. 바로 옆엔 잎 뒤에 벌레 알 같은 포자를 붙인 일엽초가 자라고 있고, 군데군데 부처손과 바위채송화가 발갛게 물들어 있다. 바위엔 바위옷이 넓게 퍼져 있다. 여름날 냇물에 몃 감고 바위에 누워 퉤퉤 침 뱉어 작은 돌멩이로 닥닥 갈면 회색 바위옷은 연녹색 걸쭉한 액체가 된다. 그것을 손톱에 바르고 한동안 있다 씻으면 불그레하게 물들어 있다. 봉숭아물을 들인 것만은 못해도 밤새 동여매고 자야 되는 불편함이 없어 재미있어하던 어린 시절, 멋내기 놀이다. 돌 위의 연회녹색 씻지 않은 청각 같은 것은 이끼의 아래 단계인 지의류로 바다에서 육지로 제일 먼저 오른 식물. 바위손과 부처손의 구별법은 바위손은 외줄기 잎인데 반해 부처손은 꽃처럼 무더기를 이룬다. 약 1억 년 전 호수였다가 지각변동으로 생성된 마이산의 봉우리들, 그 봉우리에 자생하는 고생대식물들이 펼쳐 있는 것은 당연하리라.

약초연구소 현장학습기

　　　　　　약명 석산인 꽃무릇으로 시작된 수업이다.
잎과 꽃이 만나지 못하는 것은 상사화나 다름없지만 선홍색 꽃빛이
훨씬 도발적이다. 원산지는 중국이 아닌 일본이다. 무리지어 핀다고
해서 꽃무릇. 독성 있는 뿌리는 오래 우려내어 구황식품으로 이용되
었고, 두꺼운 책의 표지를 만들 때는 뿌리를 고아 풀 대용으로 사용
하므로 불경을 찍어내던 절에서 많이 심어 왔다. 수행이 깊은 젊은
스님의 눈에 불공을 드리러 온 예쁜 여인네가 자리 잡아 온 가슴을
차지해버렸다. 그러나 이룰 수 없는 짝사랑, 이승을 하직한 젊은 스
님을 안타까이 여긴 노스님이 양지바른 곳에 묻어준다. 그곳에서 피
어나기 시작한 붉디붉은 꽃은 그 여인네를 사랑한 넋이란다.

　암수 구분이 되는 주목의 빨간 열매가 햇볕에 반짝인다. 먹을 수
있는 달콤한 겉과 달리 씨 속에는 청산가리 성분이 들어 있다니 속
다르고 겉 다른 표본이 믿음직한 주목의 씨앗이라는 것이 믿기지

않는다. 반음지식물인 은방울꽃은 차광막 없이 밀생되어 있어 벌써 까맣게 말라죽어 있다. 원폭이 투하된 일본 히로시마에서 제일 먼저 안착한 식물이라는 약모밀은 위장병에 특효이며 항균작용으로 무좀에도 효과가 있다. 다만 비린내가 심해 말려서 이용하는 것이 그 해결방법이다.

중국의 3대 명약으로 꼽히는 구기자와 산삼, 하수오는 노화방지에 효과가 아주 크다. 젊은 처자가 머리 하얀 노인에게 매질하는 것을 본 행인이 놀라 이유를 묻자 그들은 모자母子지간인데 구기자를 상용한 어머니가 그렇지 않은 아들에게 '같이 복용하자고 해도 말을 듣지 않아서.'라고 했다는 하수오에 대해서 같은 이야기가 전해지는 것을 보면 같은 효과가 분명하다.

구기자는 어린잎을 나물로 먹어도 아주 맛이 있다고 한다. 가시가 툭툭 불거져 나온 조각자나무를 달여 먹으면 몸안의 종기를 가시로 제거해서 낫게 해주는 것과 같은데 그 효과를 아는 이들의 채취를 막기 위한 삶의 전략이 바로 날카로운 가시다. 말하지 못한다고 해서 지능이 없는 것은 아니라는 것을 새삼 깨닫는다. 그들의 말을 우리가 못 알아들을 뿐이다.

구슬이라고, 보석이라고밖엔 표현할 수 없는 보라색 좀작살나무 열매와 새빨간 산사열매, 백당열매와 해당화, 명자 열매 등이 붉거나 노랗게 가지마다 주렁주렁 매달려 있다. 그 중 위장에 좋다는 산사열매는 계모 덕에 명한의가 되었다는 이야기가 얽혀 있다. 눈엣가시인 전실 자식에게 남편의 부재 시 설익은 밥을 싸서 일을 내보낸 계모, 선 밥에 항상 배가 아픈 아들은 그 고통 잊어보려 옆에 빨갛게 달린 열매를 따 입에 넣어보자 신기하게 멈추는 통증에 그것을 연구하는 명한의가 되었다고 한다.

느릅나무는 뿌리껍질이 항암효과가 있는데 20년이 넘어야만 약효가 있고 해 뜨기 전에 채취해야 효과가 있다고 한다. 실지로 20여 년 전 내 친조카가 위암수술 후 항암치료를 거부한 채 느릅나무 껍질만 꾸준히 복용 후 지금까지 건강한 몸을 유지하고 있다. 장기간 복용은 금지하라고 하는데 그 말도 사람 따라 다르지 않나 싶다. 조카는 1년 이상 복용한 것으로 아니까.

꽃 모양이 봉황이 나는 모습이라 봉선화라는데 봉황을 본 이가 있을지 모르겠다. 꽃이 뼈를 유연하게 하는 효능이 있어 난산의 산모에게 씨앗을 볶아 가루를 내어 먹이면 쉬워진다는데 워낙 강하다보니 치아에 닿으면 상할 염려가 있어 물에 타서 빨대로 먹여야 된다고 한다. 뼈보다 강한 것이 피부인가보다. 이른 봄 둥글레 잎을 뜯어 나물로 먹으면 신선이 된다는데 내년 봄엔, 나도 신선이 되어볼까.

임실댁 진안 성수에 머물다

동짓달 열이렛날. 동내의와 두터운 티셔츠에 점퍼로 중무장을 하고 나선 길이다. 임실납자루를 관찰하기 위한 현장학습. 납자루의 실지 모습은 어떻게 생겼을까. 임실에서 처음 발견되어 붙은 이름 가까운 진안 성수로 이사와 살아도 그 이름 그대로다. 납작해서 붙은 이름일 거라 짐작은 가면서도 조금 깊이 들어가면 왜 그리도 이름들이 복잡하고, 종류는 헤아릴 수 없이 많은 지. 어린 날 여름 냇가에서 만나고 잡았던 고기들 이름은 그저 짜개사리, 부구리, 지름쟁이, 징게미, 까재, 고동 그렇게만 부르고도 아무 불편 없이 살았건만.

겨울 가뭄으로 줄어든 물은 가운데로만 흐르는데 이끼낀 가에 돌을 들추자마자 물고기들의 하루살이 유충들이 스멀스멀 기고 있다. 운 좋게도 주인공 임실납자루를 잡아보니 과연 납작하고 작은 몸매에 비늘은 은빛이 도는데 꼬리와 지느러미의 주황색이 선명하다. 누가 신다 버린 걸까. 걸맞은 흰 고무신 한 짝은 임실납자루의 훌륭한 임시거처가 되고 하루살이 유충 중 제일 커다란 놈으로 잡아 대령했다. 포식하고 만수무강하소서.

　무늬만 물 지킴이 동네 분이 나와서 이 고기 저 고기를 설명하더니 큼지막한 동사리를 눈 깜짝할 새 잡았다가 놓아준다. 나도 왕년엔 고기깨나 잡았는데. 이참에 실력발휘 한번 해볼까? 미끌미끌한 돌을 기를 쓰고 뒤집는다. 재빠르게 도망치는 물고기 중 어리디어린 한 마리를 간신히 건졌다. 동사리란다. 내가 잡은 표시로 크게, 크게 사진으로 올리라며 느티신생께 협박 겸 떼를 쓴 후 놓아주었다.

 그 사람

해설사 활동기 – 2008전문관 교육기

1. 더위, 미워~

비 피하니 볕이라. 장마기간의 교육이라 비 걱정을 했더니 비보다 강한 게 불볕인가. 더위는 낮도 밤도 없다. 현장학습 지역으로 정해진 강릉과 양양은 폭염주의보까지 내려졌다. 전주라고 다를 리 없어 교육 첫날이라고 챙겨 입은 정장이 무색해서 갈아입은 옷은 즐기는 옷이 아니라 빌려입은 남의 옷 같아 종일 불편하다. 더위가, 더위가 문제다. 반가운 이들과 짧은 인사 나눌 새도 없이 시작되는 강의 열기를 에어컨의 냉기가 식혀준다.

기억하기 쉬운 이름 허균 한국민예연구소장의 〈전통회화의 상징세계〉라는 제목으로 오전 내내 이어진 강의는 산수화의 여백 같다고 할까. 산수란 실재하는 것이 아니고 여백은 드러나는 것이 아니라서 빈 듯하지만 오히려 꽉 차 있듯, 건조하고 담담해서 싱거운 듯하고, 강약 없이 조용조용해서 흡인력 없는 강의 같지만 눈을 감고 오래 생각하게 하는 편안한 강의다. 그러나 동양화에서 산수란 단순한 산과 물이 아닌 총체적인 자연을 상징하며 옛 문인이나 선비들에게 있어 산수란 물질적 세계가 아니라 도의 본질이 내재되어 있는 정신적 세계다. 따라서 산수화에 제시된 것은 모두 가짜이고, 제시되어 있지 않은 것을 진상으로 보는 것이 산수화 감상의 유의점이다는 것을 내가 깨닫게 되는 날이 있을지는…….

땡볕에 외부 식당을 찾는 우를 내일 점심시간엔 범하지 않으리란 생각을 거듭할 때 전남대 임영진 교수의 〈영산강 유역의 마한과 백제〉 강의가 시작됐다. 마한은 삼국이 건국되기 이전 진한, 변한과 함께 삼한을 이루었다. 신라로 발전한 진한이나 가야로 발전한 변한과 달리, 고구려 이주민이 건국한 백제에 의해 4세기 중엽경 병합되어 우리의 역사에서 사라진 견해와 달리 나름의 독자성을 유지하며 발전할 가능성을 가진다. 그것은 문화요소의 전파나 그 담당자의 이주 배경에 정치적 이유 외에도 혼인이라든가 교역이나 망명 등의 이유도 있어 다각적인 검토를 통해 가능성이 가장 높은 이유를 찾아내야 하는 필요가 있다.

그 중 역사시대와 직결되는 문헌기록이 있다면 먼저 고고학적 해석을 내린 다음 관련된 역사학계의 견해에 비교하는 것이 순서다. 앞으로도 꾸준히 이루어지는 연구로 1,500년의 역사 속에 묻힌 마한 사회의 면모와 백제와의 관계도 정확하게 구별될 것이다. 마한과 백제의 집중교육, 선명하고 뚜렷하게, 또는 지루하고 애매모호하게 지속되는 강의는 불평을 건의할 짬도 없다. 기록되어진 역사만을 대충

 그 사람

짚고 넘어온 역사교육을 나이 들어서야 보충하며 추가해야 하는 현실이 참 억울하고 답답하다고 해야 할까. 내 수준은 예나 지금이나 앞으로도 그게 그것이 분명하겠기에.

오늘의 마지막 수업, 김창완 전북대 교수의 〈생태와 환경〉이다. 요즘 너나 없이 많은 관심을 갖는 분야라서일까. 지침이 극에 달할 7~8시간째의 수업인데도 중간 중간 웃음이 끊이지 않음은 강의를 하는 이나 듣는 이들에게 얼마나 다행인가. 강성인 발음과 원색에 가까운 욕 아닌 욕도 지나치다는 느낌 없이 받아들인다. 생태계의 특성에서부터 탐사프로그램의 목표와 용어해설과 유의점까지, 현장에서의 느낌과 그 필요성, 해설요령까지 제시해주며 마무리를 했다. 시간은 오후 7시를 향하는데 낮에 달궈진 대지는 나무 밑에서도 열기를 느낀다. 그 열기를 누르는 출석률이 90%가 넘는 대단한 하루였다.

2. 우리에게 필요한 건 바로 이것(이론교육 둘째날)

입시생도 고시생도 아닌 우리가 하루 9시간을 같은 자세로 강의를 듣는 것은 고역이 아닌 선택된 행운이다. 해설사가 아니면 이 나이, 이 더위에 가당하거나 가능한 것일까. 그 행운에 동참한 이가 어제보다 많이 줄었다. 사정은 어디서나 누구에게나 생기게 마련이다. 그 사정의 순위가 문제일 뿐, 오늘의 첫 강의는 한국전통문화학교 이도학 교수의 〈웅진성과 사비성 도읍기의 백제 문화와 대외 관계〉라는 긴 제목으로 시작되었다. 온조와 비류로 각각 달리 기재되는 백제의 시조는 건국의 부실함을 나타내는 것. 물산의 주산 국, 항만의 발달로 중국대륙을 비롯한 일본열도와 동남아 등과는 집요하고 능동적인 외교를 벌이나 신라와 고구려와는 이른 시기부터 치열한 전투를 강행하는 나라. 그러나 후기의 외교 형태는 반복反覆해서 믿을 수 없는, 그래서 도로道路의 사이에도 속임수를 쓴다. 고 일본사기에 기록되어질 정도로 양면성을 띠는 변화무쌍한 모습을 보이던 나라. 화려하고 정교한 문화가 무덤을 비롯한 곳곳에서 나타나지만 정확한 기록으로 남아 있지 않은 백제의 연구는 그만큼의 연구가 더 필요하리라.

이거다. 바로 이거다. 〈스트레스 해소 및 패러다임 전환〉이란 제목으로 권오칠 웃음치료사의 배꼽 잡는 웃음 강의. 암까지 완치시킨다는 확실한 웃음 웃어젖히기는 외설을 곁들여 다양하게 시도되어 짧은 한 시간이 찰나 같았다면 과장일까? 과일과 대비한 여자의 나이, 비키니 차림으로 들어간 수영장에서 겪는 난감한 에피소드 등.

우리에게 필요한 것은 바로 이거다. 깊이 있는 역사공부도 필요하고 세련된 해설기법도 필요하지만 정말 필요한 것은 웃는 방법이다. 맘 탁 터놓고 웃기 위해 웃는 웃음은 처음은 억지로 웃지만 그 웃음이 우스워 박장대소하게 된다. 웃음은 다시 전염병처럼 앞뒤로 번져 걷잡을 수 없을 정도가 된다. 그러나 걱정은 필요 없다. 이렇게 웃는 15초의 웃음은 2일간의 삶을 연장시킨다니. 웃자, 하하하, 호호호, 후후후, 히히히, 헤헤헤……. 한 시간 내내 그렇게 웃었으니 혹, 벽에 그림을 그리는데 도움을 주는 나이에 크나큰 보탬을 주는 건 아닐지 모르겠다. 그 웃음의 여운 때문이었을까. 점심 후 이어진 〈전북관광

발전방향)과 최완규 교수의 〈마한, 백제묘제의 복합양상〉강의는 아무리 속에다 꾹꾹 쑤셔 넣어보려 해도 머리 밖에서 서성이다 끝나고 말았다. 아쉬움보다 시원함이 활개를 높이 친다.

3. 출발, 그리고 해방이다(현장교육 첫째날)

누가 날 묶어놓고 누가 내게 눈치를 주었던가? 아쉬움으로 배웅하던 두 남자들한테 미안할 정도로 홀가분한 해방감, 자유의 사흘! 그 첫날이다.

두 차에 분승한 회원들, 지정한 것도 아니건만 빠른 기수들 대부분이 앞차에, 늦은 기수는 자연히 뒤차로 나뉘어졌다. 해마다 반복되는 외지에서의 현장교육이지만 설렘과 기대 또한 항상 반복된다. 그런 설렘과 기대가 나 혼자만의 것이 아님이, 동승한 회원들 표정에도 그대로 나타난다. 날씨가 더우면 대수인가. 우리는 떠난다. 강원도로.

동승한 양양 출신의 중앙대 박경하 교수. 많은 답사팀을 인솔한 베테랑임을 금방 알 수 있다. 역사적 사실에 곁들이는 재미난 야사, 유행하는 유머까지 적당히 분배해서 알맞게 요리하고, 눈에 띄는 상차림에 시식의 매너까지 일깨워준다. 일본으로 반출됐던 실록 교정본의 반입만 좋아했더니, 당연히 되돌려 받아야 할 것을 소유권 없이 영구임대로 빌린 것이 되어 있는 현실을 일깨워 줌은 큰 얻음이다. 답사는 유적뿐 아니라 문화까지 습득하는 지혜를 가져야 하고, 지역

민의 삶과 정신까지 읽을 줄 알아야 한다는 말도 소중하다. 김씨와 최씨와 소나무가 많다는 강릉까지 달리는 동안, 앉은 자리가 도움을 안 준다. 밀려들어오는 볕은 커튼으로 여미어도 소용이 없다. 동승한 박 교수의 설명도 쉴 새가 없다. 그래도 끝은 있게 마련, 드디어 월정사 입구 식당 앞에 차가 멎는다. 곰취나물이 놓여진 것 외에는 전국 어느 관광지의 비빔밥과 별반 다르지 않건만 고픈 배라 맛은 일품이다.

이론으로만 알고 있는 쥐다래 붉은 잎이 그리 고운 걸 눈으로 확인하며, 침엽수와 활엽수가 사이좋게 공존하는 숲 아래, 흙으로 단단히 굳어진 비포장도로를 따라 상원사로 향한다. 좁고 덜컹대는 숲길이 아주 오래전 초등학교 시절 운이 좋으면 하굣길에 탈 수 있었던 산판 차를 떠올리게 한다. 온몸에 뽀얗게 먼지를 뒤집어쓰고 내장이 옳게, 거꾸로 요동을 쳐 꽥꽥 소리를 지르며 다시는 타지 않으리라 했다가도 기회가 되면 다시 온 힘을 다해 끙끙대며 그 차에 오르던 시절이 있었다.

금이 남아도는 걸까. 돈이 남아도는 걸까. 상원사 안내석石에도 금빛이 찬란하다. 어느 절이나 시기를 두고 찾을 때마다 달라지는 것 중 하나가 금빛의 밝기다. 목숨을 걸고 절을 지킨 한암스님과 동양철학에 해박한 지식을 가진, 당대 최고의 학승, 탁월한 예언자 탄허 선사비와 부도가 그분들 의사와는 상관없이 높은 곳에서 누구를 향한 위엄인지 모를 위엄으로 아래를 내려다본다. 올라가는 계단 양옆에 때늦은 산딸나무꽃 부드러운 십자가를 그리고 있다. 왕위찬탈을 위해 어린 조카와 신하들을 무참히 죽인 세조의 꿈에 나타난, 조카의 어머니이자 형수는 그 행위를 나무라며 침을 뱉고, 그 자리는 종기가 되어 세조를 괴롭힌다. 그런 어느 날 개울에서 몸을 씻는 세조의 등을 밀어주는 최고 지혜의 화신인 문수동자와의 인연으로 종기는 낫게 되고, 그 고마움의 표시로 그리게 했던 그림은 없어지고 동자상만 귀여운 모습으로 남아 있다. 세조와 상원사는 무슨 관계일까. 무슨 인연이 닿아 이 깊은 골짜기의 절을 찾아 갖가지 인연들을 맺은 것일까. 뜰앞에 서 있는 두 마리 고양이상, 자객이 기다리는 줄도 모르고 기도를 하러 법당에 들어가는 세조의 옷자락을 물고 말린 고양이 덕에 목숨을 건진 은혜를 갚기 위해 양묘전을 하사했는데, 그때 세워진 것이라고 한다. 병을 고치고 목숨을 건진 설화의 진실은 어디까지일까.

텅 빈 집 오대산 사고에서 '인쇄문화는 문화의 척도'이며 고려시대의 인쇄는 양반계급에만 소용되므로 다종소량의 금속활자가 발달하고, 조선시대는 많은 이들에게 필요하므로 일종다량의 목판인쇄가 발달한 시대적 배경을 이해한다. 아무것도 없는 빈 공간에서 시대를 거슬러 그 시대 문화와 역사를 짜깁기하는 것이 쉬운 일이 아니건만 그 무엇을 찾기 위한 회원들의 눈빛은 빛나는데 난 잔디밭에 조그맣게 돋아난 구슬붕이에 눈을 빼앗겼다.

월정사의 일주문을 지나 전나무 숲길로 들어섰다. 하늘과 내기라도 하듯 뻗어, 뻗어 오르는 전나무는 너무 커버린 탓일까. 내소사의 전나무 향보다 약하다고들 한다. 키 크면 싱겁다는 게 사람만은 아닌 모양이다. 대관령 성황신이 경내 하위신으로 모셔진 전각 성황각을 세 번째 찾은 오늘에야 제대로 들여다보았다. 무속신앙의 일종임이 그림에서 나타난다.

복숭아형 향나무와 우산 같은 향나무가 눈을 끄는 경내, 단조롭고 단아한 옛 석등 옆에 어마어마한 장미봉우리와 꿈틀대는 용 조각의 석등은 왜 필요했을까. 이런 사소한 것들에만 눈길이 가고 생각이 미치는 것은 지식과 상식의 미천함을 숨기지 못함이리라.

4월의 보리밭같이 펼쳐진 파밭이 감자밭보다 많은 들길을 달려 숙소인 선교장에 닿았다. 배정된 방을 알리기 위해 존칭을 뺀 채 불러본 회원들 이름은 방 배치에 꽤 많은 시간을 할애한 보람으로 충분하다. 미닫이를 가운데로 줄줄이 늘어선 방은 열면 기다란 하나의 방으로 옛 초등학교 학예회가 생각난다. 맛과는 상관없이 깔끔한 차림의 저녁식사 후, 강릉대 이규대 교수의 강의가 야외공연장같이 널따란 마당에서 센스 있게 시작하고 끝이 났다. 분위기 파악을 멋있게 하고 여운을 남기는, 강릉의 인물과 풍습과 유적에 대한 이야기였다. 짧지만 최상의 강의였다는 느낌이다.

한옥에 현대의 편의시설을 거슬리지 않게 끌어들여 편안한 곳, 선교장 내 체험장은 다시 찾고 싶은 숙소로 전주의 한옥마을에서도 인용하면 참 좋을 듯하다. 고슬고슬한 침구가 편하고 기분 좋은 잠으로 이끌 것 같은 밤이다. 울창한 소나무 숲 향기가 밤마실을 왔다.

4. 건강한 근육은 눈을 정화해 (현장학습 이틀 째)

분명 버선발로 뛰어 나왔다. 물 묻은 손 하얀 앞치마에 닦으며 반가운 얼굴로. 아침이 예약된 순두부 전문점 동화가든의 주인마님은 그렇게 우리를 맞았다. 물론 버선 아닌 맨발에 슬리퍼, 술 광고가 찍힌 빨간 앞치마였지만 넓지 않은 식당주차장으로 버스가 들어서기 바쁘게 뛰어나오는 모습이 내 눈엔 그렇게 보였다. 음식은 입과 눈과 코와 귀 등 오감으로 느끼며 먹는 것이라는데 일단 눈을 감동시켰다고 할까. 그것만의 만족으로 접어두자.

최초의 한글소설 ≪홍길동전≫의 저자 허균의 아버지 허엽이 강릉부사로 있을 때, 관청 앞마당의 샘물과 깨끗한 동해물로 간을 맞춘 두부가 효시가 되어, 그의 호를 딴 초당두부는 강릉의 대표식품이 되어 내려오고 있다. 그러나 기대 속의 순두붓국은 화심순두부에 맛들인 입맛엔, 더구나 멋모르고 타버린 가자미식혜가 뒤섞여 그렇고 그런……. 전국 어디를 가나 변화 없는 커피로 입가심 후, 관광 상품으로 전국 판매로는 유일한 짐대의 공장이랄까. 진또배기에는 바람을 막아주고 풍어를 기원하는 비가 세워져 있다. 진또란 터를 눌러준다는 의미의 진鎭터가 변형된 말로 바람과 물과 불의 삼재막이로 풍어를 빌던 어촌의 성황신이다.

경포대해수욕장을 걷다. 해당화, 해바라기, 해국, 해송 등이 바닷가임을 알린다. 그 물에 몸 담그면 파란 물이 그대로 들어버릴 것만 같은데, 그 옆 모래사장에 눈을 반짝이게 하는 뭔가가 있었으니 이름 하여, 눈을 정화시키는 구릿빛 젊음이여! 누군가가 말했다. "눈을 정화시키는 것 같애." 누군가는 또 말했다 "그 말이 너무 신선해." 그랬다. 해상구조요원들의 조각 같은 몸매에 구릿빛 피부를 보는 눈은……. 버스 안에서까지 한동안 회자되었다. 젊음을 그리도 부러워하는 시절이 언제부터였던가, 안타까이 흐른 세월이여!

선교장에 다시 들러 명수현 해설사의 해설에 빠지다. 입구의 방형 연못가 강릉의 시화 배롱화를 시작으로 건물 하나하나를 또렷하고 명확하게 설명해 나간다. 선교장, 경포호에 배를 엮어 다리를 놓아 오간 데서 이름 지어진 집, 집 장자를 쓸 수 있는 세 가지 요인으로 첫째 부자, 둘째 대가족, 셋째 낳은 시 묵객이나 정객이 드나들어야 한다. 숟가락 하나까지도 자체 제작해서 쓰는 부잣집은 금강산 가는 길의 중간지점으로 많은 시인 묵객들이 묵어가며 시, 서화를 답례로 남겼는데 일일이 수기해 놓다가 많은 양을 소화할 수 없어 인쇄를 하게 되고, 그것이 발달한 것이 지금의 열화당문고가 되어 있다는 사실이 흥미롭다.

구한말 러시아 공사관이 머문 답례로 공사해준 러시아제 동판 햇볕가리개(차양)도 이채롭다. 노비들의 교육목적으로 세운 신식동진학교가 일본침략으로 폐교된 것을 현재 복원해서 우리들이 머물렀던 체험관을 만들었다니 두고두고 잊히지 않을 기념의 장소임이 분명하다. 슬리퍼로 갈아 신고 계단을 올라야 대성전이 나오는 강릉향교는 136위의 위패를 모시는 것 말고도 겉으로 보이는 건물의 규모만으로도 전국 제일이 아닐까 싶다. 내용이나 건물의 배치는 여느 향교와 별반 다르지 않다. 바삐 달려서 정신없이 본 굴산사지 당간

지주는 그 높이 5.4m로 어마어마하다. 강릉의 성황신 범일국사가 머물렀던 곳으로 굴산사파의 본산인데 당간지주 하나만 보고도 그 규모가 대단했다는 것을 짐작하게 한다.

어제 그리도 입에 침이 마르도록 양양의 향토음식 뚜거리탕을 자랑하던 박 교수, 과연 그 맛은 어떤 것일까. 그 맛집을 향해 도계를 넘는다. 소나무의 고장답게 붉은 다리로 우뚝우뚝 서 있는 모습이 든든하고 믿음직스럽다. 도로 가에 노랗게 피어 있는 누드베키아는 많아서일까? 너무 헤픈 모습이다. 특이하게도 봉고차가 대형택시로 개조되어 달린다.

두 쪽으로 나눈 아이스크림을 양손에 쥐고 있다가 반쪽을 홍 선생께 내미는 옆 자리의 조교 진희 양, "싫어, 나 왼놈 먹을래." 오른손의 먹다 만 것을 바꿔 내밀며 난감한 표정으로 나를 바라본다. 세대차란 그렇게 사소한 것에서 나타난다. 임 회장님이 사서 나누어준 아이스크림을 하나 더 달라는 홍 선생께 마침 두 쪽으로 나누어 먹던 한쪽을 내미니 싫다며 한 개를 통째로 달라고 하는 것을, 왼쪽으로 알아들었던 것이다. 배꼽을 쥐고 웃는 우릴 보고도 무슨 말이 그러냐는 식으로 그저 덤덤한 얼굴이다. 우린 그게 우스워 다시 웃는다.

뚜거리탕, 그곳의 향토음식이라니까, 생애에 먹어보기 쉽지 않으니까, 그러나 아무래도 텁텁하고 맹숭하고 밍밍하다. 실물을 보니 우리 고장에서는 부구리라고 하는 놈이다. 내 검지만 한 크기에 입이 유난히 넓고 큰데다 등은 고동색에 흰 얼룩무늬, 배는 허옇고 꼬리는 짧은데 작은 돌 밑에 들어있는 것을 보고 큰 돌로 세게 내리치면 금방 기절해 버려 쉽게 잡히던 놈, 장해서 집으로 가져와도 별 환영받지 못하던 그놈과 비슷하다. 소문난 잔치 먹을 것 없다고, 하기야 전주사람이 강릉에 와서 음식 타박하는 게 그렇다.

낙산사로 향한다. 불타버린 역사의 현장을 감추듯 기우듯, 덮어가고 있지만 군데군데 보이는 검은 속살이 가슴 아프다. 순간의 화마는 저렇게 오랫동안 흉터를 남긴다. 원통보전의 꽃담은 그런 대로 새살 돋아 채운 듯 원형보전이 되어있어 다행이다. 마리아상 같은 해수관음상에 고개 숙인 뒤 근심걱정 다 버리고 간다는 의상대사의 기도 처, 의장대에 오르다. 동해가 바로 앞이건만 워낙 높은 기온의 한낮이라 바람도 덥다. 인도의 보타라카 산과 부안의 죽막동과 이곳을 연결시키는 송 교수님의 강의에 귀기울이다가 소리로 깨닫는 관음성지 홍련암 바닥에 고개 숙여 바닷물 소리 들으려 하나 기다리는 이들이 너무 많아 보는 것으로 만족하고 발길을 돌리다.

선종의 시발점인 진전사지 석탑과 부도 앞에서 양양의 해설사들 대신 유 선생과 이 선생님의 탑과 부도 설명이 시원시원하다. 부도의 시원으로 보는 탑형부도는 대부분 처음 본다고 입을 모은다. 숙소로 들어가 쉴 팀과 선림원지를 들를 팀으로 나누어 열혈 용사들만 한차가 되었다. 1시간을 걸어야 한다는 곳, 혼자나 가족끼리 온다 한들 이런 곳을 들를 수 있을까. 햇볕도 숨죽인 늦은 오후. 어우렁더우렁 맘 맞는 사람끼리 싸목싸목 걸어보는 산길 저 아래로는 차르륵차르륵 개울물 소리. 길 가장자리에 드문드문 보이는 산딸기를 따 앞사람, 옆 사람에게 나누어 주는 재미가 쏠쏠하다.

통일신라시대 절터엔 보물인 3층 석탑과 석등 탑비와 부도가 오래된 것에서만 느껴지는 신비한 아름다움과 조금 쓸쓸함과 애달픔을 안고 서거나 혹은 앉아있다. 우거진 풀들과 나무들하고만 대화하는 그곳에서 이따금 들르는 사람의 소리를 반가워할까, 아니면 시끄럽고 귀찮다 할까. 말없는 돌은 그저 조용히 그 자리에 있을 뿐이다. 오기를 얼마나 잘했던가. 내려가 맥주 곁들인 삼겹살은 얼마나 맛이 있을 것인가.

저녁 후의 정기회의. 여럿이 모이면 이 말도 있고, 저 말도 있고, 안할 말도 있나. 그래노 발은 이어지고 쓸쓸함이 남기도 한다.

신나지 않은 불꽃놀이 뒤, 생각지 않은 모래밭의 지역별 춤과 노래가 그나마 여러 사람 기분을 풀어 주었다.

5. 메밀막국수와 동동주, 그리고 안녕~ (현장학습 사흘째)

송이의 고장 양양은 곳곳이 송이 천지다. 패랭이꽃밭에도 큼지막한 송이가 솟아있다. 길가의 조형물은 거개가 송이다. 소나무가 그리 많으니 송이도 많으리라. 그만큼 오지일 수도 있다. 그런 양양의 하룻밤이 지나고 마지막날이다. 하루도 느슨한 날 없이 오늘도 빡빡한 일정인데 바다가 지척이라서일까? 콘도의 식당에서 먹는 아침반찬은 짜게 먹는 내 입에도 짜게 느껴질 정도다. 낮에 먹을 막국수에 기대를 한다.

속초의 설악산 국립공원에 있는 신흥사. 신라 진덕여왕 6년(652년) 자장이 향성사라는 절을 세운 후 두 번의 큰 화재로 소실되고 현재는 1947년 다시 지은 모습이다. 설악산의 정기가 그대로 쏟아질 것 같은 자리에 놓인 여러 전각들이 있지만 동양 최대라는 청동으로 주조된 통일대불 좌상이 그 모든 것을 압도한다. 어제 무리했던 걸까. 걸으면서도 쏟아지는 졸음과 피로는 그저 휘 한번 둘러보는 것도 버겁다.

다시 양양의 동해신묘로 향한다. 해수욕장 개장에 맞춰 동해의 용왕신께 올리는 제사는 1월 1일 해맞이 때와 7월 해수욕장 개장일에 맞추어 무사고와 풍어를 비는데 우리 일정이 어쩜 그에 딱 맞는지 행운이 아닐 수 없다. 11시 정각에 양양군수가 초헌관이 되어 올리는 제사의 음식은 바라보는 왼쪽 앞줄부터 명태 12마리와 가자미와 우럭과 문어 등 어류를 비롯해 대추와 밤, 배와 곶감, 사과 순으로 놓이고 그 뒤로는 육전과 어전, 채전을 놓고 술과 떡시루, 제일 뒤 신위를 중심으로 양쪽에 놓인 용떡은 왼쪽에 쑥을 넣어 뺀 떡가래를 서리서리, 용이 또아리를 틀듯이 앉힌 후 대추 썬 것과 잣으로 눈 코 입을 붙여 용의 얼굴 형상을, 오른쪽엔 치자 물을 옅게 들인 듯 노리끼리한 색깔로 청룡 모습과 똑같이 올려놓았다. 이 떡은 제사 후 용띠가 싣고 바다로 나가 띄우는데, 어느 해던가 물에 가라앉지 않고 둥둥 떠내려가서 용왕경을 읽은 후 3배를 하고 나니 가라앉았다는 말을 제수를 준비하고 진설하는 황일선이란 이의 설명으로 들었다. 익힌 음식을 놓는다는 것과 아헌관이 의회의장이 아니라 경찰서장이라는 것이 마이산의 산신제와 달랐다.

드디어 마지막 코스 중 하나, 선사유적박물관이다. 1977년 호수를 메워 농경지로 변경하려는 과정에서 발견되어 1981년 6차례에 걸쳐 발굴된 유물들을 시대별과 생활방식으로 분리, 전시해 놓은 곳이다. 양양군청 소속의 양선희님, 깔끔하게 정돈된 톤으로 군더더기 없는 설명이 재밌다. 유리에 넣은 박제형의 유물만 보는 박물관에서 일부지만 원본을 만져보는 것은 큰 체험이기도 하다. 깔끔한 시작같이 마무리도 정확한 시간에 맞추는 멋쟁이 안내자다.

정말 마지막 코스다. 내려가는 길에 들른 강릉의 객사다. 강릉의 옛 지명 임영관의 대문인 객사문의 현판은 고려 공민왕이 낙산사로 후사를 빌러 기는 길에 머무는 동안 손수 썼다고 전한다. 그 외에 대부분의 건물은 헐린 뒤 다시 세운 건물로, 지금의 도세와는 상관없이 곳곳의 큰 건물들이 옛날의 영화를 말해주는 듯하다.

얼마나 기다렸던가. 정말 입에 맞는 음식을, 드디어 마지막날 마지막 식사가 그동안의 입맛을 보상했다. 메밀과 밀가루 비율을 7:3으로 쫄깃쫄깃하며 푸짐한 것이 먹기 전에도 배부르다. 곁들인 돼지고기수육은 보드랍고 짜지 않은 넉넉한 배추김치가 그만이다. 동동주 맛 또한 말해 무엇하랴. 옆에 앉은 박 선생과는 이런 식사시간엔 죽이 더 잘 맞는다. 후식으로 어젯밤 남겨놓은 시원한 수박의 맛은 또 어디에 비길 것인가. 배부르고, 등 따습고, 할일 마쳐 후련하니 의자에 파묻혀 4시간 꼬박 졸아도 좋고, 놀아도 좋다. 우리 해설사들의 모임은 답사나 재교육 때나 이동하는 버스에서 노래 없고 춤 없어 편안하다. 불문율 전통으로 자리매김하는 듯해서 자랑스럽고, 왱이집에서 제공한 콩나물국밥 저녁은 역시 깔끔해서 좋다.

집 떠남에 그리도 설레던 가슴, 돌아오는 길은 또 그대로 좋다. 거실 대자리 위에 네 활개를 펴고 누워서 닷새간의 추억을 되씹을 생각이 즐겁다. 돌돌돌돌 여행용가방 바퀴 도는 소리가 경쾌하다.

2008 전국해설사대회 – 경남 산청

1.

　　버스전광판에 입력된 '전라북도문화관광해설
사회'라는 붉은 글씨가 나타났다 사라지기를 번복한다. 익숙하지 않
은 광경이라 어색함과 신기함이 교차한다. 35인승 버스에 20명이 탑
승하여 널찍널찍 자리한 회원들의 표정이 여유롭다. 전국해설사대
회 참석을 위해 경남산청을 향해 가는 길, 23명의 신청자 중 태 선생
과 유 선생은 사정상 늦게 참석하기로 했으니 출발을 같이 못한 약간
의 서운함인데, 박 선생의 피치 못할 해설의뢰로 인한 불참은 오랫동
안 같이한 만큼의 아쉬움으로 자리한다.

　그 마음과 상관없이 버스는 경쾌하게 출발해서 평소 올려다보던
고속도로에 진입한다. 이리저리 뚫린 길로 산야는 변해도 이렇게 목
적지를 향한 빠른 주행엔 감탄할 수밖에 없다. 멀지 않은 저쪽에 마
이산 형상의 붉은 진달래 동산이 진안임을 알린다. 그랬다. 두 개의

우뚝 솟은 마이산이 금방이라도 달려올 것만 같은 곳에 차가 멈췄다. 가까이 있으면서도 처음인 '마이산 휴게소'다. 그 중에서도 마이산을 조망하기 가장 좋은 전망대까지 올랐으니 '원님 덕에 나팔 분다.'고 해설사대회 덕에 이야깃거리 하나 덤으로 생겼다.

길고 짧은 수없는 터널과 교량을 지나 함양을 향해 달린다. 먼 산에 희끗희끗 피어나는 벚꽃이, 가까운 길가의 노란 개나리와 하얀 조팝꽃이 익어가는 봄임을 알린다. 그러나 봄이 창밖으로 보이는 것만은 아니다. 나이도 집안일도 잠시 떼어 저만치 던져 놓고 설렘으로 발그레 물든 얼굴들이야 말로 진정한 봄이다. 끊이지 않는 속삭임, 멈추지 않는 웃음소리는 따사로운 봄볕이다. 함양휴게소 식당은 음식백화점이다. 각자의 입맛 따라 기호 따라 어릴 때하던 풍선 뽑기만큼 어렵지 않고도 골라 먹는 재미가 그에 못지않다. 돌솥비빔과 산채비빔밥, 순두부와 청국장찌개, 라면과 우동 등 각양각색 메뉴들은 오래 기다리지 않아 각자 앞에 놓여져 포만의 기쁨으로 교환된다.

다시 출발, 목적지 산청으로 향한다. 지난번 사전답사 때 여기저기 매화천지이던 곳은 행사 땐 도화가 만발하리라고 했는데 아직 도화는 눈에 띄지 않고 차츰 밝은 색상으로 채색되어지는 것이 남으로 가고 있음을 알 수 있다.

대회를 축하하고 내방객을 환영한다는 플래카드와 행사장을 표시하는 화살표시에 가슴이 뭉클해짐은 어떤 이유일까. 내 감정이지만 알 듯, 모를 뜻이 반반이다. 다물평생교육원에 몰린 사람들은 낯선 얼굴과 익은 얼굴이 교차하고 가진 짐과 얻은 짐이 모여 수북해진

짐을 버스와 트럭에 나눠싣고 타고 걷고 행사장을 오른다.

한낮의 볕이 환영의 표시인지 온몸을 감싼다. 귀한 것도 헤프게 쓰면 값은 떨어지게 마련, 며칠째 계속되는 맑은 날씨 덕에 큰일 치르는 데는 날씨가 큰 부조라는 말도 저 건너 이야기다. 수행자의 순례 길 같은 길에 쪼이는 볕은 하나도 반갑지 않다. 그리 먼 길도 아닌데 느낌은 돌고 도는 멀고 먼 길이다. 색다른 체험의 특별한 기회라는 것의 설렘이 혼란을 일으키는 어수선함이 한동안 행사장 안과 밖을 맴돈다. 그냥 두 다리 쭉 펴고 쉬고 싶다는 생각이 간절할 만큼.

장내가 정돈 된 것은 한참 뒤, 드디어 행사 시작이다. 3만5천 산청군민을 다 모시고 싶은 것을 사정이 여의치 않아 몇 분만 모셨다는 내빈의 직함이 걸쭉하다. 사회를 맡은 먼향식 경남부회장의 빠르지 않은 저음의 부드러운 목소리가 듣기 좋고, 개회선언을 하는 김태종 경남회장의 젊은 모습이 활기차서 보기 좋다.

경남도의 문화체육관광국장, '소리 없이 지속 가능한 현실에서 필요한 산업의 역군이 해설사'라는 말은 인상 깊다. 떠나는 서순복 회장은 오늘따라 참 말을 잘한다.

맨 바닥에 앉아 듣는 강의가 대체 얼마만일까. 앞에서 뒤에서 '아이고' 속으로 부르짖는 비명과 함께 앉은뱅이책상이 밀리고 밀치는 수난을 당한다. 책상과 책상 사이 트인 공간에 볼썽사나운 자세를 펼쳐 보이는 나이 지긋한 어떤 임의 모습을 눈엣가시로 쳐다보았더니 임의 다리가 너무 길다. 도저히 책상다리 사이로 다소곳이 모셔질 다리 길이가 아니다. 쯧, 쯧. 누가 짧은 다리를 안 됐다 할 것인가. 오늘 같은 날은 내 길지 않은 다리가 참 고맙다. 갑상선수술을 한 지 일주일이라는데, 목에 붙인 거즈가 그 표시일 뿐 2시간 내내 강의실을 울리는 카랑카랑한 목소리의 다물평생교육원장. 확실한 민족의 정체성과 자부심을 강조하는 내용은 힘 있고, 가끔 섞는 유머는 기름지다. 중간 중간에 일부러 유도하지 않아도 수강자들은 공감의 박수를 보내며 시종일관 진지하다.

강의가 끝나자 앙코르를 외치는 회원들, 답례를 노래로 대신하는 센스(곡목은 잊었다.)에 다시 우레와 같은 박수. 이길원 회장은 스타 기질이 있다. 잡은 줄을 적당히 풀고 적당히 조이는 프로선수 같다고 할까. 유인물에 인쇄된 취임사를 강약을 조절해서 읽으며 분위기를 이끈다. 전해진 꽃다발을 이리저리 넘겨주기도 하고 온 회원 하나하나를 다 기억하겠다는 듯 친밀한 눈길을 골고루 뿌리기도 한다. 실내행사의 끝이다.

늦게 온다는 태 선생, 유 선생과 함께 온다는 박 선생. 기다림이 헤어진 연인에 대한 그리움같이 밀려온다. 일각이 여삼추인데, 경천단에서 제 올리고 밝힌 횃불 모닥불에 붙여진 지 한참이 지나 반달이 뜨고 밝은 그 달이 별빛을 엷게 하는 밤이 되어서야 나타났다. 진정 반가움에 안고 돌다. 타오르던 모닥불 조금씩 잦아들 때 분위기는 절정이다. 선창자를 따라 맨땅에 노를 저어 앞으로 갔다 뒤로 돌며 환호성을 지른다. 명인이 빚었다는 막걸리에 취하고 분위기에 취해서 발그레한 얼굴들은 너나 없이 동안의 미소로 아름답다. 두 시간

여의 여흥시간은 다른 때와 다른 파격적인 진행의 아쉬운 여운을 남기며 끝이 났다.

숙소는 멀리서 보면 에스키모인의 이글루 같은 원형천막으로 몽골민의 주거 형태인 겔, 생애에 처음이자 마지막일 체험 장소이다. 네 개의 기둥을 세워 천정은 날카롭지 않게 높이고 둘레는 원형으로 열리지 않는 몇 개의 창이 있고 출입문은 뒤로 젖혀져 있어 여닫을 때마다 힘을 가해야 된다. 가운데는 비워두고 부챗살같이 둥글게 펼쳐진 마룻바닥은 데워져 따끈따끈하다. 공기는 데우지 않아도 될 만큼 우리 팀 열여덟에 전남 팀 둘을 더해 스무 명으로 훈훈하다. 지금껏 꽤 많은 행사에 같이 참여하면서도 이렇게 한방에 들어보긴 처음으로 옛날 많은 형제들 한방 한 이불 속에서 뒹글던 추억을 더듬어볼 만하다. 전남의 오 선생님 푸짐한 이야기가 온 방을 채우고, 앞으로 옆으로 일자뻗기에 자유자재인 임 회장님 유연한 몸은 재작년과 다르지 않고, 그 사이 박 선생이 익힌 몸동작도 예사롭지 않다. 한 가지 일에 몰두할 줄 아는 사람은 어떤 일에도 도전하고 극복할 줄 아는 끈기가 있나 보다. 그 아무것도 자신 없는 난 다리가 아닌 발가락만 까딱까딱해보다 누가 볼세라 혼자 피식 웃고 만다. 안 되는 일은 안 되는 거다. 별이 쏟아지는 산골의 밤이 아니다. 이곳저곳 불 밝혀 대낮 같은 데다 잠 못 드는 회원들의 끊이지 않는 이야기가 밤새 이어지는 술렁이는 밤이다.

정해진 용량의 물이 바닥난 어젯밤 샤워실 소동이 생각나서인지 일찌감치 서두르는 통에 새벽부터 부산하다. 이불을 둘러쓴 채 제 시간을 지키는 회원이 이상할 정도다. 아침도 역시 채식이다. 된장에 박은 콩잎과 고추, 갖은 해물을 넣어 끓인 된장국 등의 반찬은 간간해도 인공조미료를 첨가하지 않은 탓인지 갈증이 나지 않았다. 답사지로 떠날 버스를 향해 가는 길에 개량종일까 진분홍 복사꽃이 한창이다. 도화살로 표현되는 아련한 그리움의 연분홍색이 아니다. 해설사는 도화살보다 역마살이 끼어야 된다고 못 박는 이 선생 말에 모두들 공감한다. 진보라색 금창초 바닥에 깔리고 꽃 분홍색 자운영 소복소복 피어난 길에서.

우리 전북회원만 실은 버스는 쌍둥이 엄마 해설사 김희진님과 옛날 담의 모습이 고스란히 남아있는 예담마을에 닿았다. 유난히 높은 담을 담쟁이가 휘감고 있는 진양 하씨와 연일 정씨 등 타성들이 모여 마을을 이룬 곳이다. X형의 회화나무가 대문 앞에 버티고 서있는 이씨 고가. 장원급제자 집 앞에 심었는데 어사화에 눈이 내린 모양을 형상화했다고 하던가? 말을 타고도 집안을 볼 수 없을 만큼 높은 담은 타성들에 대한 위세와 견제가 아니었을까 싶다. 3매(죽은 원정공매, 정당매, 남명매)의 고장에 매화는 모두 지고 뾰죽뾰죽 돋아난 연두색 감잎이 한동안 눈길을 빼앗았다.

비단옷 입는 관리들이 수없이 중국을 오갔지만 추위를 모르는 그네들 그 누구도 생각지 못한 목화씨를 도입한 문익점. 민초들의 생활을 알고 그 생활에 획기적인 변화를 가져온 그는 분명 마음이 따뜻한 사람이라는 것을 새삼 느끼며 목면시배지 둘러보는 길. 어릴 때 눈에 익혔던 목화가 면사가 되기까지의 과정과, 그 기구들을 보는 옆으로 고개를 끄덕이며 만면에 미소를 띠며 지나는 촌로들 얼굴에 향수가 어린다. 나도 우리 어머니가 손수 재배해서 마련해준 딱 한 채인 초록색에 빨강 깃을 댄 혼수이불을 생각한다.

팔봉산 자락에 자리한 어마어마한 규모의 한의학박물관은 시설과 활용도는 접어 두더라도 외관에 세워진 허준과 유의태의 동상이 과연 한의학의 중심지라는 인식을 쉽게 각인시킨다. 그러나 유의태 동상 뒤의 광배는 너무 오버한 게 아닌가 싶기도 하다. 내장 형태로 조성한 밭엔 그 부위에 유익한 약초를 심은 것이 멀리서도 이채롭다. 외부로 나가지 않고도 생활이 가능한 여러 시설들을 앞으로도 계속 조성해 나간다니 산청의 무한한 가능성은 이곳에서도 알 수 있다. 국새전각전을 둘러보는데 걸려온 전화가 필요이상 길어져 들은 게 없음이 아쉽다. 다만 크게 보면 도장의 하나인 국새를 만드는 데 21명의 명인이 포함됐다는 것이 놀라울 뿐이다. 점심시간이 다가오는 시간, 마지막으로 가야의 마지막 왕인 전구형왕릉으로, 7단의 잡석으로 조성된 무덤은 탑을 뉘여서 쌓은 것 같기도 하고 어떤 조형물을 설치한 것도 같이 비스듬한 형태의 주위로 나지막한 담이 둘러쳐 있다. 호랑이가 젖을 물리는 자리라는데 담 주위로 기가 흐른다니 그 기는 부드러운 기일까? 강한 기일까? 나뭇가지가 떨어지지 않고 칡넝쿨이 뻗어들지 않고 새가 날지 않는다는 무덤 위로 노랑나비는

살폿살폿 날고 있다.

드디어 점심시간이다. 산채비빔밥에 나온 반찬은 건채, 숙채, 생채 합해서 30가지쯤 될까? 당귀잎 장아찌에 산초절임에 취와 고사리 등 일일이 나열하기도 힘든 반찬들은 간호사 출신이라는 주인의 손맛과 솜씨를 고스란히 보여준다. 보면서 놀라고 먹으면서 놀란다. 특별히 신경을 썼겠지만 그런 상차림에 값은 6천 원이라니, 그러고도 무슨 남는 게 있을까? 걱정 반 놀람 반의 생각이 떠나질 않는다.

갈 때의 선선함이 퇴색해진 기사님 덕에 여러 이야기가 있지만 덮어두련다. 더위와 갈증을 해소시킨 것은 임 회장님이 사신 쉐이크, 먹는 법을 묻는 어느 선생님께 "옛날 엄마 젖 빨던 기억 되살려 쭉쭉 빨아 드시라."라고 했더니 옆에서 누군가가 외설스럽다고 하던가? 나들이 갔다가 귀가하기엔 해가 너무 많이 남았다. 일부는 그래서 어디로, 내일 해설아카데미교육을 받을 일부는 서두르고, 일부는 집으로 총총. 그렇게 이튿날과 하룻밤이 지났다.

2008 문광사 및 담당공무원
합동워크숍 참여기 — 광주

이웃사촌이란 마음으로나 거리로나 가깝다
는 뜻이겠지요? 광주는 그런 곳이었습니다. 지난 7월 한문관 회의에
서 워크숍개최지가 광주로 결정될 때 편안해지던 마음도 아마 그래
서일 것입니다. 한문관 홈피에 행사내용이 뜨고, 도에서 보낸 이런
저런 공문에 답을 하면서야 서서히 부산해졌습니다. 참석자가 정해
져 통보하고 확인하고 개인적인 일에 조바심도 치면서 드디어 행사
날이 되었습니다. 승용차로 혹은 버스로, 어떤 회원은 배와 버스와
택시를 번갈아 타며 행사장에서 만나게 되니 어찌나 반갑던지요.

여느 행사와 별다르지 않은 진행은 한문관 사무국장의 사회로 내
외빈 소개에 이어 문광부 관광산업과장의 '관광수요를 창출하는 관
광홍보대사인 해설사의 근무요건 등 활성화를 위해 노력하겠다.'는

개회사에 박수를 보내고, 쩌렁쩌렁 울리는 이길원 한문관회장의 격려사에 이어 해설사와 시도 공무원 장관표창이 있었습니다. 한 차관과 함께 부족한 제가 과분한 수상을 했습니다.

5개조로 나뉘어 분임토의가 이루어진 시간, 우리 전북은 강원도와 대구와 한조가 되어 〈해설사의 환경개선을 위한 활성화 방안〉이란 현안문제로 열띤 토론의 1시간을 보냈습니다. 5개조가 토론해서 취합한 다양한 내용은 확실한 해결방안이나 결론이 금방 나오지는 않더라도 분명 어떤 식으로든 우리 해설사들에게 해롭지 않은 영향을 주리라 생각합니다. 우리 해설사 들에게 무엇보다 중요한 프로그램인 스토리텔링 시간엔 지역에서 추천된 7명 중 6명(저는 사정상 불참)의 실감 나는 해설이 펼쳐졌습니다. 다음달에 있을 대회에 많은 참고가 되리라는 생각으로 경청하다보니 가슴이 두근대기도 했습니다.

뭐니뭐니 해도 '머니'가 최고라는 우스개 말과 달리 시장할 땐 뭐니 뭐니 해도 먹는 것이 제일이죠. 광주광역시가 제공한 푸짐한 만찬이 시작되었습니다. 다이어트란 단어는 멀리 던져버린 시간이었지요. 입이 즐거워야 만사가 즐겁다는 것을 실감하는 것이 저만은 아닌 듯했습니다. 함께 진행된 지역별 노래자랑과 행운권 추첨은 뽑히고 탈락되고를 떠나 재미나서 웃고, 웃으니 재미나고를 반복하며 예정시간을 훌쩍 넘기고도 아쉬운 발길로 객실을 향할 정도. 서로서로 상대를 배려하는 마음들은 침대 둘에 넷이 머무는 방에서도 불편하지 않은 밤을 보냄에 감사했습니다.

날이 밝았지요. 하루의 시작이며 마무리날이었습니다. 가까운 이유였을까요? 한번도 해보지 않은 광주도심답사의 안내를 위해 탑승한 광주해설사 김현숙 회원. 하나라도 더 알려주려 많이 애쓰는 모습에서 본인 입으로 말하지 않아도 신입이라는 것은 금방 알 수 있었고 최선을 다하는 모습이 참 보기 좋았습니다. 처음 들른 빛고을국악전수관은 우리나라에 있는 국악전수관 3곳 중의 하나라는데 크진 않지만 오붓하게 꾸며진 각각의 전수실과 전시실이 공연자와 청취자가 하나 되기 쉬울 듯했습니다. 편경을 비롯한 국악기가 비치된 전시실에서 그곳 학예연구사의 애간장을 녹이는가 하면 폭소를 자아내기도 하는 악기연주와 전시악기의 특징과 연주법이야기에 빠졌다가 나올 무렵엔 우리 칠선낭자와 경기도 묘일낭자의 장구와 꽹가리의 짧은 향연을 즐기기도 했습니다. 다음에 들른 곳은 국립전주박물관과의 차별성을 크게 구분할 수 없는 광주국립박물관이었습니다. 박물관의 단체관람이란 항상 그렇듯 없는 안목을 애먼 시간 부족을 탓하게 됩니다. 오늘도 그랬습니다. 군더더기 없이 정교한 백자매병 앞에서만 한동안 머물렀을 뿐 설렁설렁 바삐 돌아나왔습니다. 가까운 곳이니 넉넉한 시간 내어 다시 한번 오겠다는 다짐으로 위안을 삼으면서요.

의향이라 불리는 광주의 상징인 국립 5.18민주묘지를 향하는 마지막 코스, 5·18을 설명하는 김현숙 해설사의 나이는 몇일까 궁금했습니다. 아무래도 40이 못되었을 그녀가 28년 전 처절했던 그 역사를 설명하는 것은 무리인 듯했습니다. 나이도 직업도 상관없는 안타깝고 한 많은 주검들이 똑같은 형태의 무덤으로 자리한 곳곳에, 무더

기로 돋아난 피막이풀은 그 흐르던 피 막아주려 돋아난 것들이었을
까요? 때늦은 제비꽃도 군데군데 보였습니다.

흐르는 세월은 역사가 됩니다. 아픈 기억도 흐른 세월 뒤엔 아름
다운 추억이 된다고 합니다. 그러나 영원히 아름다운 추억이 될 수
없는 아픈 역사는 어떻게 기억해야 될까요? 〈임을 위한 행진곡〉에
숙연해지던 마음은 식사장소로 행하며 어느새 웃음으로 변했습니
다. 살아 있는 사람은 그렇게 울 수도, 웃을 수도 있습니다. 만남을
기뻐하며 헤어짐을 아쉬워하고 다시 만남을 기다리기도 합니다. 우
리는 살아있는 사람들이니까요.

말과 글로 세상을 녹이는 여류 수필가

― 이용미 첫수필집 ≪그 사람≫ 출간에 부쳐

김 학
(수필가, (전) 국제펜클럽 한국본부 부이사장)

1. 이용미와 수필의 만남

마이산과 용담댐, 인삼의 고창 전북 진안에서 퇴직 교장의 막내딸로 태어난 수필가 이용미. 그녀의 어머니는 감자밭에서 감자를 캐다 해산 기미가 있어서 큰방에 들어갈 새도 없이 찬방에서 그만 이용미를 낳았다고 한다. 이용미가 얼마나 세상 구경을 하고 싶었으면 그렇게 서둘러 나왔을까?

이용미는 응석이나 부리며 자라야 할 막내였지만 큰조카와의 나이차가 다섯 살밖에 되지 않아 어중간한 애어른으로 자랄 수밖에 없었다. 그렇게 사노라니 일찍 철이 들고 행동하기보다는 생각하는 소녀로 변하는 건 당연했으리라.

이용미는 전주성심여자중고등학교 재학시절, 틈나는 대로 즐겨 도서관을 찾았고, 도서관에서 닥치는 대로 책을 읽으며 문학소녀의 길을 걸었다. 또 집에서는 큰오빠의 서재에서 수시로 책을 꺼내 읽기도 했다. 이처럼 책과 가까이 놀다 보니 이용미는 문학과 한 몸이 되지 않을 수 없었을 것이다.

남편과 맞선을 보던 날 점심때 자장면을 먹었다는 좀 엉뚱한 일화를 갖고 있는 수필가 이용미. 그녀의 이런 코믹한 체험은 우리 주변에서 찾아보기 어려운 일이다. 이용미는 그때부터 수필가가 되려고 수필소재를 미리 마련한 게 아닐까?

이용미는 2001년 8월 전북대학교 평생교육원 수필창작과정에 등록하고 103강의실에 나오면서 수필과 사귀기 시작했다. 열심히 습작하더니 이듬해 7월 격월간 ≪수필과비평≫에서 〈꽃과 함께 이름표를〉이란 작품으로 신인상을 수상하며 수필가의 반열에 올랐다. 이용미 수필가는 등단 7년 만에 드디어 처녀 수필집 ≪그 사람≫을 출간하기에 이르렀다. 이용미 수필가는 50대 초반에 수필을 만나 50대 후반에 수필집을 상재하여 문학소녀의 꿈을 이루게 된 셈이다.

다산 정약용은 벼슬길에서 쫓겨나 먼먼 바닷가에서 귀양살이를 하면서도 오직 진리를 탐구하여 저서를 후세에 전하려는 욕심으로 저술 작업에 생을 걸었다고 한다. 그러면서도 뒷세상에서 자신의 책이 알아주는 사람을 만나 먼 후세까지 전해질 수 있을지 걱정했다고 한다. 수필가 이용미도 다산 정약용의 이 욕심을 본받으라고 권하고 싶다. 다산처럼 더 치열하게 글을 써서 제2, 제3의 수필집을 남기라고 말이다.

　수필가 이용미는 주부, 문화관광해설사, 수필가 등 세 가지 중요한 역할을 맡고 있다. 이용미 수필가는 꿈이 크고 욕심이 많은 여성이다. 주부로서 가정을 완전히 장악한(?) 이용미 수필가는 요즘에는 문화관광해설사 일에 더 열중하고 있다. 그야말로 인생의 진검승부인 것 같다. 전북문화관광해설사회 발족 때부터 총무를 맡아 동분서주했던 이용미가 지난 1월에는 그 모임의 회장으로 추대되었다. 마침내 190여 명의 남녀회원들을 통솔하는 우리 고장의 지도자가 된 것이다.

　자신의 고향 마이산을 담당하여 관광객들에게 마이산에 대한 해설에 심혈을 기울여 온 이용미는 지난해 10월에 그 공로로 문화체육관광부 장관상을 수상하기도 했고, 11월에는 문화재청이 주관한 '2008년도 문화유산관광해설 콘테스트'에서 지역예선을 거쳐 나온 전국의 내로라 하는 출전자들을 물리치고 당당히 금상을 수상하기도 했다.

　그뿐이 아니다. 그녀의 활동범위를 보면 이른바 마당발이라 하지 않을 수 없다. 전북도민일보 도민기자로도 활동하고 있을 뿐 아니라 진안신문의 고정 칼럼니스트, 초·중·고등학교 생태체험 강사, 진안향토해설사반 현장학습 지도사로 바쁘게 살고 있다. 또 올 2학기에는 진안 모 초등학교 부설유치원의 지혜 나눔 교사도 맡게 되었다고 한다. 그녀야말로 1인다역의 억척주부라 하지 않을 수 없다.

이용미 수필가, 그녀에게 나이는 별로 중요하지 않은 것 같다.

사실 세상에는 많은 기회가 있다. 자신에게 돌아온 기회를 잡지 못했다고 아쉬워하지 말고 스스로 기회를 만들어야 한다. 기회는 자신만이 만들 수 있는 법이다. 자신이 무엇을 하고 싶은지, 또 무엇을 잘할 수 있는지를 결합시키면 기회는 만들어진다. 자신이 하고자 하는 일이 얼마나 어려운 일인지 생각지 말고 얼마나 재미있는지를 먼저 생각하는 게 좋을 것이다. 좋아서 하는 일은 성공할 확률이 더 높기 때문이다.

우리는 나이를 의식하지 않고 활동영역을 넓혀가는 이용미 수필가에게서 자신의 기회를 만들어 나가는 도전정신을 본받았으면 한다. 나이는 그야말로 숫자에 불과하다는 이야기에 공감하지 않을 수 없다. 수필가 이용미란 럭비공이 앞으로 어떤 방향으로 튈지 눈여겨 볼 일이다.

2. 이용미 수필가의 작품세계

이용미 처녀수필집 ≪그 사람≫은 순수수필 48편을 6부로 나누어 게재했다. 더불어 그밖에 문학외적 활동을 하면서 쓴 문화유산 답사기, 생태체험, 문화유산 해설 활동기 등을 묶어냈다. 이용미의 처녀수필집 ≪그 사람≫은 행촌수필문학회 회원으로서는 31번째로 출간한 수필집인 셈이다.

"이곳 마이(mai, 馬耳)산에서 얼굴이 가장 아름다운 사람, 여러분을 안내할 '얼굴 용' '아름다울 미' 이용미입니다."

그 후의 박수가 우레와 같다는 느낌은 착각이라고 해도 상관없이, 그 이름 따라 잠깐의 위안이라도 얻을 수 있었으니 내 얼굴 얼마쯤 두꺼워지는 것은 상관없다.

― 〈그 이름 따라서〉 중에서

많은 관광객들 앞에서 목소리를 높여 해설을 하려면 청중의 관심을 집중시켜야 한다. 그러기에 온갖 재치와 해학적인 표현으로 그들의 귀를 붙잡아 둘 필요가 있을 것이다. 그런 의미에서 말머리를 열면서 마이산을 'My산'으로 소개하여 바로 관광객 저마다 '나의 산'이란 인식을 심어주어 마이산에 대한 친근감을 갖게 하는 말솜씨는 그녀가 수필가이기에 가능한 일일 것이다. 그녀가 문화관광해설사로서 구사하는 유머러스한 언어는 그녀가 쓰는 수필작품에 고스란히 담긴다. 수필가와 해설사로서의 장점을 잘 살려 활용함으로써 자신의 몸값을 한껏 올리고 있다.

태어나서부터 예쁜 구석이 없는 화자에게 이름이라도 예쁘게 지어주자고 하여 용미容美라고 했다던가. 학창시절 신학기 때마다 얼굴과 이름이 따로따로인 화자는 선생님의 놀림 때문에 얼굴을 들지 못했던 추억도 갖고 있다고 고백한다. 늘 이름 때문에 콤플렉스를 갖고 있던 이용미 수필가는 자기 집 허드레 살림을 보관하는 뒷방을 '별 헤는 방'이라고 예쁜 이름으로 명명하기도 한다. 또 햇살이 잘

드는 거실을 '햇살 카페'라 명명하고 지인들을 초대하여 차를 마시기도 한다. 화자는 이렇게 긍정적인 생각을 갖고 즐겁게 살려고 노력한다.

채송화는 작아서 환대를 받지 못하는 꽃이지만 작다고 홀대받지도 않는 꽃이다. 어디서든 분명한 자기자리를 지키며 장마나 가뭄, 폭풍에도 끈질기게 버티는 인고의 꽃이다. 좁은 보도 블럭 사이에서도 군말 없이 긴 여름을 보내고, 가는 여름 끝까지 배웅해 주는 의리의 꽃이다. 오늘따라 파란 하늘 아래 빨갛고, 노랗고, 하얀 채송화가 더욱 선명한 색깔로 시선을 끈다.

— 〈채송화〉 결미

화자는 자신과 채송화를 동일시한다. 채송화가 작고 앙증맞다는 이유 때문이다. 채송화 예찬론으로 마무리가 되었다. 또 화자는 자신을 작은 간장종지로도 비유한다. 채송화와 화자 그리고 간장종지는 동일체나 다름없다. 그러면서 작은 간장종지가 큰 항아리의 쓰임새를 못 따라가겠지만, 밥상에 간장이나 고추장 항아리를 통째로 올려놓을 수도 없는 일이 아니냐고 너스레를 떤다. 독자들이 공감하지 않을 수 없게 만든다. 참으로 옳은 말이다. 독자의 미소를 끌어낼 장치인 셈이다. 의미화에 성공한 작품이라고 하겠다.

생애에서 가장 큰 스트레스라는 것을 겪은 남자와 애물단지 노처녀가 만나 결혼을 했다. 넘치는 애정이라든가 들뜨는 희망은 없었지만 서로에게 꼭 필요한 존재라는 인식의 공통점이 있었다.

— 〈그 사람〉 중에서

그 사람은 바로 화자의 지금 남편이다. 결혼한 뒤 두 달 동안 서로 전주와 남편의 직장이 있는 K시에서 떨어져 주말부부로 살기로 했지만, 그냥 20년 세월이 흘러 버렸다는 때늦은 하소연이 독자들의 동정심을 자아낼 만하다. 이 한 편의 수필에서 화자 남편의 이모저모가 훤히 들어난다. 아내의 보살핌에 만족해하고 젖은 낙엽처럼 아내를 따르는 진솔한 남자가 바로 화자의 남편인 것 같다. 나이테기 굵어질수록 부부의 정이 더 깊어지는 것 같아 믿음직하다. 결미가 아름답다.

> 어렵고 힘들던 여러 고비를 많은 말 않고도 다독이며 무사히 넘게 해줬고, 큰 희망 보이지 않아도 절망하거나 포기하지 않은 채 묵묵히 정해진 길을 걷고 있는 그 사람은 내 남편. 나도 더불어 흔들리지 않는 믿음으로 기꺼이 동행하고 있다.

— 〈그 사람〉 결미

화자 이용미 수필가는 광주廣州 이씨 동고자손이다. 이들 광주 이씨 후손들은 조선시대에 영의정을 지낸 동고 이준경 할아버지를 흠모한다. 우리 고장에서 광주 이씨 후손이라고 하면 보학에 조예가 깊은 사람들은 양반으로 꼽아준다. 양반의 후손들이어서 그럴까? 대개 광주 이씨 후손들은 술을 사랑하는 편이다.

예전 우리 할아버지가 당신의 애주愛酒를 며느리가 맛보며 그 맛을 익
힌 줄 모르셨듯이, 시아버님도 당신 며느리가 술에 취해서 실실거린다고
는 꿈에도 생각을 못하셨으리라. 술은 그렇게 평소 하기 힘든 말과 행동
을 펼칠 수도 있고, 던질 수도 있는 고마운 것인지 모른다.

— 〈母女와 술〉 중에서

눈길을 끄는 제목 하나가 있다. 〈분홍색 연가戀歌 셋〉이 그것이다.
세 가지 이야기로 꾸며진 옴니버스 수필이다. 첫 번째 이야기는 화
자가 갑사 분홍색 치마와 연두색 저고리를 입고 초등학교 입학식에
갔다는 이야기다. 잔설이 희끗희끗 남아있는 차가운 날 추석 때 입
었던 한복을 입고 입학식에 참석한 화자의 고집을 아무도 꺾지 못했
다는 줄거리다. 학교 가는 길이 즐거워서 한 마리 분홍나비처럼 훨
훨 날았다는 표현에서 정감이 묻어난다.

두 번째 이야기는 남편과 맞선을 보고 한 달 만에 결혼한 이야기
다. 서로가 이상형도 아니고 첫눈에 반한 것도 아닌데 눈에 콩깍지
가 끼여 서로에게 필요한 사람들이라는 인식을 갖고 한 달 뒤로 결혼
날짜가 잡혔다는 분홍빛 러브스토리다.

세 번째 이야기는 화자로 하여금 관광객들 앞에 나설 때 입으라고
관계기관에서 맞추어 준 분홍색 개량한복 이야기다. 화자는 중학교
봄 소풍 때 담장너머에서 장독을 닦던, 분홍치마를 입었던 새댁의
아름다움이 화자에게 분홍색의 매력을 각인시켜 주었다. 그래서 그
뒤부터 화자는 유독 분홍색 한복에 집착하게 된 것이다.

분홍색에 대한 나의 추억과 집착은 '그대가 옆에 있어도 난 항상 그대가 그립다'는 어느 시인의 시구처럼, 먹으면 먹을수록 배고파지는 진달래꽃처럼, 유난히 많은 분홍색 옷과 물건들을 가지고도 항상 부족해서 허덕이는 듯한 이것은 분명 떨칠 수 없는 그리움이다.

— 〈분홍색 연가 셋〉 결미

잘 맞춘 이음새가 골골이 이어진 기와지붕은 촘촘히 누빈 누비옷을 연상하지만 해의 거듭함에 누비옷 헤지듯 조금씩 어긋나기 시작한다. 어긋나 새는 빗물로 천장은 얼룩지는데 새는 곳은 도무지 찾을 수가 없어 귀신도 모른다고들 한다. 그 귀신보다 나은 기술자를 찾기도 힘들고 찾아서 주기적으로 손을 보게 하는 것도 쉬운 일은 아니다. 기와를 인 한옥이 온전한 모습을 갖추기 힘든 것이 바로 그 때문이다.

— 〈오래된 집〉 중에서

화자는 결혼 이래 줄곧 전주 풍남동 한옥마을 그 고가古家에서 살았다. 집을 수리할 때 상량문을 보니 1934년 7월 13일로 되어 있더란다. 만고풍상을 다 겪을 정도로 오래된 한옥이다. 그 집에서 시부모님은 8남매를 낳고 키워서 성가를 시켰고, 화자의 자녀들도 그 집에서 태어났다.

"이 집은 뭐하는 집이에요? 사람이 살고 있나요?"

어린이들의 호기심이 가득한 목소리가 담 너머로 들려오기도 한다. 기와가 깨지고 집이 낡아서 지붕에 천막을 둘러놓았기에 어린이들의 궁금증을 자아낸 것이다. 유서 깊은 이 고가를 팔고 아파트로 보금자리를 옮긴 화자는 지금 어떤 기분일까?

꿈에 부풀어 있을 한창 나이에 다른 환경 생각할 이유가 없다고 말할 여대생들, 천하에 하나둘뿐인 내 자식을 위하는데 남 의식할 필요가 있느냐고 항변할 젊은 주부들, 그리고 제삿날에도 하고 싶은 일을 하고야마는 나, 그것을 이해해 주는 우리 시누이들, 우리는 모두 생활과 환경에 따라 변신하며 사는 요즘여자?

― 〈요즘 여자〉 결미

요즘 사람들의 변화한 의식을 족집게처럼 꼬집어낸 작품이다. 어느 결혼시장에서 들은 주례사로 서두를 열어 독자의 호기심을 끄는 기법이 좋다. 명문 여대생들에게 이상적인 좋은 집을 그려보라는 과제를 냈는데 답안지에는 편리하고 아름다운 집들이 잘 그려져 있었다. 개집까지도 예쁘게 잘 그려진 그 집에는 부모님의 방을 그린 학생은 한 명도 없었단다. 백화점에 가면 명품유아용품 코너의 매출액도 갈수록 늘고 있다고 지적한다. 요즘 세태에 만연된 내리사랑은 있지만 치사랑은 없다는 하애유상애무下愛有上愛無의 실례를 클로즈업시켜 보여주고 있다. 요즘 여자들만 그렇게 변했을까? 남자들도 크게 다를 바 없을 줄 안다. 독자의 가슴을 찡하게 울려 줄 작품이다.

본능으로 보살피고 도리와 책임으로 키웠지 무엇을 바라며 자식을 키웠던가? 배움도 없고 말도 못하는 식물이나 물고기도 제 도리를 다하느라 겪는 고통을 소리 없이 이겨내는데, 생각하고 말하는 사람이라고 두서없는 푸념을 혼자 늘어놓고 우울해 하던 기억이 새삼 부끄러워 낯이 붉혀진 날이다.

― 〈붕실이와 장다리〉 결미

관찰수필이다. 후배가 선물한 자기항아리에 금붕어 세 마리를 사다 넣고 기르면서 힘들게 산란하는 금붕어를 보게 된다. 또 베란다에서는 장다리꽃이 피는 모습을 보게 된다. 화자는 설날 차례 상에 올릴 돼지고기를 삶지 않았고, 떡국에 넣어야 할 쇠고기 고명을 냉장고 속에 넣어두었음을 알게 된다. 기억력 감퇴 결과다. 아이들은 게임기로 화자의 건망증 정도를 측정해 보더니 화자 나이에 스물두 살을 더 보태야 한다며 놀려댄다. 농담이지만 얼마나 황당한 일일까. 그러자 화자는 벌컥 화를 낸다. 그런 뒤 스스로를 뉘우치며 낯을 붉히고 자기반성을 한다. 수필이 자기 성찰의 문학임을 보여 준 본보기라고 하겠다.

3. 수필가 이용미가 가야 할 길

영국의 작가 Leggett는 무엇을 보았느냐가 문제가 아니라 직관과 사색으로 그 본 것에서 어떤 의미를 발견했느냐가 중요한 것이라고 했다. 지당한 말이다. 수필에서 의미화의 중요성을 다시 한 번 생각해 보지 않을 수 없다.

처녀 수필집을 출간한 이용미 수필가는 이제 우리 수필문단의 중견 반열에 오르게 되었다. 그만큼 책임감이 커졌다는 뜻이다. 문단 활동을 더 능동적으로 하기를 바란다. 또 불광불급(不狂不及)의 자세로 치열한 창작활동을 하여 후배들의 귀감이 되도록 노력하면 좋겠다.

이 처녀 수필집 ≪그 사람≫이 수필가 이용미 수필의 종착역이 아니라 출발역이 되기를 바란다. 독자에게 느끼고 생각할 여지를 남겨놓아야 좋은 수필이 된다는 가르침을 가슴에 깊이 새겨서 완성도 높은 수필을 선보여 주기 바란다. 일찍이 "사람을 감동시키지 못하면 죽어서도 쉬지 않겠다."고 한 두보杜甫의 치열한 작가정신을 본받으라고 권하고 싶다. 토끼 한 마리를 잡으려 해도 최선을 다하는 사자에게서 무언가 배워야 할 것이다. 우리 문단의 주변인이 아니라 중심인물이 되도록 더욱 적극적이고 공격적인 자기 마케팅을 하는 수필가로 남기를 바라 마지않는다.

그사람 이용미 수필집

인	쇄	2009년 8월 25일
발	행	2009년 8월 29일
저	자	이 용 미
발 행	인	서 정 환
발 행	처	수필과비평사
출 판 등 록		1984년 8월 17일 제28호
주	소	서울시 종로구 익선동 30-6 운현신화타워 빌딩 2층 208
전	화	(02)3675-5633, (063)275-4000
팩	스	(063)274-3131
메	일	essay321@hanmail.net

값 10,000원

ISBN 978-89-5925-596-2   03810

※ 저자와 합의하여 인지는 생략합니다.
※ 잘못된 책은 바꿔드립니다.

※ 이 책은 전라북도 문예진흥기금 일부를 지원 받아 발간하였습니다.